きのうえのそうぎょ
樹上的草魚

薄井雄二 著　陳系美 陳惠莉 譯

失去的東西總是讓人覺得悲哀又孤寂。

甚至是美麗的……

故事，
就從沼澤畔，
那株枝椏橫生的櫻花樹開始。

繪圖／胡

一

小春日和的午後，提早綻放的落櫻繽紛裡，一個念幼稚園的小男孩將小小的黃書包側掛於肩，走在回家的路上。走完這條櫻花道，接著必須走一段交通流量頗大的街道。平常志乃婿都會來接他，但她今天臥病在床無法前來。志乃婿叮嚀過他，要他小心車輛，他照志乃婿的交代，在鐵路護欄旁的人行道上不慌不忙地走著。打從上幼稚園之後，這已經是他第二次放學獨自回家，所以他並不害怕。小男孩望著天上的雲朵、鐵路護欄和翩翩飛舞的蝴蝶，悠悠地往家的方向前行。

途中，來到一處沼澤地。右邊櫛比鱗次的屋舍到此中斷，一陣風從雜草叢生的那頭越過湖沼冷冷地吹來。伸長背脊墊高腳尖的話，從人行道這裡也能看到一點湖面。「絕對不能在路上逗留喔」，小男孩無視志乃婿的交代，在這個沼澤地附近逗留，心想：稍微看一下沼澤有什麼關係。他將黃色小書包挪到背後，將雙手和下巴靠在彷彿夾著人行道連綿不絕而去的鐵欄杆上，眺望著湖沼。湖沼近在眼前。但是，他告訴自己，絕對不能過去。因為那個湖沼有個主人，「會把小男孩吃掉」。

視線穿過和身高一樣高的雜草，看到閃閃發亮的水面，眞的美極了。小男孩不禁開始幻想：這麼美的地方有「沼澤壽司」嗎？如果有的話，是什麼樣子呢？說不定像個超大的豆皮壽司，又或許像個沒放芥末的鐵火卷壽司（註）。我知道了，河童！湖沼裡有河童，所以「沼澤壽司」一定像用海

註：以海苔包捲壽司飯、生鮪魚肉等素材，捲成長條以後再切段食用。

苔包小黃瓜和米飯的壽司。他出神地想著，突然覺得好笑，不禁泛起了笑意。像小黃瓜一樣的東西，一定長得很難看吧，就像「小雞雞」一樣。想到這裡，就在他想笑出聲的時候，聽到好像有人在叫他。

來啊！

聽到有人叫他過去，他看了一下沼澤那裡，但沒有發現任何人煙。此時，背後不時有車子以超猛的速度飆過去。可能是聽錯了吧？他這麼想著，呆呆地望著沼澤。在閃閃發亮的水面的另一頭，有一株很大的櫻花樹，感覺好像跟他隔水遙望似的。那棵樹，正幽靜地飄落著小貝殼般的花瓣。

到這裡來啦！

是樹在說話。當小男孩再度聽到聲音時，認爲是樹在說話。於是他想穿越欄杆，走向圍繞著湖沼邊的小路。當他戴著黃色帽子穿越欄杆時，霎時想到壽司妖怪，才一轉眼的功夫，他已經站在湖沼邊。原來這個湖沼並沒有想像中的大，感覺像個大水灘，他還是第一次看到這麼大的水灘。最大號的超大水灘。此時水面映照著對岸櫻花樹的倒影，凝視著水中的樹影，花瓣好像是從水中湧出來以的，紛紛由下往上散開。水面漸漸覆上一層薄薄的白色花瓣。

快來這裡，我有話要跟你說！

爸爸也很嚴格地交代過，絕對不能去沼澤那裡。小男孩頓時猶豫不決（可是樹在叫我，去一下應該沒關係吧），於是他穿越及腰的雜草叢，繞了半圈的湖沼，踩著戰戰兢兢的步伐來到樹旁。由於四周都是高高的雜草，剛才走來的步道已經看不見了，心裡有點惴惴不安。不過，難得提起勇氣走到這裡，當然不能折回去。

「幹嘛?找我有什麼事?」

樹沒有回答。小男孩在樹幹上輕輕撫摸了一下，彷彿聽見樹在說好癢哦。不過他不相信有這種事(就算樹會說話，可是它不可能感覺癢吧)，他這麼想著，抬頭望著樹。粗黑的樹幹和盛開的花朵，使他震驚不已。連花瓣飄落到臉上也不揮掉，好長的時間一直仰望著這棵樹。這時，他突然尿急(反正這裡沒人看到)，於是他把黃色幼稚園書包挪到背後，從褲子前方的褲檔裡掏出小小的陰莖，對著樹幹尿尿。就在這個時候。

會被拿走喔!樹說話了。

什麼啊?小男孩問樹。

你做這種事，會被拿走喔。

爲什麼?什麼會被拿走?

你的小雞雞會被拿走!

好可怕。小雞雞會被拿走!雖然不懂這究竟意味著什麼，只是突然害怕起來。可能是從樹裡面，會發射出一種光線把小雞雞搶走吧。小男孩開始奔逃，跑離沼澤來到馬路上，一口氣直接跑回家。氣喘吁吁地衝進大門後，直奔志乃嬸的床邊。志乃嬸從棉被裡說了一聲「回來啦」之後，指著某個地方一直笑。順著方向一看，原來是他的「石門水庫」沒關好，小小的陰莖露在外面。好險啊，小男孩心想，小雞雞沒有被搶走。

這天晚上，他夢見陰莖被搶走。這一定是報應。因爲對著樹撒尿，激怒了沼澤壽司。小男孩後悔不已，在棉被裡嚇得渾身顫抖。

「怎麼啦？怎麼哭了呢？」志乃嬸在床邊輕柔地問他，可是他還是哭個不停。

「是不是做噩夢了？已經沒事了，有我在這裡陪著你，你不會再做夢了，好好放心地睡哦。」

志乃嬸的手在棉被上輕輕地拍著，小男孩假裝睡著了，噤聲不動。接著，志乃嬸終於低泣呢喃說道：「如果不是你媽媽住院，你就不會這麼寂寞，眞是可憐啊。」志乃嬸喃喃語畢後站了起來，小男孩感覺到她已經起身回房了。

從這天之後，小男孩每隔幾天就會夢見陰莖被搶走了。總是做同樣的夢。固定的夢。爲什麼總是做同樣的夢呢？而且內容總是從想尿尿開始，然後陰莖隨著尿尿一起被拔走而結束。夢境一點點地書寫成故事的話，逐漸變得複雜起來，但是型態還是很相似——早上起床上廁所，小雞雞被拿走了。和志乃嬸一起去沼澤，拜託那棵樹把小雞雞還給他，但是那棵樹因爲小男孩手掌心沒有寫一個「的」字，說不要還他，就把他趕走了。然後他哭著回家的時候，夢就醒了。即使經過了好幾個月，夢境的內容依然大同小異。

上了小學開始獨自上下學之後，小男孩每天放學都會去向那棵樹道歉。若是被爸爸知道了，八成會被斥罵一頓。所以去沼澤的事，非得瞞著家裡不可。這棵大樹對小男孩而言，比父親的存在更爲恐怖。

過來這裡啊！

別擔心，沒什麼好害怕的。

偶爾樹會對他說話。他每天去沼澤懇求那棵樹，說他以後不會對著樹撒尿了，拜託樹不要再讓他做噩夢。直到不再夢見陰莖被拿走爲止，他持續每天都去懇求樹。於是，他在樹的旁邊度過的時間越來越多，變成只要到了那裡就會覺得很安心。就這樣一點一滴地，男孩和樹變成了好朋友。接著他下定決心，總有一天要爬上這棵樹。

第一次眞的爬樹成功，是在小學四年級的時候。其實他從小學一年級就開始挑戰，但總是被那棵巨大的櫻花樹拒絕。然而，當他想放棄，心想「算了吧，這輩子是不可能爬上這棵樹」的時候，這一天放學後，男孩一如往常在外逗留，佇立在湖沼邊。當他抬頭定睛看著樹的時候，又聽到了那個聲音。

爬上來吧。

好久沒有聽到這個聲音了，但自己已經超過相信樹會說話的年齡了。那麼究竟是誰在說話呢？一種非常溫和穩定的聲音。

爬上這棵樹吧。

難道現在這個聲音，是自己在喃喃自語嗎？

爬上來啦！不要緊啦！

男孩宛如被聲音鼓動，起身開始慢慢爬樹。而樹彷彿在導引男孩，突起表面的樹皮做準備，讓男孩得以順利攀爬，而且還努力地扶著他。好幾次男孩都差點跌落，就在千鈞一髮之際，男孩左腳下方凸起的樹幹撐住他，在上方的右手處凹進的一個窟窿讓他攀抓。以前他的手根本搆不到，現在則輕易就能抓穩。做了一個深呼吸之後，用力把身體往上提，左手抓到最下面的樹枝。終於抓到樹枝了，他一邊保持身體的平衡，兩手穩穩地抓住樹枝後，突然心一橫放開了雙腳！將身體大幅度地前後搖擺。爲了這一天，他已經事先學會了單槓的垂懸動作。這個瞬間最需要勇氣。接著他以單槓倒立動作的要領，讓身體旋轉，利用反作用力讓腳和腰掛在樹枝上。最後當身體終於躍上粗大的樹幹時，他累得快要昏倒了。但是，終於爬上來了。這棵他挑戰過好幾百次、也曾經心灰意冷的大樹，終於憑著自己的力量成功爬上去了。

男孩大口大口喘著氣，閉上眼睛，像一塊濕抹布般地把身體掛在樹枝上。等他回過神來，才發現渾身是傷。重新坐在樹枝上調整呼吸，一抬頭，上面有一片過藍的天空。樹終於允許他從最下面爬上來。想到這裡，他就雀躍不已。爲它取個名字吧，叫做「太郎」好了。「你是我的好朋友……」男孩用手掌輕拍粗糙皮膚的樹幹喃喃說著。

會一點一點慢慢變化下去喲。

這時，出現說話聲。但這已經不是樹的聲音，可能是錯覺吧，但耳裡的鼓膜有震動啊。聽起來好像是有人在耳朵裡面直接在對他細語。

「剛才說話的人是誰！」

男孩出聲問道。結果這麼一出聲，發現剛才的聲音跟自己的聲音很像，只是剛才不像在「對人說話」，比較像一種無意識的喃喃自語。不，這是不可能的。

從今以後我們就在一起了，永永遠遠在一起。

又有人說話了。男孩嚇壞了。雖然已經不相信有什麼沼澤壽司，但總覺得自己的身體裡面有個來歷不明的東西，使得他不寒而慄。「你到底是誰？」男孩出聲問道。

當然是你啊。剛才才終於誕生的。以後要好好相處喲！

語畢還開心地笑了起來，聽起來像女孩的笑聲。男孩連忙摀住耳朵。到底出了什麼事？誰在我的耳朵裡面！

二

鳥井山比呂司覺得有人盯著他看，回頭探個究竟。午後的博物館一片靜謐，生物展覽區除了他之外不見人影，天花板的燈光令人窒息般地幽靜垂照著。有人一直盯著自己——比呂司感受到這種詭譎的氣氛，緩緩地轉身環顧四周。褲袋裡的車鑰匙發出乾冷的撞擊聲，手上拿的塑膠傘套底部破了個洞，宛如在地板上畫問號似的，凝聚出一個問號形狀的小水灘。

——是我多心了嗎？

他再度環顧四周，卻只有右邊深處展示的始祖鳥複製標本露出齒牙靦腆地笑著，盯著他看。感覺好像從幾億年前，就這樣一直盯著他看。剛才感覺到的，或許是始祖鳥的視線吧。他這麼想著，把視線轉回眼前的展示品。

他從剛才就一直在觀賞鯨魚的陰莖，像個圓錐形巨大的長筒，魄力十足、氣勢驚人地橫在眼前。他站在這裡大約有二十分鐘了，看著這個巨大陰莖，讓人聯想到瑞士阿爾卑斯山牧羊人用的長木笛，心情也隨之安定起來。那種絕對的存在感和份量感，以及它戰鬥性的形狀。這種堅強的力道絕對不會喪失，

這使得比呂司安心不少。

——這是不可能的。

不可能有這種事。這句話不曉得在他腦海裡反覆盤旋了多少次。陰莖會被拿走？不可能發生這種事。

接著，比呂司終於起步離開鯨魚的陰莖。博物館整館分成四大區域，分別是礦物、動物、植物，以及歷史與民俗專區。植物區裡，有個像足球一樣大的蒼耳屬的菌類模型，被放大了五萬倍。模型做得極為精巧細緻，連巨大的大腸菌都看得見，讓人陷入一種錯覺，彷彿迷失在異次元世界。比呂司很喜歡模型和展覽室那種詭異的感覺。

比呂司經過始祖鳥，往現代鳥類專區走去。那裡正在展出烏鴉生態展。這個展覽區的一角設有護欄和步道，旁邊蓋了四間和實物一樣大的店鋪，全都拉下了鐵門。鐵門上插著早報，前面放了三個合成樹脂垃圾桶。燈光照得像清晨一般，垃圾桶上停了兩隻烏鴉標本，商店鐵門前的步道上停了一隻。導覽板上說明著：都市的烏鴉經常在這種地方覓食。這是比呂司在半年前，花了大約三個月完成的東西。只為了展出三隻烏鴉標本，竟然大費周章重現商店街，這個展覽區成為討論話題，參觀者都讚不絕口。

當他靠在護欄上看著自己做的清晨烏鴉時，又感覺到剛才那道視線——有人在看著自己。比呂司回頭一看，後面站著一個男人，和比呂司四目交接之前，那個男人迅速轉過身去，往前面的烏鴉籠走了幾步。烏鴉籠裡有一隻白烏鴉標本，好像對自己的白色嘴巴的大小感到羞恥，露出靦腆的表情。男人看著那隻烏鴉，不，他只是假裝在看。

當那人轉過身去的瞬間，比呂司看見他的臉——這是一張不可能忘懷的臉孔。雖然已經八年沒見了，但應該沒有看錯。他是池貝亙。為什麼他要一直盯著我看？為什麼不出聲打個招呼呢？比呂司霎時明白了。

（亙……）

他想出聲叫阿亙，但卻猶豫了。比呂司今年二十二歲，那麼眼前這個人不就二十六歲了？八年……漫長的歲月。比呂司佇立不動，伸手往上衣的左胸處按去。理應早就不痛的傷口，如今卻隱隱作痛。在第六根肋骨的地方，猶如蟲子在地底孵化般，陳年的舊傷口開始發出鈍拙的呻吟。於是，那段記憶活生生地再度甦醒。

八年前，比呂司還只是個十四歲、皮膚白皙、個子小而不起眼的男孩。

那一年的七月，雨一直下個不停。直到進入暑假的第四天，才終於看到太陽稍稍露臉。這一天，他一早起床看見微暗的天空沒有雲層，立刻到廚房煮了兩顆地瓜，然後用報紙包起來放進背包裡，拿著釣竿靜靜地走出家門。當他推開家門走出去的時候，渾身輕微地顫抖著。然而顫抖並非因爲寒冷，而是他爲著今天說不定能摸到那銀鱗的預感而興奮顫抖。騎上腳踏車，一口氣衝下微緩的斜坡，再穿過剛蓋好的住宅區後方，盡頭有一處沼澤地。他吐著白煙踩著腳踏車來到這裡，看見湖沼的水面上瀰漫著晨霧。透過晨霧隱隱約約可以看見對岸有一株高聳的櫻花樹。他推著腳踏車沿著湖邊繞過來，整個膝蓋以下被潮濕的雜草弄得濕答答的。比呂司把腳踏車倒放在雜草裡，站在巨大的櫻花樹下，他不禁伸手輕輕撫摸樹幹。樹皮的堅硬和飽含晨露的冰冷，經由手心傳了過來。

「太郎……」他呼叫著。

你是我唯一的朋友啊……至今，他究竟爬過太郎多少次了？五百次？不，說不定已經爬了上千次了。第一次爬上去的感覺，依然記憶深刻。那是小學四年級的事。那種征服的喜悅和快感，至今依然無法忘懷。

從那天起，比呂司和這棵樹成了好朋友。樹上的那片天地，是他唯一自由的世界，可以在那裡讀書，也可以在那裡釣魚。只要爬到伸出湖面從下面數來的第二根樹枝上——這根樹枝是兩個月後征服的——就可以在那裡釣魚。將爬上樹幹的螞蟻抓來勾在魚鉤上，就能釣到口細魚。釣到三十條左右就把魚帶回家，給志乃嬸煮甘露魚。爸爸說這個魚苦苦的不好吃，不過比呂司很喜歡這種苦味。

還有「那個」，也是在樹上看見的。那是暑假前兩個月的事。他一如往常揮出釣竿，將一頭固定在樹枝上夾住，讓釣線垂入水中。可能是太陽太大的關係，那天沒有釣到半條魚。口細魚可能很討厭太陽吧。當他要收竿的時候，眼下的水面突然劇烈地搖晃起來。

——是什麼啊？

水面如波狀般漲起，一會兒又恢復原狀。好像有人拎起一塊桌布悄悄放上去似的，水面起起伏伏地搖晃著。比呂司屏息凝神盯著它看，也沒發生什麼事，就在想暫時調離目光之際，水面又像剛才一樣大幅度地波動起來，接著出現了一道銀鱗。這是一條很大的魚。這裡應該只有五公分以下的口細魚。自從他來沼澤玩以來，壓根兒沒看過什麼大魚。但是這條魚大約有兩公尺長，頭露出水面吐了一口大氣之後又像潛水艇般潛了回去，而且只出現兩次。比呂司想釣這條魚。當他下定決心時，體內沈眠已久的狩獵本能突然甦醒，使得他戰慄不已。

把它釣起來，吃掉它！

耳際響起了這句話。是那天聽見的聲音，用直接震動鼓膜的聲音告訴他。「好啦，我釣啦，然後把它吃掉。」比呂司喃喃地說。

我拭目以待喲，祈禱你大豐收。

這個聲音已經能和他對話了，雖然是個在耳朵裡面嘀咕嘮叨的傢伙，但是它不常講話，感覺不像是個壞蛋。

比呂司下定決心，要在暑假裡釣到這條魚。首先，他需要一支比較粗的釣竿。爸爸最近心情很好，因爲參議院議員補選，他所推舉的人當選了。這麼一來，那個人就欠爸爸一個人情，爸爸鎮議員的地位也就穩固了（表面上當然說這是託大家的福）。於是暑假前一星期，爸爸問也不問原因就給他零用錢去買釣竿，他搭公車去隔壁城鎮的大型釣具店買釣竿和相關器材。在別的城鎮買，一定不會有人問他哪裡有這麼大的魚，這樣就不會惹來無謂的麻煩（千萬不要跟別人起摩擦，知道嗎，比呂司）。進入暑假之後，他苦苦等待雨停放晴，終於等到了今天，可以帶著那根釣竿來這裡。

比呂司把背包和新釣竿掛在肩上，爬上櫻花樹。樹幹粗碩到他兩隻手根本抱不起來，但是他越來越了解這棵樹。他已經把樹皮凸起的形狀都記住了，平常踩腳處的樹皮，已經被他踩得剝落殆盡，只有比呂司能夠這麼快速爬上這棵樹。不，這棵樹誰都不能爬。或者說，誰都別想爬。這棵樹是屬於他一個人的。他移到從下面數來第二根樹枝上，在那裡甩出釣竿。那條魚兩個月前才看過，一定還在湖沼裡。因爲這裡沒有河川流進來，也沒有河川流出去，而且旁邊還有個付網的水門遮住，大魚是無處可逃的。魚身的部份他只瞬間看到一眼，沒什麼把握，大概是鯉魚吧。爲了抓這條魚，首先要把煮熟的地瓜切成小塊。他用刀子將地瓜切成一公分的小塊，再把地瓜塊勾在釣鯉魚用的釣鉤上，從樹上垂放到水裡。爲了操作方便，他準備的是短而粗的釣竿。而爲什麼從樹上釣？因爲這裡看得見魚，所以在這裡釣——感覺好像很有道理，而且還有一種將計就計的快感。眞的沒想到釣魚會從正上方釣。

晨霧緩緩散去。比呂司全身緊張起來，終於要跟大魚對決了。第一球投出。地瓜塊落水，靜靜地沈入水裡，緊追在後的大浮標停在水面上。剩下的只有等待。

兩個小時過去了。在這之間，比呂司拉竿上來瞧個究竟，但是地瓜沒有被咬過的跡象，只露出被口細魚舔過的纖維質。當太陽越爬越高，接近中午時分，遠處傳來爸爸的聲音。

「鳥井山昭吾，我是鳥井山昭吾。」

爸爸透過麥克風喊著自己的名字，在市區裡逡迴著。那個聲音乘著風，聽起來忽大忽小。比呂司心想，啊，選舉又開始了。爸爸爲了坐上鎭議員這張小小的椅子，喊啞了嗓子在市區裡掃街拜票。也因此，比呂司不能和朋友打棒球，只能一個人孤單坐在這裡。他很討厭選舉。如果沒有選舉，他就能在人群裡過得更自由。

「記住，絕對不能跟朋友吵架，其他的你要做什麼都無所謂。」

這句話已經變成爸爸的口頭禪。如果吵架被對方的父母知道了，一定會損失兩票，爸爸所害怕的只有這個。比呂司爲了避免吵架，刻意和朋友保持距離，朋友們把他這種距離感解釋成他的虛僞做作。一般說來，一個十四歲的男孩想過得好，免不了得學習如何處理複雜困難的人際關係。然而與其整天煩惱這種事情，比呂司寧願爬上太郎在空中眺望美景。

「我是鳥井山昭吾，我是各位鄉親的鳥井山昭吾。」

爸爸獨自背負著這個世界和這個城鎭，眞是辛苦啊。比呂司想著這些的時候，換了好幾次魚餌，兩眼直直地盯著浮標看。快動啊！快吃地瓜啊！這是一場戰爭，也是一場幹架。這是一賭生死的格鬥場。魚沒有選舉權，可以放手跟牠拚個過癮。

請投鳥井山比呂司的魚餌一票……

那個聲音又說話了。眞是個囉唆又調皮的傢伙。不過，那笑聲實在很刺耳，像女生一樣笑得又高又尖銳。就不能笑好聽一點嗎？他心裡這麼想著，眼睛專注地凝視著浮標。

到了下午，浮標依然動也不動。當他打算放棄回家的時候，浮標旁的水面稍微晃動了一下，跟之前的晃動是一樣的。雖然看不見魚，但一定錯不了。水的晃動好像是在說「在這裡啊！」終於來了，比呂司穩住身體重新握好釣竿。

「你在幹什麼？」

有個聲音說道。霎時，他懷疑是魚在說話，聲音低低沈沈的。這不是耳朵裡的聲音。他迅速把釣竿沿著樹枝藏起來，低頭往下看。一個穿著高中制服、身材魁梧的男生站在樹下，抬頭看著他。雖然第一次在這種狀況下見面，不過比呂司馬上認出他是誰。他是附近高中柔道社的人，曾經參加全國大賽獲得不少好評。他的照片還曾經好幾次刊登在本地的報紙上，也是比呂司同年級的女生們崇拜的偶像之一。比呂司看過他在當地的比賽，雖然只有一次，但對他精悍的面孔印象深刻。池貝亙——沒錯，現在站樹下的，就是那個高中生沒錯。而且他是其他政黨候選人的兒子。爸爸交代過，絕對不能和其他政黨候選人的兒子來往。

「喂，你爬到那種地方去幹什麼？」樹下再度傳出聲音。

三

池貝亙抬頭望著在樹上的中學生，覺得他眞是個怪胎。問他話也不回答，一副慌慌張張的樣子。只覺對方的五官長得頗具氣質，眼神炯炯有力。好像在哪裡看過，卻又一時想不起來。

這是發生在阿亙去書店途中的事，他想去買爸爸託他買的經濟學書和自己想看的推理小說。騎腳踏車往鬧區的路上，到了這附近突然想尿尿，便將腳踏車停放在沼澤入口處，想找個從馬路那頭看不見的地方方便。就在往沼澤走去的時候，看見了樹上的少年。背著湖沼方便之後，他再度問樹上的少年：「你在那裡做什麼？」

少年沒有回答。那時，背後傳來細微的水聲。但不是魚兒躍水的聲音。像是撥弄洗澡水的聲音，或是船槳在水面划動的聲音。他一邊拉起褲子的拉鏈回頭一看，水面上竟然有個發亮的東西在晃動著。花了好一會兒功夫，才認出那是條大魚的巨鱗。他看見牠的背鰭，以及如鐵絲網的洞那麼大的魚鱗。那是一條魚……大得令人歎爲觀止。阿亙屏氣凝神注視著牠，直到湖面的波紋消失無蹤。等回過神來，發現由樹上下來的少年用銳利的眼神看著他。他頓時想假裝沒看到剛才那一幕，可是視線依然被波紋消失處牽引著。

「剛才那是魚嗎？」他問少年，但少年沒有回答。

「你在釣那條魚嗎？」

「你問夠了沒……你是池貝伸一的兒子吧？」

被他這麼一問，阿亙突然意識到，這個膚色白皙的少年長得很像鎮議員鳥井山昭吾。他在海報的照片上，看過鳥井山昭吾好幾次。換句話說，他就是阿亙父親的政敵。然而儘管如此，阿亙的父親是屬於革新派、無黨派，從來沒有當選過。上一次的選舉，才第一次獲得第二高票。這是個四百八十二票就能當選的小鎮，所以議員的長相，阿亙全都記得。

「對啊，我是池貝亙。你是鳥井山先生的兒子吧，你好。」

他對少年說，但對方臉上沒有一絲笑容。

「不要在這裡亂小便！」

「我尿急啊，受不了了。而且我以爲這裡沒人，發現你在這裡的時候，我已經開始尿了。」

「快滾！」少年說。「還有，我是有名字的，我叫比呂司。」

快點離開這裡，不准再來了，不准在這裡小便，聽到了吧。少年的手突然刀光一閃，原來他手上握著小刀。阿亙盯著他看似凍僵的手。

「幹嘛啊？你在發什麼飆啊？」阿亙笑了笑往後退了一點，「如果你要我當作沒看到剛才那條魚，要我保守祕密，那你就明說嘛。」

阿亙說完，背著少年起步走去。「不要來，不准再來！」一陣追殺聲從背後追來。當他回到停腳踏車的地方再度回頭一望，少年依然在樹下狠狠地盯著他瞧。

這天晚上，阿亙問父親，鳥井山議員是個怎麼樣的人。池貝伸一以爲兒子終於對政治有興趣了，很熱中地回答說：

「鳥井山是屬於保守派的，是個相當穩健的議員。由於他是本地的老地主，有用金錢巴結選民之嫌。要不然，我也會投他一票的。對了，他有個獨生子。因爲太太身體不好一直在住院，聽說請了一個年紀大的幫傭在料理家事。還請幫傭呢，我們家根本請不起。從這一點來看，勝負已經一目了然了。」

父親如此介紹鳥井山這個人。少年的母親生病住院，而阿亙的母親在他小時候就過世了，由父親一個大男人把他拉拔長大。父親是個公車司機，現在雖然已經從第一線退下，但仍身兼公會幹部和準管理職的工作。這是無法當選的原因之一，也是他非得辭去工作的理由。父親雖然參選鎭議員，卻幾乎沒有選舉造勢活動，連海報都用廉價的單色印刷，靠幾個熱心的義工分頭張貼。競選宣傳車因爲耗錢耗力並沒有使用，競選辦公室也是家裡的一個房間。這使得阿亙有時候會想，爸爸參選可能是選好玩的，因爲他根本沒有想過會當選。這種想法或許正中鵠的。父親第一次表明參選意願，是在母親過世的第二年。除了想參選外，父親還是平常的父親，在選舉上不會對阿亙做任何限制，也給他自由的交友選擇權。父親說男人一定要強壯才行，所以他自己練劍道，叫體格魁梧的阿亙去練柔道。「把身體鍛鍊好，總有一天派得上用場」，這是父親的口頭禪。也因此，最近阿亙在地區大賽和縣大賽連續拿下優勝獎盃，半年前還參加全國大賽，從那之後經常收到中學女生或高中女生的仰慕信。父親看著堆積如山的仰慕信，還半開玩笑地說，說不定你去參選比較會當選。

「今天，我見到鳥井山昭吾的兒子。」

「哦?」父親將視線從報紙上轉開，看著阿亙說，「你跟他說話了嗎?」

「說了一點。我在沼澤亂小便，被他臭罵一頓。」

「哇哈哈!這可有趣了!」父親大笑。

阿亙想把那個少年帶刀的事說出來，可是偏偏說不出口。他覺得把這種事跟父親說，顯得太卑鄙了，好像在告狀似的。

「沼澤那裡有大魚耶，你知不知道？那麼小的湖沼，怎麼有那麼大的魚？這麼大一條喔！」阿亙死命地將兩手張開，「可能是鯉魚吧。」

「在我小時候，那裡是利根川的支流蜿蜒流經的地方。後來河道改變才閉鎖成一個湖沼，如果有魚被困在裡面也不足爲奇。說不定是那個吧？或許是草魚。利根川還有草魚在棲息著，雖然數量不多。」

第二天清晨，阿亙趁著天還微暗之際做好父親的早餐，隨即騎著腳踏車前往沼澤。他心裡祈禱著不會碰到那個少年，在微暗的晨光中來到大樹旁，在湖沼邊察看狀況。湖邊蘆葦叢生，想在這裡垂線釣魚的話，還是學那個少年爬到樹上比較好。否則換餌的時候，釣魚線一定會被蘆葦纏住。

他撥開蘆葦，想看看前方的水面，但從岸邊看不太清楚。四周非常安靜，連個水聲都沒有。沒多久，天就漸漸亮起來。當他思忖著，趁少年還沒來之前趕緊回家時，突然有小小的發光體落在他的腳邊。他把它撿起來，在微明的晨光中一看，竟是一片巨大的魚鱗。

「應該是草魚，錯不了的。」回家後拿給父親看，父親把魚鱗和圖鑑對照著看，然後這麼說，「想不到那裡還有草魚啊……你打算怎麼做？」

「我想把牠它釣起來。」阿亙答道。

釣魚圖鑑裡記載著釣草魚的方法。裡面寫著，草魚會探出水面吃蘆葦之類的嫩草，所以釣的時候，要用木棉繩子把稻類的柔軟葉子綁在釣鉤上，用投釣的方式釣。阿亙根本沒釣過魚，花了好幾天才把釣具準備齊全，然後到空地去，以劍道「直擊面部」的招式來練習投擲釣竿的方法。接著，到了八月初的一個早晨，他終於帶著釣具來到沼澤。

四

可能是煮地瓜的方式有問題，可能煮得太硬了，也可能煮得太軟了，還有鉤子可能也太大、浮標太過醒目了。比呂司每天煩惱著這些，依然去沼澤。他把釣具先放在院子裡，跟父親說他去晨跑，帶著釣具就出門了。已經是中學生了，去沼澤的事沒有理由瞞著父親，但又不能說是去醫院看母親，又不想被罵整天只會釣魚，所以謊稱去晨跑。即使去看母親，她不是打了止痛麻醉針在睡覺，就是帶著氧氣罩閉著眼睛。雖然有時也能說上話，不過他不想看到母親逐漸衰弱的樣子。釣魚的事，他告訴了幫傭志乃嬸，所以志乃嬸會包兩個飯糰，在出門的時候偷偷塞給他。

今天看起來會是個大晴天。抵達沼澤的時候，天色還有些微暗，樹木黑色的輪廓以空明的天為背景，刺向天空。太郎是這個湖沼邊唯一一棵高聳的大樹。比呂司爲什麼這麼喜歡這棵樹，可能它是第一個「可以聊天」的朋友吧。當然，樹是不會說話的，不過只要站在太郎的旁邊，「那個聲音」就會經常在比呂司的耳裡響起。「聲音」會對比呂司敘說很多事情，還會豎耳傾聽或附和稱是，比呂司就這樣在樹上度過悠閒的時光。他很喜歡這段時光。另一個喜歡這棵樹的原因，可能是它的生命力吧。令人動容的生命力。他之所以熱中於釣那條大魚，也是基於同樣的理由。他深深地被樹和魚的生命力所吸引。如果能把那條魚釣起來，世界或許會改變。這樣就能夠奪回從母親那裡逐漸喪失的什麼東西——不，他根本不相信這種童話故事。他要靠自己去吸取大樹和大魚的生命力。春天一到，許多不同種類的蟲子會聚集到樹上來。螞蟻、蜜蜂、毛毛蟲，都是比呂司的好朋友。小小的毛毛蟲，集中在樹枝上可以遮蔭的地方，比呂司必須踩殺牠們才得以爬樹前進。這個道理也是樹教他的。人活著，是一邊殺戮生命一邊成長的。十四歲的生命在訴說著，要「學會」這個道理。所以，要把那條大魚宰掉。

他緩慢地繞過湖沼，爬上太郎。今天的地瓜煮得有點硬，而且稍微烤了一下，故意弄得焦焦的。這次能不能順利釣到魚呢？比呂司慢慢地讓釣線垂入水中，然後一如往常地凝視著浮標。

「我聽志乃嬸說，你見到池貝的兒子啊？」

前幾天父親這麼問。「對啊。」比呂司回答，手裡仍繼續按著電視遊樂器的遙控器。那還是個只有早期電視遊樂器的時代，按下按鈕就能投下魚雷，潛水艦會從左右兩側出來，從海裡發動攻擊。比呂司拚命躲開潛水艦持續投下魚雷，這時，已經擊沈了十二艘潛水艦。

「……我不是說過了嗎？喂，你有沒有在聽啊？」

「啊？什麼事？」

「交朋友要選擇，你怎麼跟他做朋友呢！」

「他不是我的朋友，」自己還拿刀子威脅人家呢，「只是打個招呼而已。」

「那就好。這個家，媽媽長年生病住院，所以我們兩人一定要好好相處才行。懂不懂？就我們兩個人。所以絕對不能給對方添麻煩。怎麼樣，你最近有去醫院嗎？反正放學順路，偶爾要過去看一看，而且現在又放暑假，應該可以每天去的……」

「爸，如果我跟池貝變成朋友，你會覺得很困擾嗎？」

父親面有難色不發一語，過了半晌，清楚地說：

「一點也不困擾。這是你的自由。自由就是這麼回事。但是，必須互相幫忙才行。至於是誰和誰?你應該懂吧?」

比呂司從樹上凝視著水面，想起父親這番話。如果跟那傢伙成爲朋友，會是什麼感覺呢?想到這裡，他突然興奮起來。池貝亙是女生崇拜的偶像，他還看過班上的女生把池貝亙的照片放在月票夾裡隨身帶著。如果跟他成爲朋友的話——他那粗獷沈穩的聲音，還有他那從容不迫的舉止，一定能讓他身邊的人感到安心吧。以前曾經遠遠地看過他上場比賽，加上之前和他簡短的對話（快滾！不准再來了!），他似乎明白女生爲何會爲他傾倒。他充分具有男性魅力。

和他做朋友啦!

跟阿亙見面那天起，聲音就頻頻地這麼說。從那之後，他就喜歡他喜歡得不得了。這份感情是從哪裡湧出來的呢?但是，如果他再來的話，比呂司還是會把他轟走，因爲他不能和池貝亙有所關連（必須互相幫忙才行。至於是誰和誰?你應該懂吧?）。只爲了誰和誰的自由……真是受夠了。

比呂司輕輕搖搖頭。別管爸爸了，現在專心釣魚吧。那個巨大的生命，現在正在這個湖沼裡游著，而且遲早會啣住釣鉤吃掉地瓜。對!擁有巨大鱗片的朋友啊，吃不吃是你的自由喔!如果你吃了，我就把你宰了，寶貝。來啊，快來吃地瓜吧，我隨時都等你來。

來了喔!聲音又說話了，心愛的那個人，來了喔!

最近聲音老愛說一些無厘頭的話。到底在說些什麼呢?正這麼想的時候，突然聽到噗通一聲，好像是扔小石頭的聲音。視線穿過暗處，往聲源的水面看去，看到淺淺的波紋漾動著。是那條魚嗎?不，如果大魚躍水的話，揚起的聲響應該更爲巨大而厚重。可能是有人往水裡丟擲石頭吧。會是誰呢？比呂司環顧著岸邊，看見人影晃動。大清早的，會是誰呢？岸邊浮現出一個黑影，一團碩大的黑影。是他，一定是池貝亙，錯不了的。他在幹什麼呢？他察覺到我在這裡了嗎？比呂司屏氣凝神，窺視著那個人影。

來了喔，要跟他做朋友喔！

此時，空中好像有什麼東西在動，宛若飛舞般地在空中迴轉，一溜煙往湖沼那裡延伸過去。原來是一隻釣魚竿。比呂司頓時戰慄不已。池貝那傢伙，那個叫阿亙的混蛋，我叫他不要來，他居然又跑來了，而且還拿著釣竿在那裡亂揮！實在很想立刻把他趕走，可是他是個高中生，又是柔道高手，不可能贏得了他。碩大的人影，依然在暗處緩緩地晃動著。比呂司在樹上，為了將地瓜切塊，手裡緊緊握著小刀。

——那個混蛋，居然敢在這裡亂釣魚！

五

阿亙在岸邊舉起釣竿，靜靜地拉線。先前的練習終於有了代價，投水的時候相當順利。與其用劍道「直擊面部」的招數，阿亙用「打對方腕部」的要訣揮竿反而比較容易正確地抵達目標。當釣線放到最緊的時候，再以卷軸固定起來，然後只要留意釣竿前頭的動靜即可。關於釣餌該用什麼呢？這個問題他想了很久。這一帶蘆葦叢生，草魚可能吃蘆葦就吃飽了，於是他將玉蜀黍柔軟的葉子綁起來串在釣鉤上。魚應該會吃這種東西吧，釣魚專書裡是這麼寫的，釣草魚要用稻類的嫩草來釣。

四周已經漸漸地亮起來。來到這裡的時候，就已經知道少年在樹上，先不去驚動他。少年從剛才就一副小心翼翼的樣子，避免弄出聲響，但是逐漸泛白的天空下，可以清楚看到少年的人影。而少年，大概也察覺到這裡的動靜了吧。

將釣竿甩出之後，經過了十五分鐘。樹上依然一片寂靜。阿亙想到，讓他憋太久了的話未免太可憐了，於是緩緩地朝大樹走去。

「怎麼樣？釣到了嗎？」阿亙出聲說話，但對方沒有反應，只有櫻花樹的樹枝婆娑搖曳。

「雖然你叫我不要來，可是我真的很想釣那條魚。應該沒關係吧，如果我釣到了會馬上把牠放掉。」

「是我先釣的，」有聲音回答了。「不過如果我釣到了，我會把牠吃掉。」

「那麼大一條魚，吃掉太可憐了啦。再說，那種魚應該不太好吃吧。」

「我要把牠拿來做浸冷水的生鯉魚片。」

「那不是鯉魚，那是草魚啦。你用什麼當餌？」

沒有回答。阿亙敏銳地察覺到，少年可能甚少與人交談，所以只會用生硬粗魯的方式回答。他花了很長的時間等少年回答，少年還是悶不吭聲，於是他又說了：

「釣草魚要用草釣喔，書上是這麼寫的。還有，如果魚上鉤的話，你要怎麼處理呢？那麼大一條魚，難道你打算從樹上把牠拉起來嗎？魚可是不會爬樹的喲。」

「你很吵耶。」

少年低聲說道。阿亙搖搖頭，打算回頭繼續釣魚。就在此時，「砰」地一聲，阿亙的釣竿倒了，慢慢地被拉向湖心。阿亙連忙跑向釣竿處，卻沒有抓到釣竿。釣竿離岸，在蘆葦叢裡前進，宛如生物般在水面滑動。阿亙穿著長褲下水追釣竿，終於抓到釣竿的尾部，而他的腰部以下已經全部浸在水中。當他試著把釣竿舉起來的時候，手部感到一股巨大的拉扯力。阿亙霎時愣住了。會是什麼呢？他使勁地拉，可是又不能硬拉，硬拉的話不是線斷掉就是魚竿斷掉。這個拉扯力是來自活著的東西。大魚上鉤了。

他緩緩地捲動卷軸，魚竿弓成一道巨大的半月形。當他想繼續收線時，突然，拉扯力好像停止了，一條長達十公尺的巨大黑影躍出水面。那是嘴巴被釣鉤勾住的草魚驚慌彈跳。眞的是一條超大的魚！當牠躍起的時候，彷彿整個湖沼本身彈跳了起來，大魚躍出水面轉了一圈，隨即又消失在水花四濺中。水聲遲了半晌才發出巨大聲響。阿亙心想，魚可能逃掉了，然而他還是繼續轉軸收線。強烈的拉扯力終於又回來了。鉤子還勾在魚嘴上。他腳下滑溜溜的，踩都踩不穩，很想把牠拉到岸邊，可是反而快被牠驚人的力道拉到湖裡去了。

「快來幫忙啊！」阿亙朝著樹那邊大叫。接著他看到一道黑影從樹上滑降而下，快速往這裡跑來。阿亙頓時鬆了一口氣，心想「得救了」，「抓住我褲子的皮帶，用力往岸上拉！」

水聲響起，少年過來了。阿亙心裡鬆了口氣，回頭一看，卻看見少年的手裡拿著一把小刀。當他回過神來，少年已經像扳木棒（註）比賽的木棒猛撲過來，一把抓住釣竿將它壓倒，再伸手到前面去，把小刀架在緊繃的釣線上。

「你想幹嘛！」

「這是我的魚！」

小刀動了，釣線硬生生地被割斷了。阿亙被釣線緊繃的反作用力反彈落水，四腳朝天。他立刻爬起來甩掉釣竿，往少年那裡跑過去。他想搶下少年手中的刀子，卻在奪刀的時候，割傷了手掌。然而他依然抓住了少年的手，在水裡過肩摔一決勝負似的將少年摔出。阿亙最拿手的柔道絕招，是把對方摔得遠遠的（這一招總有一天會派上用場）。少年狠狠地被摔到岸上去。就在少年整個身體快要趴撞落地時，阿亙突然看見他緊握在手裡的小刀。握刀的那隻手首先著地，隨後身體才由上而降。刀子刺進他的胸膛。突然響起一聲驚悚的聲音，是金屬刺中肋骨的聲音，「噹」地一聲。正中肋骨，刀子就停在肋骨上。這個聲音大得驚人，連有點距離的阿亙都聽到異常的巨大聲響。

阿亙連忙跑去打公共電話，隨後背著比呂司到馬路上。十五分鐘後，救護車才到。此時比呂司的胸部和阿亙的背部已經染成一片血紅。急救隊員首先詢問誰是傷患。由於阿亙的T恤背部也紅了一片，又一副失神的樣子呆坐在地，因此一時無法分辨。接著，比呂司被抬上擔架，阿亙也坐上救護車，醫院是比呂司的母親入院的鎮立醫院。比呂司立刻接受治療和輸血，傷口的縫合花了很多時間。阿亙坐在手術室外顫抖著，突然來了四個穿制服的警察，其中兩位警察又把阿亙帶回沼澤地。在那裡反覆仔細地詢問他事情發生的經過後，收押了掉落的小刀和釣竿。警察對阿亙宣稱這是一起傷害案件，但沒有對他銬上手銬，或許是因爲他只有十八歲。

阿亙從沼澤被帶到警察局的時候，比呂司在醫院裡接受別的警察問話。他對警察說，一切都只是他跌倒而已。小刀是用來釣魚的，當時想用它來割斷蘆葦，從岸邊下來的時候不小心跌倒了。警察覺得兩人的供述出入太大，幾次想重複問同樣的問題都被醫生擋下了。由於刀子停在肋骨上，以致沒有傷及內臟，然而傷口也有七公分之長。由於嚴重失血，使得他陷入昏迷。

比呂司住院十天。輸血用的血液由比呂司父親後援會裡的有心人士幫忙調來補給。阿亙的父親——池貝伸一也是同型的血液，他也想輸血幫忙卻遭拒絕。阿亙被處以保護管束處分，池貝伸一的政治生命（候選生命）也斷絕了。

這一起夏日悲劇，並沒有因此結束。比呂司住院期間，在他病房上兩層樓的地方，他的母親因子宮癌末期嚥下最後一口氣過世了，葬禮在比呂司無法出席的狀況下如期舉行。然而悲劇依然毫不留情地持續擴大，接下來降臨在鳥井山昭吾——這個被妻子的重病和兒子的醜聞壓得疲憊不堪的父親身上。最後這樁悲劇，眞的很像老天爺的惡作劇。他在出席鎮議會會議的回家路上，由於疲勞加

註：兩組參賽者互相扳倒對方用人所支撐的木棒，以先扳倒者為勝。

上心力交瘁，開車經過縣道的轉彎坡道時，與正前方迎面而來的卡車對撞。這是發生在比呂司出院前三天的事。比呂司勉強撐著身體列席父親的葬禮。那是個氣氛凝重的葬禮，人人靜默不語，鳥井山家前的道路幾乎被花圈淹沒。

諷刺的是，由於鳥井山昭吾之死，第二高票的池貝伸一得以遞補當選。然而池貝伸一回答地方新聞記者的採訪時，帶著滿臉苦惱的神情表示，他放棄這個遞補當選，以後也不再出馬參選。

還有一樁發生在比呂司身上最大的事件。這件事情，只有當時的醫生和幫傭志乃婚知道。從此，比呂司懷抱著這個事實，畏怯地過了八年的歲月。

無論如何，那是個兇暴的夏日。充滿瘋狂、邪惡、低級、毫不留情的夏日。然而八年前，那個夏天發生的事的確存在。

六

池貝亙假裝欣賞著白烏鴉的標本，心裡猶豫著要不要和比呂司打招呼。剛才在博物館前下公車的時候看到比呂司，就一路跟著他過來，但依然猶豫著該不該向他打招呼。剛才四目相交的時候，他可能也注意到了吧。既然這樣，再背對著他的話，反而顯得不自然。該怎麼辦才好呢？

阿亙今年二十六歲了，對於封鎖在八年前夏天的那一頁記憶依然無法釋懷。因爲，那不是「發生在那個夏天」的事件，而是「從那個夏天開始」的事件。從那一天起，阿亙的人生起了很大的變化。事發後三天，他去醫院探望比呂司，但比呂司不肯跟他說半句話。接著阿亙還受到保護管束和停學處分，連柔道大賽也不准參加。柔道迷的仰慕信也從此中斷，半封也沒有收到，阿亙的升學也晚了一年，到十九歲才得以高中畢業。在這之前，他的成績一向保持領先，之後突然一落千丈，想念的大學進不去，只好去念沒沒無聞的私立大學。兩年後又中途休學，現在在這個鎮上的電話公司上班。

阿亙的父親已經六十三歲了，退休之後，除了偶爾去工會的聚會露個臉，幾乎很少出門。父親已經對選舉失去興趣，事發之後也沒有責備阿亙。就連阿亙大學休學不念的時候，他也只說了一句：「既然要工作，就找工會那種穩定的地方做。」父親這種寡默的理解方式，反而讓阿亙覺得跟父親有隔閡。從那之後，父親就很少笑了。

比呂司和他的家庭也起了很大的變化。這些事情，阿亙也從旁人口中略知一二。如今事隔八年再度見到比呂司，覺得他長高了，卻也清瘦不少。除此之外，他感到比呂司有一種變化，少年時代那種刺辣辣的神情從他臉上消失了。不曉得這種印象從何而來，但那種令人神經緊繃的火藥味的確不見了，如今的他，變成一個白皙溫和的青年。剛才阿亙在展示物的暗處窺視比呂司的表情時就在想，這或許是自己的責任吧。把那個情感外露的少年的銳牙拔掉的，或許正是自己吧。

阿亙好幾次都想主動過去攀談。這個小鎮雖小，但只要一語不發轉身離去，可能又是好幾年不會再見面。而且小鎮升格爲「市」之後，人口也越來越多，說不定這輩子再也見不到面。但是，阿亙遲疑了。如果那個夏天發生的事是突發事件，那麼在這裡重逢也是「巧合」。既然如此，那就隨遇而安吧。但那個夏天的事無法忘懷、也無法捨棄。那個夏天，其實尚未結束啊。

有了心理準備之後，阿亙緩慢地回頭一看，比呂司就在站在背後，直直地盯著他。果然，他在剛才四目相交時注意到自己了。阿亙霎時語塞，不知道該說些什麼。「嗨，你好嗎」、「好久不見了」、「眞巧，沒想到在這裡遇見你」，腦海裡盤旋著該說的話語，偏偏沒有一句說得出來。就這樣，阿亙和比呂司一言不發地看著對方。突然遠處傳來砰然一響，可能是誰的文件之類的東西掉在地板上。結果，首先打破沈默的是比呂司。

「請你不要再管我的事了好嗎？」

眼神依然銳利，但透露著些許溫和。阿亙也因此放心了點。比呂司變成一個面貌細長、留著長髮的好青年，目光炯炯有神地看著他，大大的瞳眸清澈亮麗。一定有很多女性想委身於這雙瞳眸吧。阿亙暗自思忖看著比呂司。

「你跟著我到這裡來做什麼？」言辭尖銳。

「我剛好在入口處看到你，所以……你看起來蠻不錯的嘛。」

「那又怎樣？」

眞的難以親近。那是一起意外事件。當然阿亙認爲自己也有過失。而且那並不是比呂司向警方供述的，是他自己不小心跌倒刺傷了胸部，其實是阿亙把他摔出去才刺到的。就算阿亙沒有傷他的意思，但確實該負起責任。爲了這件事，比呂司一定很恨阿亙，說不定連他父母的死都怪罪到阿亙身上，果眞如此的話，這筆帳眞是還不了啊。

「傷口，能讓我看一下嗎？」阿亙說。與其繞著圈子說，他覺得直截了當地說比較好。他想親眼看看那個傷口。這麼一來，說不定能將對方的傷口當作自己的傷口背負起來。「傷疤還留著吧？」

「你在說什麼啊？」比呂司噗嗤一笑，露出兩排白淨的牙齒。「才沒有留下什麼傷疤呢，不要再管我了。」

「可是……」

「你走那邊！」

「啊？」

「我走這邊。就是這麼回事，懂了吧？」

比呂司丟下這句話便轉身離去，一會兒功夫就拐過轉角，不見人影。阿亙被拋在後面，愣愣地佇立在原地。那個傷疤不可能消失不見，傷口深及肋骨，聽說還縫了十四針。現在該怎麼辦呢？就這樣回去嗎？硬追上去的話，恐怕會加深彼此的傷痕。比呂司的腳步聲漸行漸遠。一旦破裂的東西，是不可能恢復原狀的。「喀嚓」，腦海裡突然響起一個小小的聲音（是那個聲音）。聽起來像是連結播放按鈕發出的細微聲音在腦海裡迴響。不趁現在和他說話的話，一輩子都無法和他和解。現在，現在就應該立刻追過去。

阿亙立刻追上去。比呂司站在兩個轉角交接處，不曉得在看什麼。阿亙放慢腳步，小心翼翼地走過去。就算被揍也無所謂。再怎麼痛恨也不過如此了吧。既然這樣，就像溜溜球一樣，接下來只要把拋出去的繩子捲回來就行。這種心理準備，使得阿亙的步伐更為堅定。

比呂司靠在欄杆上，觀賞著壁虎展示。那裡做了一個廚房，有個乾淨的流理槽，還有一台冰箱，另外還放置了一些烹調廚具和食器。說明牌上寫著「在住宅區，能以這種方式見到壁虎的機會越來越少了」。壁虎究竟在哪裡呢?阿亙站在比呂司的旁邊，看著廚房的窗戶。流理槽的前面有一扇窗戶，毛玻璃的另一面黏附著四個小點。原來壁虎在這裡啊。壁虎盯著一道黑影，黑影的上方有個三角形的小蛾黑影，壁虎擺出要攻擊蛾的態勢。壁虎不動，蛾也不動。

只爲了展示五公分的壁虎標本，竟然製作了一個廚房立體實景，這是誰想到的?又是誰做的呢?比呂司和阿亙都在觀賞著這個展示，彼此不發一語。阿亙突然覺得，兩人簡直像極了壁虎和蛾，而自己恐怕是那隻即將被捕食的蛾。

「這是我做的喔。」比呂司打破沈默，接著又說：「剛才那個烏鴉立體實景，也是我做的。」

「這是你做的……?」

「到我家來，我給你看模型。」

這話與其說是邀請，聽起來更像命令。

外頭細雨紛飛，像粉末似的。比呂司撐起自己的傘，逕自走出去。阿亙沒有帶傘，淋著雨跟在他後面。到了停車場，比呂司的車已經停在那裡等，阿亙坐上前座後，比呂司一語不發地啓動發車。

車內氣氛沈默尷尬，彷彿只有雨刷來來回回在兩人之間周旋。阿亙坐在前座，一直覺得比呂司的動作有點怪怪的，尤其是他掌控方向盤以及將信號燈桿推上推下時的動作，不知怎地，就是有種說不上來的感覺。比呂司手腕轉動的方式、或是操控方向盤時指尖的動作，讓他覺得有點不可思議。其實這一點，打從剛才他在博物館看見比呂司就察覺到了。動作太過優雅，極其溫婉柔和。說得明白一點，就是女性化。或許是他皮膚白皙柔細，才有這種感覺吧。雖然比他大了四歲，不過現在年輕人的舉止或措詞，也有逐漸走向溫和委婉的趨勢。如果把比呂司的舉止當作年輕人的特徵來看，其實也還不到令人側目的地步。父親也曾經提過，比呂司在雙親過世之後，一直是幫傭的老婦人帶大的。可能是這個關係，使得他養成纖細的感性和舉止吧。阿亙覺得這也是自己的責任，他宛如要偷學比呂司的手勢般地窺視著他。

穿越市中心之後，來到一處丘陵的半山腰，比呂司的家就在這裡。在偌大的家門前下了車進門。一條兩側栽種盆栽鋪著小碎石的步道一直通到玄關，二樓有個很大的陽台。玄關的門一開，比呂司說了聲「進來吧」。阿亙跟在他後面，繞過彎彎曲曲的長廊，來到一個面向庭院的客廳。這是個視野良好、清爽潔淨的房間。放眼看去，可以眺望剛才經過的市街區。

「我們原本是這一帶的地主，現在只剩這棟房子而已。」

他語帶責備，或許這種口吻只是他的習慣吧。

寬廣的庭院裡，有個圓頂型的超大溫室。在比呂司的催促下，阿亙踩著鋪著石頭的步道往溫室走去。打開入口的玻璃門進去一看，感覺裡頭比外觀大很多。溫室中央，矗立著一棵高約五公尺的旅人蕉，搖曳著巨大扇子般的葉子。周圍還有德利椰子和球狀的仙人掌、裡葉草、露兜樹等植物。看起來照料得鑾好的，植物的葉子都長得水水嫩嫩的，很清潔、規矩地的長在地面上。

「這是個熱帶植物園啊……」阿亙讚嘆地說。「照料起來很費工夫吧？」

「這是模型啦，全都是做出來的。」

阿亙環顧溫室室內，還伸手去摸摸身旁的草。沒錯，仔細一瞧，這些全都是和實物一樣大的模型，精巧到光靠觸感都無法辨識。連土都不是眞土，而是鋪在運動場或競技場那種人造橡膠粒子和活性碳粉之類的東西混合製成的。植物看起來水水嫩嫩，是因爲屋頂裝設的灑水器灑水的關係。淡淡的光線，透過透明的圓型屋頂照在植物上。宛如置身於一座眞正的熱帶雨林迷宮裡。

「種植花草是我父親的興趣，但是照顧起來很花錢，所以我把它變成了實景模型。做到這種地步，也花了八年的時間。」

八年……從那時候開始的。阿亙突然聽到小鳥的叫聲，抬頭一看，一隻藍色小鳥輕盈地飛過香蕉樹稍。再仔細一看，好幾隻美麗的小鳥停在樹枝和屋頂的骨架上，發出尖銳的叫聲劃空而過。由於溫室不算太大，霎時滿天都是羽毛飄落，看來這些小鳥應該是眞的。

「這也是做出來的。爲了讓牠們不定期地展翅飛過，上面架設著金屬線，而聲音則是由揚聲器發出來的。來，過來這裡。」

比呂司走在前面。看來這裡的植物種類比想像中還多，可是竟然全是人工做出來的模型，眞的令人難以置信。阿亙跟在後面，邊走還邊伸出手指去捏捏葉子。好幾片葉子上，甚至還有被蟲咬過的痕跡。這是用加賀友禪（註）的「蟲咬」技巧雕製而成的，使得周圍的花葉看起來更加栩栩如生。走過一條細細的小道，立刻來到另一邊。比呂司半回頭地指著溫室裡說：

「你看那個！」

「那個是……」

阿亙屏氣凝神。那裡聳立著一棵大樹，就是記憶中矗立在湖沼邊的那株櫻花樹。樹幹的粗細，樹皮的凹凸，還有樹枝的位置、彎曲的程度，都和記憶中一模一樣，矗立在那裡。

從接受保護管束處分的那個夏天起，一直到第二年春天，一共六個月的時間，阿亙不能隨便亂跑，去哪裡做什麼事都要清楚交代，還必須向家庭裁判所的調查官表明希望活下去不會輕生的態度。這段期間，阿亙每天都去沼澤處，花很多時間待在那裡。所以，絕對不會看錯。

「這不是那棵樹嗎？」

他抬頭仰望著樹，看見從下面數來第二根粗樹枝。那的確是突出在湖沼上，八年前比呂司坐在上頭釣魚的那根樹枝。那根樹枝也在這裡，傾斜而出逼近水面的樹枝，如今好像低頭不解地看著，下面為什麼沒有湖沼。

「這棵樹是我的。」比呂司突然冒出這句話，「就從這裡開始的。」

註：友禪為著名和服織物，分為京友禪與加賀友禪兩種。其紋樣及色彩趣味大異其趣。加賀友禪以胭脂、紫、綠、藍為多，一個單位紋樣由多種色彩染成，常用暈染技巧。

小鳥又飛過空中。看來很像南國的鳥，阿亙不曉得牠叫什麼名字。究竟——他思索著，這八年裡，比呂司究竟出了什麼事？

七

旅人蕉的下方，擺著白色的帆布躺椅和圓桌。比呂司坐在躺椅上，對著站在一旁的阿亙說：

「坐下吧。」阿亙緩緩地在對面的椅子坐下。他的身材魁梧，但並不肥胖，肌肉非常緊實。身材魁梧但動作敏捷輕快，他還在練柔道嗎？八年前來醫院探病的時候，他說他已經不練柔道了。溫室裡非常暖和，阿亙流了一點汗，把深藍色的夾克脫下。比呂司看著他脫夾克的動作，心頭突然湧起一股無以名狀的溫熱感。這是他第一次見到阿亙時就感覺到的，一種會讓胸口突然揪得很緊的情愫。這究竟是什麼呢？當他正在想的時候，聽到一個聲音：

快，快跟他說話啊！

這是從耳朵裡直接發出來的，是那個聲音在說話。比呂司覺得有點不知所措，環顧著四周。到底該說什麼好呢？

什麼都好啦。談那件事也沒關係啊。

什麼？不能談那件事啦。比呂司沈默不語。這時，阿亙好像想說什麼。不過他只是環顧著溫室室內，一直沒有開口。就這樣彼此沈默著，宛如接續八年前的那場沈默，兩人依舊不發一語。過了一會兒，志乃嬸端著托盤進來，上面放著咖啡杯。阿亙點頭向她打了個招呼。志乃嬸帶著詫異的表情看了看阿亙，好像終於察覺到什麼，說：

「啊，昨天你也有來探病嘛。」

然後，她非常客氣地向他欠個身，隨即離開溫室。阿亙顯得一副莫名其妙的樣子。志乃嬸有點時空錯亂，無法正確掌握狀況。她變成這樣，大概是從三年前開始的吧。比呂司想把事情的原委告訴他，不過後來沒講，想說反正他以後慢慢會知道，只改口說了一句：「喝啊。」

你這種口氣未免太粗魯了吧？

聲音又說話了（你很吵耶，安靜點行不行），比呂司的脾氣也大了起來。他就是想聽聲音說話，才把阿亙帶到這裡來，可是它今天話實在太多了。比呂司只是想稍微聽點它的感想。

咖啡的香氣飄蕩在四周。志乃嬸沖的咖啡，比呂司從小就喝慣了，是一種溫和中帶著微酸的味道。阿亙稱讚咖啡的味道後，問比呂司：

「那隻鸚鵡是眞的吧？」

大谷渡樹旁的T字形支架上，停著一隻葵花鳳頭鸚鵡。那的確是眞的。全身覆蓋著雪白的羽毛，頭頂上有個很大的黃色羽冠。好大的一隻鸚鵡，大到連一般的貓看了都會毛骨悚然不敢靠近。

「鸚鵡是眞的，不過其他都是模型。」

「那棵櫻花樹也是眞的吧？」

「我已經說過了，這裡的一切都是我做出來的。」比呂司含著一口咖啡心想：爲什麼自己講話總是這麼尖銳。「我只是忠實地臨摹那棵樹。三年前，那一帶因爲整地的關係，決定把那棵樹砍掉。在砍之前，我每天到沼澤去臨摹，想做一棵一模一樣的樹出來。」

比呂司心想，他應該沒看出來吧。即使假的東西裡面混了眞的東西，任誰都看不出來才對。阿亙放下咖啡杯，說他眞的很驚訝。接著又說他想再去看一次就起身離去。然而過了五分鐘都還沒回來。比呂司到樹那裡看了一下，看見阿亙站在樹的旁邊，伸手撫摸著樹。

「不，這是眞的。我知道這是眞的。」

「爲什麼你知道是眞的？」

「因爲這棵樹的一切，我全部記得很清楚。不論是樹枝還是樹皮，都跟那時候一模一樣。」

「我把砍倒的樹拿回來，用矽膠固定起來。葉子是模造的，但是樹幹跟樹枝都是眞的。」

「眞懷念啊。站在這裡感覺好溫暖，這是眞的樹才有的溫暖。」

「是嗎？」比呂司說。「模型比實物溫柔多了。不過，只有這棵樹例外。這棵樹……它會說話。」

「它會說話？」

「我從小時候就聽過它說很多話。」

比呂司開始述說往事。說起太郎還沒這麼大，比呂司還在念幼稚園的時候聽到大樹說話的事。還有到了現在，還會在耳朵裡聽見那個聲音的事。說完之後，比呂司感到有點納悶，爲什麼自己變得這麼饒舌。他還是第一次跟別人說這麼多話。而且對方竟然是阿互，一個他根本不想談話的對象。可是自己卻像被一股著了魔的熱氣吸引似的，拚命說個不停。比呂司想到這裡，沈默了起來。

「意思是，你的耳朵裡有個小小的人？」

「不是隨時都聽得到，只是偶爾，像剛才也聽到了。」

「它說什麼？」

比呂司沈默不語。如果把這說出來，那件事也就非說不可。怎麼可以說呢？更何況他跟阿互的交情還不到交心的地步。

跟他說啦！

突然，聲音又說話了。不行，那件事我不想跟任何人說。根本也沒有人可以商量。能夠聽他傾訴的父母已經不在，跟志乃嬸說也沒什麼用。志乃嬸連一般的狀況都無法掌握，跟她說那件事的話，只會使她更混亂。

陰莖的事，到底該找誰說才好呢？

八

八年前，那位年輕護士，不知如何判斷。

大清早，一個少年被救護車抬進來。胸部的傷口消毒縫合之後，少年躺在床上睡覺。由於局部麻醉沒什麼效果，少年醒來拚命喊痛，又給他打了輕量的麻醉劑才得以入眠。麻醉生效的期間，無法控制排尿。年輕護士想從少年的陰莖插一條導尿管到膀胱，卻突然遲疑了。她不知道該怎麼辦，於是找主治醫師商量。然而主治醫師並非這方面的專家，找來了年輕的泌尿科醫師影山。影山診察了少年的泌尿器後，對護士下達指示：

「總之先把導尿管插入陰莖，這應該沒問題吧。」

那天晚上，影山醫師回到大學研究室，查遍了泌尿器相關的醫學辭典和畸形文獻資料。根據所有搜尋的資料，得出一個結論——這不是什麼太稀奇的事，儘管如此，如此明顯的例子仍然相當罕見。根據文獻資料顯示，包含外觀上有點曖昧的情況，一百個人之中大概有兩、三個人。而少年的例子，大概一萬個才有一個，但也並非全然沒有。影山想起希臘神話裡的故事：水之仙女莎曼西絲（Salmacis）永遠不願和愛人赫梅弗度斯（Hermaphroditus）分離，而向眾神祈願的故事。她的願望實現了——

「兩人合而為一，成為一個合體。

一張臉，一個身體，一個心。

從此兩人不再是男人或女人，而是雌雄同體。」

有乳房，卻也擁有男性生殖器的女神——赫梅弗度斯。印度的濕婆神（Siva），也是個擁有男性生殖器的半女性之神。亞當和夏娃，原本也是一體的，只是後來分離爲男人和女人。影山很喜歡神話故事。這些故事都有一個共通點，正因爲原本是一體的關係，所以互相追求不同的性。他經常在女性面前引用這些神話，當作一種神聖的故事，來爲自己二十幾歲健全的性慾追求背書。人類曾經是雙性同體並存的，所以才會互相吸引。然而，儘管適合拿來當作講給女性聽的枕邊細語，就醫學的事實而言，便不能如此漫天夢囈。到了醫院，有現實而艱難的作業等著他。

影山認爲，首先必須把這件事告訴少年的家人，至於要怎麼做，以後再說。少年的父親以正値鎭議會的會期爲由，很少來醫院探病。也或許，這只是個藉口，他把兒子的這件醜聞當作自己的缺失，因此不太願意來醫院。影山知道少年的母親也在這裡住院。她的病情看起來很嚴重，然而在止痛藥快要失效的兩個小時裡，會猶如撥雲見日般的恢復意識。那時，她說話很清楚，雖然無法起身，但是可以和人說話，有時候還會看點書。影山決定趁這個時候，去五〇二室探訪鳥井山光枝。

少年的母親分配到一間單人房。年輕護士說，由於她丈夫是個大地主，護士長特地爲她找了一間單人房。影山掀起入口處的淡綠色隔簾，心裡思索著該怎麼說才好。他不願讓患者耗費心神，只好看對方的反應見機行事。

「打擾了。」他打了一聲招呼進入病房。

光枝的胸前攤著一本書，眼睛是閉著的，可能是看著看著睡著了吧。影山輕輕說了一聲：「你在休息啊。」光枝突然睜開眼睛，和影山四目相交，隨後把書本闔上放在枕頭邊。書本的封面寫著《隨筆集》。就住院患者而言，這是一本相當費神的書。

「蒙田（註）的書啊？我學生時代也讀過這本書。」

影山露出沈穩溫和的笑容。光枝一副好像隱藏的事情被發現似的，立即將書塞到枕頭下，拿下那副快要掉落的讀書用眼鏡，目不轉睛地看著影山。

「你不是那位常來的醫生，你要量體溫啊？」

「不是，我有一點事想跟你談一談。可以嗎？」影山等著對方的回應，打開放在一旁的折椅坐下，「身體覺得怎麼樣？」

「今天感覺很好。夏天的早晨眞的很舒服啊……，這個人當過波爾多的市長，晚年過著隱居的生活。」

「誰？」

「蒙田啊，你不是要來談他的嗎？」

「我不是來談這本書的。我是泌尿科的醫生，我姓影山。我想跟你談一談你兒子的事。」

聽到「兒子」這兩個字，光枝臉上浮現一層陰霾。

「你知道他在這裡住院吧？」

「我知道他受傷了，住在三樓。他的傷勢重到沒有辦法來這裡嗎？」

註：米歇爾・德・蒙田（Michel Eyquem de Montaigan, 1533-1592），為法國文藝復興之後，最重要的人文主義作家和道德思想家。其文章涵蓋歷史、哲學、政治等理念，他的紳士教育論為後來英國新教育思想的先趨。

「到傷勢穩定之前，我要他安靜療養。再過個兩、三天或許就能下床走路了，到時候他會來看你的。此外，我稍微檢查了一下你兒子的身體……」

影山告訴自己不要著急。對方是個病人，而且體力很差，精神上也相當脆弱。病人能依靠的不就是醫生和家人嗎？如果把她的家人，也就是兒子的事告訴她的話，即使是健康的人也會受到很大的打擊。我來這裡不是爲了要驚嚇她，這點千萬不能忘記。慢慢說，慢慢說。

「泌尿科的醫生爲什麼會問我兒子的事？」

「你兒子，也就是鳥井山比呂司，他是個怎麼樣的人？」

「昨天來這裡的刑警，也問了同樣的問題。我在三年前，比呂司念小學五年級的時候就到這裡住院了，說不定因此對他產生了什麼影響。他是很普通的孩子，個性非常溫和，是個好孩子。我也這麼告訴刑警先生，那個孩子不可能會做壞事。」

「你誤會了，我想問的不是這個。該怎麼說呢，他是個很活潑的孩子嗎？比如說，他都做些什麼運動呢……」

「我不知道你想問什麼，能不能請你問得更清楚一點。那孩子的身體，哪裡有問題嗎？」

「是這樣的，護士小姐……」不要急，「因爲你兒子一直喊痛，所以給他打了麻醉針。本來只是局部麻醉就行，爲了讓他好好睡一晚，注射了輕微的全身麻醉，這也是爲了保護傷口。麻醉這種東西，儘量要用輕一點比較好。麻醉科醫生說，麻醉師的職責不是在施予麻醉，而是讓病患醒來。萬一醒不過來就傷腦筋了。這就跟煙火師的工作是一樣的。如果煙火師打上空中的煙火，在火還沒有熄之前就落下來，這是很麻煩的，所以他們的職責是在空中讓煙火熄滅。」

「你是來跟我談煙火的？」

影山心想，自己在說些什麼呢。當醫生都三年了，到現在還學不會跟患者說話。爲什麼沒有特別爲醫生開的語言講座呢？

「護士她……」還是應該從這裡講起，「她要幫他插導尿管，以便處理他麻醉時的下半身排泄問題。」

光枝也有使用導尿管，應該明白才是。

「當護士打算把導尿管插入你兒子身體的時候……」

「這樣啊，所以她看到了那個。」

光枝直言無諱地說。

這樣啊，所以她看到了那個。

我有想過，總有一天會有人知道的。最早察覺到的應該是比呂司本人，然而在他察覺之前，我必須儘可能的在他小學畢業之前告訴他。沒想到還在想的時候竟然就住院了……他來看我的時候，好幾次我都想在病床上告訴他。可是，偶爾才能見得到面，而且他來看我的時候都顯得精神奕奕的，看到他那個樣子我就難過得什麼都說不出來了。每次都想，好，下次一定要告訴他，結果就這樣一直延宕下來。那孩子來的時候，我還曾經假裝睡著，偷偷地流淚。

可是，把實情告訴那個孩子，是我的職責。知道這件事的只有我，還有一個那孩子出生前就在我家幫傭的志乃嬸而已。志乃嬸是我們的遠房親戚，沒有家人孤伶伶一個人，我先生於心不忍就把她接回家來，雖然說是幫傭，但我先生一直把她當作家人看待。她剛來我家的時候已經五十幾歲了，她有助產士的經驗，那孩子出生時也是她幫忙接生的。

那孩子出生一個星期左右，志乃嬸突然說有事情要跟我說。起初，我根本聽不懂她在說些什麼。就好像醫生你剛才說話的方式一樣，想說什麼可是又不知道怎麼說。她想說那孩子的小雞雞有問題，偏偏又不得要領。於是我豁出去了，把睡覺中的孩子的尿布卸下來，看一看志乃嬸說的小雞雞。雖然平常都是志乃嬸在換尿布，我也曾經換過幾次。乍看之下，沒有絲毫異常之處。照志乃嬸說的，她覺得那孩子的小雞雞有點腫脹扭曲。

她叫我仔細看清楚。這是我第一次生小孩，嬰兒的性器官應該長得什麼樣子，我根本一無所知。不論是臉、手、還是腳，所有比例都和大人不一樣，人們說嬰兒就是這樣，我也就認爲這樣，我所理解的只在這個範圍之內。下面有個長得像小指頭般的小雞雞。志乃嬸看過好幾次，她說這個小雞雞很雄偉。我個人是覺得……好像有點太小了，不過志乃嬸說的應該是正確的。

我說，那不就沒問題囉。志乃嬸用手指捏起比呂司的小雞雞，我還是看不出有什麼問題。接著，志乃嬸單手抬起比呂司的雙腳，叫我靠近一點看他的屁股。我現在還這麼認爲，女嬰兒的性器官幾乎跟肛門的洞是一樣的，根本看不出個所以然。因此我同樣搞不懂問題在哪裡，志乃嬸也只能無可奈何地嘆了口氣。我想起附近朋友家裡有個小女嬰，幾天後我去他家看換尿布的情形。結果，那個女嬰的屁股上有個和比呂司小雞雞後面一樣的東西。

我先生已經把名字都想好了，慶幸生了個男孩，還說要把他的選舉勢力交棒給這孩子，高興得不得了，根本不適合跟他談這件事。一方面，我自己也還半信半疑。雖然我有想過去找醫生問問看，可是最後還是決定等弄清楚一點，等自己完全確認之後再說。否則不只是自己丟臉，還會馬上弄得全鎮都知道——這是我先生最忌諱的事。就這樣不管三七二十一，我們把孩子命名為比呂司，當作男孩子去戶政事務所報戶口，給他穿藍色或綠色系的衣服，以男孩子的方式養育他。

雌雄同體。我知道雌雄同體這個詞兒，是很久以後的事。

當然，比呂司被當作男孩養育。這件事並沒有發生任何問題。尿尿的時候也是從陰莖的前面像噴水一樣噴出來，不包尿片開始走路之後，他也會抓起自己的陰莖排尿。志乃嬸看了對我說，她以前太神經質了，覺得很丟臉。可能是她當助產士的時候，看過太多人出生，聽過太多生產的例子，因此變得過於神經質了，而且還向我道歉呢。之後，志乃嬸把比呂司當作自己的孫子般疼愛。

玩具就不用說了，我們還買了很多男孩子的東西給他。不論是食器還是衣服，都是男孩子用的。藍色的鞋子、藍色的素描簿、綠色的腳踏車、藍色的筷子和茶杯。比呂司所有的東西是藍色或綠色系的，背包和帽子上還印有怪獸或機器人的圖樣。不過話說回來，小孩子的東西，爲什麼要分男生用的或女生用的呢？我在幫比呂司買東西的時候，總有這種疑惑。上了幼稚園之後，比呂司的房間簡直像把百貨公司的男童用品賣場整個搬過來似的，滿屋子的東西，不是藍的綠的，就是黑色或咖啡色的。

不論誰看到比呂司，都覺得他是個可愛的男孩。不過那件事，始終盤旋在我的腦海裡。幫他換衣服，或是跟他一起洗澡的時候，我總會輕輕拿起他的陰莖，裝作若無其事地觀察著。不論看了多少次，依然半信半疑。可能是我經常去碰他的小雞雞的關係，到了小學二年級左右，他就拒絕跟我一起洗澡了。他爸爸本來就不喜歡跟小孩一起洗澡，我也從此失去了確認比呂司小雞雞的機會。雖然有年齡的差別，不過大部分的小孩到了一個時期，都不喜歡讓父母看到自己的性器官，只是比呂司稍微早了一點。

那麼，比呂司會把他的陰莖讓其他的人看嗎？現在的小孩，排成一列比賽撒尿的情況已經很少見了，如果真的有的話，比呂司陰莖後面隱藏的那個——女性的性器官，也是藏在其他的小孩根本看不到的內褲裡吧。不給父母看，加上沒有機會和朋友互看陰莖，小孩能看到的就只有自己的了。認為這種東西就是性器官，然後就這樣長大成人不是嗎？稚齡的小孩根本沒有機會自己去查看圖鑑上描繪得很精密的性器官，於是在懂得將圖鑑上的畫和自己的作比較之前，過著不知道其間差異的生活。不過，我知道，總有一天這孩子會察覺到。

「在他察覺之前，我應該先跟他說的。」

光枝說了一段很長的話。影山學到一件事，自己不要說太多，這是最佳的溝通方式。

「這麼說，你兒子還不知道這件事囉？」

影山終於開口。霎時，病房裡一陣沈默。光枝拿起床單的一角輕輕擦拭額頭。患者疲累了。但是，還有一些事非說不可。他就是為此來到這裡的。

「需要動手術。雖然還得詳細診察才會知道，但八九不離十。」

「動手術……？為什麼需要動手術？」

「照這樣下去的話，你兒子會變成不男不女——變得存在於男性和女性之間。為了固定他的性別，我認為應該動手術。大概，會固定成女性吧。」

光枝想起身，卻偏偏爬不起來。她的腰部用了一點力，黃色的液體隨即流過透明的導尿管。於是她伸手拿起枕邊的《隨筆集》，將它放在胸前，快速地翻著書頁，不像在閱讀的樣子。影山心想，她可能在找其中的一段文章吧，於是靜靜地等候著。「兩點鐘的量體溫時間到了……」院內的廣播平靜地說著。

「你請回吧。」光枝「啪」地一聲闔上書本，緩緩地說：「那孩子是個男孩。我不會讓你動手術。」

「但是……診察的結果，他的陰莖只有連接排泄器官，沒有連接輸精管。女性性器官的功能性比男性性器官來得完整。這種情況，我們會建議固定在性徵比較強的那一邊。雖然還要看精密檢查的結果才會知道，但是檢查了你兒子的性染色體……」

「泌尿器官的教科書上是這麼寫的嗎？你還很年輕，所以不明白。那孩子是個男孩，不可能讓醫生任意擺佈。」

「可是……」

「你請回吧。不然我要大聲叫人了，說你擅自進入這裡，對我說低級下流的話。什麼陰莖什麼小雞雞的，你不要太過分。」

影山突然意識到，他現在是在跟鎮議員的妻子說話。他從椅子上站起來。該說的話已經說完了。他把椅子摺疊起來靠牆放好，平靜地行個禮，正要離開病房的時候，背後傳來聲音。

「你會跟那個孩子說吧？」

影山原本打算就這樣離去，但是他答道：

「看時期而定，我認爲最好告訴他。但，如果你反對的話……」

說完，他等了一會兒。母親不發一語。影山拉開隔簾走到走廊上。這時，他覺得好像忘了講什麼——他忘了講「這樣放著不管的話，或許會給那孩子帶來不幸」。不過，這是教會的牧師或占卜師的事吧。而且，日後應該還有機會說。不要急。他這樣告訴自己，起步朝走廊走去。

但是影山醫師失去再度和少年的母親說話的機會。那天夜裡，光枝顯得痛苦異常。護士趕過去一看，護士呼叫鈴被扯得亂七八糟，看來她一定很痛苦。第二天清晨，光枝嚥下了最後一口氣。在她斷氣前，夢囈般地說著一些男性性器官的事，讓值班醫師覺得很不可思議。當值班醫師把這件事告訴隨後趕來的鎮議員丈夫，被他罵胡說八道，還警告他不准說出去，狠狠地把他斥罵一頓。幾天後，這位鎮議員也因車禍過世了。過不久，光枝的主治醫師也忘了這件事。

影山醫師知道少年一下子失去雙親，打擊一定很大。一時不知該如何是好，直到少年出院那天，在前來迎接的老婦人志乃嬸的陪同下，才把事情說出來。少年靜靜地聽著，不過看得出來他內心很混亂。影山爲了檢查，從少年的口腔中採了一些口腔黏膜細胞出來，告訴少年沒什麼好擔心的，胸口的傷已經完全好了，以後到泌尿科來接受檢查。之後，少年曾經來過一次，聽取性染色體的檢查報告，從此就沒再出現過。有一段時間，影山非常在意這件事，然而隨著少年的病歷被放到檔案櫃的深處後，也漸漸忘卻了。

九

八年前，比呂司從醫生那裡聽到這件事。那時，跟他在一起的志乃嬸並沒有露出太過震驚的表情，只是安慰他：「別擔心，你是個男孩子，是我親自幫你接生的，我清楚得很。」父親的葬禮、母親的法事，還有自己受傷住院而延宕的學校暑假作業。悲傷、憤怒、焦躁，這些情緒如洪水般同時襲來的時期，比呂司沒有多餘的心思去想影山醫生說的話，精神狀況也根本不允許。然而，隨著歲月的流逝，那件事逐漸在他心裡孕育成形。

中學三年級，當他遇見某個女孩的時候才察覺那事明顯對他造成困擾。那時同班同學裡，有個叫香織的女孩。比呂司愛上這個女孩。或許有點太晚，然而這是他的初戀。就在這個時候，他意識到陰莖不是個排尿器官，而是個性器官。然而面對一個連手都還沒牽過的初戀對象，是不可能談這種事的。

陰莖的事情，到底該找誰談呢……？

比呂司陷入沈思。眼前的阿亙，露出陶醉的神情品嚐著咖啡。鸚鵡偶爾會自個兒嘀嘀咕咕亂說話。除了志乃嬸之外，阿亙是第一個進入這個溫室的人。他沒有什麼朋友可以帶來這裡——因爲他擔心，他對於自己性器官的煩惱，不單是異性，可能也會在同性之間形成一種尷尬。

跟他說說看怎麼樣？

聲音說話了，但比呂司依然猶豫不決。高中的時候，同年級的男生有的沈迷於電視遊樂器，有的忙著補習；而女生也頂多看看少女漫畫，幻想自己的未來。他沒有半個推心置腹、可以談心的朋友。一直到現在，也沒有半個可以認眞（不要笑！）聽他說陰莖的事的人。他覺得只要有人肯聽他說，不論是誰都能跟他變成好朋友。八年來，獨自背負著這個祕密，實在太過沈重也太久了。現在比呂司猶豫著，究竟要不要跟阿亙說。

跟他說吧，他是你的朋友不是嗎？

不是，他是敵人。他是父親的敵人的兒子，也是自己的敵人。以前是、現在是、將來也是，既然如此，爲什麼今天事隔八年重逢，會突然把他帶到這裡來呢？或許就如聲音所說的，是想跟他聊聊陰莖的事吧？不可能，沒有這種事，我不是那種嘴巴輕浮的男人，我才不要跟他說。

「牠話還眞多啊。」阿亙說。

回過神來，鸚鵡不曉得在說些什麼。

「siranpuri!」說得很大聲。

「那隻鸚鵡在說什麼啊？」阿亙問。

「那是英文啦。Sit down, please 跟 siranpuri（譯註一）的發音很像，那是一本老舊英語會話裡的句子。這麼簡單的語彙遊戲雖然不太實用，我父親去海外考察時經常用這本書在學英文，順便也教了鸚鵡。連『hottaimo ijiruna』（譯註二）這種話都教牠，聽起來像英文的 What time is now?」

「原來如此……好可愛的鸚鵡啊。」

「你要的話，送給你。不過普洛特——是這隻鸚鵡的名字，牠是二手貨喲。」

「什麼意思？」

「給你一隻二手的鸚鵡，和給你一隻小貓或綠龜是完全不同的。因爲語言會隨著鸚鵡一起轉讓給你。這隻鸚鵡說話的腔調跟我過世的爸爸很像。如果這樣你也無所謂，就送給你。」

阿亙說了一句「原來是這麼回事啊……」接著就沈默不語。空氣中流動著一股尷尬的氣氛。溫室裡響起一陣嗤嗤的細小聲音，原來是鸚鵡在啄食向日葵的種子，一邊吃一邊說話。眞是個愛說話的傢伙。看得比呂司也希望自己變成一隻鸚鵡。

「我有事要跟你說，」比呂司開口了，可是馬上就後悔。不行啦，那件事怎麼可以說呢。阿亙從鸚鵡轉向比呂司，問了一聲：「什麼事？」於是比呂司決定轉換話題，「我現在在找兼差的工作……你知不知道有什麼好的兼差工作？」

「兼差工作……？你不是在做模型嗎？那種工作應該蠻賺錢的吧。再說，你有一棟這麼大的房子。」

「房子又不能吃。」比呂司笑了笑。他有個毛病——不會笑，他知道自己的笑容一定很僵硬。「做模型只是我的興趣。而且這個溫室的材料很多都是博物館分送給我的，我收的錢大概只相當於材料費。」

「如果是模型的工作，應該還有其他的。例如展示公司，或是電影的佈景道具之類的。」

「我不想靠模型賺錢。」

譯註一：「知らんぷり」日文有裝糊塗之意。

譯註二：「掘った芋いじるな」原意為不要欺負被挖起的蕃薯。

比呂司是這麼想的，把興趣拿來當生活的糧食，興趣就會失去它的趣味。

阿亙稍微想了一下，問他希望有多少時薪。比呂司回答，除了餐飲業之外，時薪多少都無所謂。由於他父親是個保守主義的人，認爲男人不該從事飲食行業，受到父親的影響，他想避開餐飲業。

「深夜的工作也可以嗎？」

「深夜比較好，因爲白天我得製作模型。」

「有個地方人手不足很頭痛，我幫你問問看……不過，那是電信局。」

「你有人脈嗎？」

「我在那裡工作。」

阿亙站起來問，改天還可以來看樹嗎？其實無所謂，但比呂司故意回答「這樣會很麻煩」，還說：「你知道玄關在哪裡吧。」阿亙回答知道後，隨即離開溫室。

比呂司故意等了一會兒才走到玄關去看看，他看到阿亙剛走過鋪石地，壯碩的身影消失在大門口。比呂司在那裡站了一會兒。他不知道帶阿亙來這裡是對還是錯，但是他有個預感，覺得有什麼事要發生了。那種感覺，猶如海水即將滿溢一般。抬頭一看，雨後晴空藍得很清澈。夏天就快到了。彷彿那轉眼消逝的八年前的夏天，即將再度緩緩到來。

十

盛夏猛暑，炎熱的日子持續著。到了傍晚，天色突然急遽轉暗，遙遠的天邊開始閃起光芒。阿亙開車進入電信局的停車場，心裡一邊想著，下過午後雷陣雨應該會稍微涼快點吧。下車後抬頭一看，豆大的雨粒驟然落下。夏天不只是熱而已，還會下起意想不到的雨。他這麼想著，小跑步往局裡跑去。建築物的外壁，貼著一個藍色狀似蝸牛的螺旋狀ＮＴＴ（日本電信電話公司）標誌。值夜班的時候，要在這棟建築物裡待到清晨，直到那個標誌的燈光消失爲止。

那天之後，阿亙去過比呂司家好幾次，也看到植物園的景觀模型。那精巧逼眞的程度總讓阿亙十分震驚，每看一次都有小小的新發現。有在地面上爬的螞蟻，還有在葉稍啃食的小蟲，也發現蜜蜂在築巢的景況。他想勸比呂司把這個工作當作本業，但比呂司堅持把它當作興趣。阿亙也曾經請比呂司教他製作模型，可是因爲手指不靈活，怎麼學都學不會。每當比呂司在製作模型時，看起來總是很開心，偶爾還會露出純眞自然的笑容。然而他依然和阿亙保持相當的距離，不願更接近阿亙。這也難怪，那一樁夏日事件，猶如無法消失的曬傷印記，緊緊烙印在彼此的心裡。在阿亙的介紹下，比呂司兩個星期前開始到這家電信局打工。這件事，似乎慢慢地縮短了兩人的距離。比呂司來了嗎？驟然傾盆而下的大雨淋濕了阿亙的肩膀，他快速地奔向局裡。

阿亙在入口處的密碼鎖輸入密碼開了門，裡面有一條幽暗的通道。通道的盡頭還有一扇鋼鐵製的大門，這裡也同樣要輸入密碼才能進入。裝設電話交換機的區域，爲了不讓外人隨便進入，設有重重的安全措施。

鐵門打開之後，裡面響著猶如飛蟲拍翅的聲音。那是小小聲的「喀嚓」聲所集合起來的聲音。宛如無數的昆蟲聚集在一起，拍動堅硬的翅膀嗡嗡作響，充斥在這個像體育館一樣大的空間裡。阿亙在入口處按下打卡鐘，在拍翅振羽聲中慢慢地走著。左右兩側是放置交換機的架子，每一架都塞得滿滿的，像書架般排列著。架子和架子之間有一條狹窄的通道，勉強可以讓一個人通過，每一條通路都編上不同的號碼。這個地方，大約有二十萬個線路份的縱橫式交換機。每個交換機的繼電器開關有火柴盒那麼大，線路接上和切斷的時候，會發出喀嚓一聲，小小的聲響。由於這些交換機是一起運作的，所以聽起來像飛蟲拍翅。這種聲音從沒間斷過，尤其到了電話使用率高的尖峰時段，聽起來就像蝗蟲過境。阿亙很喜歡這種聲音。

阿亙進入ＮＴＴ工作，擔任這個區域的維修工作已經五年了，所負責的是客服部的通訊維修。這個部門主要的工作是維修局內的交換機，由於障礙台的詢問電話是一一三，所以通稱爲「一一三部門」。這裡二十四小時都有人值機，處理申訴問題和故障維修工作。整個部門分成Ａ到Ｄ四大區域，中間有兩條彷彿隔開四大區似的十字型主通道。在這兩條主通道交差的地方，也就是整個區域的正中央，設置著六張桌子，面對面擺著。這六張桌子，宛如浮在電話海裡的孤島。而比呂司，就坐在孤島上。那個在博物館遇見時臉色蒼白而有點神經質的青年，如今判若兩人似的，生氣勃勃地工作著。阿亙看到他生氣勃勃的神情，覺得那一天在博物館遇見他眞好。

「對不起，我來晚了。」他向比呂司道歉，一邊把在超商買來的消夜放進桌子旁的置物櫃。這時，突然傳來一聲巨大聲響。原來是打雷了。

「打雷了啊，希望沒有雷擊災害發生。」

每當有事故或災害時，這個單位就會忙得天翻地覆。辦公桌上拉了好幾條一一三的電話線，一通通故障通知接踵而至。照理說要用頭戴式的耳機通話器處理，但是要一通一通戴在頭上很麻煩，有時候乾脆用手拿著。颱風或地震災害時，一一三電話總是響個不停。阿亙坐在比呂司的對面看著聯絡表。傍晚，局裡有個地方發生火災，切斷了對外線路，已經處理修復了。其餘的一如往常，有幾件話筒沒掛好的詢問案件。

「剛才有一件未繳斷線的申訴案件。」比呂司說。

所謂未繳斷線，指的是沒有繳納通話費而被斷話，簡單的說就是用戶的電話被斷線了。有時候用戶會哭訴有重要的電話要打進來，叫他們想辦法通融一下，甚至還會出言威脅呢。

「他沒有說什麼吧？」

「沒有，只說明天會來局裡繳錢。」可能是反應很快吧，比呂司對工作駕輕就熟，講電話時的口氣也和平常不同，顯得溫和有禮。才兩個禮拜便已獲得同事和上司的信賴，認爲他是個很稱職的兼差人員。「我家的電話也不通。而且收到欠費通知單，一定是被斷線了。」

「幹嘛把自己家的電話斷線呢?沒關係，把線路打開吧。」

「等打工費下來，我就馬上去繳錢。我不想利用關係走後門。」

比呂司的眼中閃過一道光芒。阿亙覺得自己多管閒事，把視線移開。

這是距離東京五十公里左右，位於北邊的一個小都市，中等規模的電信局。交換機室通常有三、四個人在值機，由於人手很少，必須二十四小時都有人輪班維修，因此大夜班經常只有兩個人值機。今天晚上只有阿亙和比呂司兩人，必須守著這個孤島。如果沒什麼特殊狀況，接下來只要在這裡等電話就行。值機的時候手閒著沒事做，卻也不能下棋。頂多只能閒聊，或者看看書。阿亙一邊聽著繼電器開關嗡嗡的振翅聲，一邊看著文庫本（註）的書。這是一本被書名吸引隨手買下的推理小說，有嫌疑的人達到五輛公車的乘客那麼多，其中任何人都有可能是兇手，眞是一部很扯的推理小說。雖然覺得很扯，也無可奈何地從昨晚看到現在。他跟比呂司說，快要知道兇手是誰了。

「天蠍座的紅色星星……五個字，第三個字是『達』。」

「那不就是安恩達雷斯嗎？」

「啊，對喔……」

比呂司拿著鉛筆在一張很大的紙上塡字。閒暇時間，他都在玩塡字遊戲。塡字的那張大紙攤在桌子上，裡頭分成○・五公分一小格。比呂司以筆尖在巨大的塡字遊戲紙上的小格子裡塡字。這些玩意是從哪裡找來的？全部的空格有三百乘以三百之多。爲了塡那些直的和橫的空格，還附有一本提示書。比呂司泰然地說，想全部解開可能需要一年的時間。

阿亙把視線轉回偵探小說。證據被逮到了，兇手就要招供了。但是誰都知道那個證物是假的。證物多得像住宅區的垃圾那麼多，可是全都是假的。實在太扯了。

「原子排列第三，金屬中最輕的東西。」比呂司說。

「鋰。」阿亙回答。

「打羽毛球用的羽毛……三個字。」

「羽毛球。」

「袋鼠的烤肉料理。」

「跳躍燒烤。」

「一口氣舉起槓鈴……」

「舉重。我看乾脆讓我來填吧？」

「那就沒意思了。」

「這種遊戲要一個人玩。現在還有那種填字遊戲專用的辭典呢。」

「不過，用問的比較快。」比呂司沈默半晌。不久，冷冷地說：「你記得今天是什麼日子吧。」

「什麼日子？」

「……就是八年前的今天。」

其實阿亙之前早已察覺到了，只是沒有說出口。比呂司一副欲言又止的樣子，回頭又開始玩他的填字遊戲。

電話響了。是一通線路接觸不良有雜音的申訴電話。可能是打雷造成的吧。以前有點雜音的話，是不會有人打電話來投訴的，但是透過電話線上網找資料時，一丁點的雜音也會造成障礙。阿亙把電話號碼記下來，去察看繼電器開關的狀態。

走過通道時，不論是腳邊還是耳邊，甚至從頭頂上方，都會聽到滴滴答答的細小聲音。每一個聲音都好像誰在打電話給誰。

滴答一聲——有人在約明天的事。

註：文庫本書籍一九二七年於日本推出，為攜帶方便、廉價的小開本單行本，至今仍深受讀者喜愛。

滴答一聲——有人在對某人說你好嗎。

滴答一聲——不曉得誰在對誰說恭喜。

這個聲音溫暖而安靜，卻帶著一種緊張感。對話開始的聲音，還有結束的聲音。阿亙聽著這個聲音，一邊想著：八年前的今天，他跟比呂司的線路被切斷了，而現在，線路就要接上了。比起在博物館遇見的時候，現在彼此已經能比較輕鬆談話。但是，總覺得還有什麼橫在倆人之間，無法完全放鬆。那究竟是什麼呢？是那個事件的傷痕還在？還是有什麼阿亙不知道的事情阻隔著兩人呢？喀嚓，連結比呂司和阿亙的繼電器開關，尚未接續完成。

阿亙想起在博物館的事。那一天，他追著比呂司進入博物館，比呂司一進館就直接走到展示物前，佇立在那裡看了二十分鐘之久——看著鯨魚的陰莖。為什麼他會一直看著那種東西？其他還有很多精緻的模型標本和電視解說，有趣的東西太多了，他為什麼只盯著那個巨大的陰莖看，而且還看了二十分鐘之久。

那個有問題的繼電器開關，位於D區的三十五列，橫六十三縱八十三的地方。檢查的結果，沒什麼特別問題，接下來只要檢查局外的線路，啓動繼電器開關，記入聯絡簿即可。阿亙回到孤島後，比呂司目光離開填字遊戲，抬頭看著他。

「這個工作跟填字遊戲很像嘛。由縱軸和橫軸來尋找所要的東西。這整個區域就像個巨大立體的填字遊戲。」

「原本縱橫式交換機就是根據縱橫組合的含意命名的，就算很像，也沒什麼特別奇怪的。」

「可是還是有決定性的不同。」

「是立體和平面的不同嗎？」

「還有更不同的地方。這就當作習題吧……要不要來杯咖啡？」

比呂司走出交換機室。外頭的茶水間擺有茶和咖啡等用品，清晨三點左右是喝茶時間。阿亙又埋頭看推理小說，繼續追蹤那有五輛公車之多的嫌疑犯。兇手已經鎖定某人，就在快要將他繩之以法之際，他從成田機場逃到海外去了。最後一行寫著，兇手坐在頭等艙裡繫上安全帶放聲大笑。（哇哈哈哈，我從一開始就知道這個人是兇手）不論如何，這個結尾都太扯了。阿亙非常生氣地將書本闔上。

這時，電話響了。「喂，您好，這裡是客服中心。」阿亙這麼說著，把耳機貼在耳上。傳來一陣細微的喘息聲，接著聽到女人的聲音說：

「我……濕了。」

半夜三點的女人。

深夜裡打來的電話各式各樣都有。當然大部分都是詢問故障事項，但是偶爾也會有獨居老人或沒有男朋友的女人，爲了排遣寂寞打到這裡來。這種電話，剛開始聽不出來。一開始他們總是說「我的電話有雜音」之類的話，裝出一副他們電話故障的樣子。仔細詢問詳細狀況後，會變成「我老公還活著的時候沒有這種聲音」之類的私人性內容，或是開始說「我很寂寞，陪我聊天聊到天亮吧」、「我看我乾脆死一死算了」之類的話語。最近打電話來的外國人也變多了，語言不通只會在那裡哭，眞的很麻煩。這其中有個女人，阿亙把她取名爲「半夜三點的女人」，因爲她打來的時間大概都在半夜三點左右。女人聲音嬌滴滴的，講的都是一些香豔撩人的內容。查了一下聯絡簿，這個女人兩個禮拜前幾乎每天、同一個時間都打電話來。兩個禮拜前——那剛好是比呂司開始來這裡打工的時候。

「我，濕了。」女人說。

「外面好像好在下雨的樣子喔。」

不是下雨啦，不是那種濕啦，是男人也會濕的那種濕，這個時候該怎麼辦呢？你叫我把雨傘撐起來？不是啦，是裸著身體濕了。這樣會感冒的。你說工作中跟你講這種事不太好啊？我知道，你只要聽我說就好啦。喂，人家眞的好濕喔，濕成這個樣子，剛才才洗好澡的說，等一下又得去洗一次了，這樣人家會睡不著耶。你看，我已經濕成這樣，啊！我……

眞是麻煩的女人。阿互悄悄把耳機拿掉，讓迴響在空間裡的振翅聲清一下耳朵。喀嚓、喀嚓、喀嚓。這是誰和誰在說話的聲音。這種電話掛掉算了。他總是這麼想，但總是掛不下去。一一三的線路有好幾條，就算這樣放著，別人也不會打不進來。同事們覺得很煩都會馬上掛掉，阿互只有在不忙的時候會陪她一下。她只是希望有個人陪她說話。於是阿互成了交換機，只要對方不掛的話，線路就會一直通著。

比呂司端著兩個咖啡杯回到孤島，一杯放在阿互的桌上後，默默地坐在自己的座位上。看到阿互把耳機拿掉一語不發，比呂司在便條紙寫上「三？」推給他看。意思是，半夜三點的女人嗎？阿互輕輕點了點頭。他小心翼翼地啜飲咖啡，生怕弄出聲響，嘴唇差點就被燙傷了。他緩緩地拿起耳機往耳朵一靠，那個女的剛好快說完了。

謝謝，老是打電話來煩你眞抱歉，你還要工作到早上，加油喔。你爲什麼總是這麼拘謹呢？難道我們不能當好朋友嗎？然後電話就掛掉了。由於她經常打電話來，其他同事把她的電話號碼記載在「要小心」的名單上。原本可以主動打電話給她，請她不要再打這種惡作劇的電話來，但因對業務上也沒造成什麼妨礙，暫且就先這樣擱著。畢竟對方也是顧客，不論她打電話來說什麼，如果知道我們三兩下就能逆向查出她的電話，她可能也不太高興吧。

「那個半夜三點的女人，是個怎麼樣的人？」比呂司一副詭異好奇的表情。

「你沒接過她的電話嗎？」

「沒有。我根本不想接。乾脆掛掉不就結了。」

「我在當義工做好事啊。聽她講色情電話，當作是在助人就不會覺得苦了。」

「總比接到那種我想死的電話好多了？」

「我會叫他去死！」

阿亙這麼一說，比呂司一臉不高興地低頭看著填字遊戲。

十一

比呂司坐在孤島上，出神地聽著從不間斷的繼電器開關的聲音。誠如阿亙說的，那是一種溫暖的聲音。某個人和某個人正在說話。光想到這個，心情就會變得很好。但是——比呂司繼續想，自己曾經和誰眞的好好說過話嗎？即便是阿亙。自從打工以來，已經半個月了，和阿亙之間，曾經讓線路接通的聲音響起過嗎？

比呂司覺得來這裡打工眞是來對了。當初跟他說找工作的事時，他像個親人般爲比呂司著想，還把他介紹到自己的職場來工作。比呂司想過好幾次，這麼好的人，應該可以把那件事告訴他吧？可是每次都因猶豫不決而作罷。跟他說吧！聲音這麼說。可是又還不能全然信任他。萬一把那件事跟他說了，說不定他會取笑比呂司，這太恐怖了。阿亙現在離席去沖深夜的咖啡。比呂司一個人恍神地坐在孤島上，壓抑著想把那件事說出來的衝動。就在此時，桌上的電話響了。

「您好，這裡是一一三。」

他把話筒貼在耳朵上，但對方卻一語不發。只聽到輕微的喘息聲。無意識地看了一下壁上的時鐘，時鐘指著半夜三點。難道是那個女的嗎？

「你不是平常接電話那個人吧？」

「小姐……」雖然是第一次聽到的聲音，應該是半夜三點的女人。「他現在不在位子上，我馬上去叫他來。」

「你這個人眞怪。這樣我就不能說我濕了不是嗎？」

「對不起，我是新來打工的。」

話筒傳來沙沙的聲音。霎時以爲是故障了，好像是那個女的在換另外一隻電話。突然，女人說：

「喂，見個面好嗎？」

幾分鐘後，阿亙端著咖啡回來了。比呂司連忙把耳機掛回去切斷線路，看著眼前的咖啡，心想：「我一定違反規定了。」他跟半夜三點的女人約好明天見面。阿亙看著這邊，看到比呂司不打算打開聯絡簿的樣子覺得很奇怪。凡是打來的電話，都必須記錄電話的內容和時間。比呂司心想，如果被問起的話就回答私人電話吧，就在此時，阿亙說話了：

「剛才是半夜三點的女人嗎？」

「嗯。」比呂司嘆了一口氣，接著把和她約好見面的事全盤托出，「這樣違反規定吧？」

工作條例上清楚寫著：工作上取得的通訊內容不得洩漏給他人，並不得使用在私人目的上。這個空間裡像飛蟲般交錯飛舞的會話，對職員而言只是單純的記號。這裡的工作，只是爲了讓會話毫不停滯交叉進行而做的交通管理。

「你怎麼會答應跟她見面呢！」阿亙語氣強硬。

爲什麼呢？只是覺得，她可能是談那件事的好對象——談下半身的事情。我絕對沒有非份之想，比呂司想這麼說，但阿亙恐怕無法理解吧。而且爲了說明這個，還非得把那件事說出不可。無法跟阿亙說的事，爲何想跟一個陌生的女人說呢？因爲找個人說，會比較輕鬆一點，再也不受不了一個人獨自背負這種痛苦。不用認眞聽也無所謂（不要笑！），我希望有個能聽完就忘記的對象。

「跟我一起去吧。」比呂司說。

「我幹嘛跟你一起去！」

「因爲你也來的話……」因爲你也來的話，就能一起聽我說。有兩個人在，我就不會被取笑。

「因爲你也來的話，或許就不會違反規定。」

「見了面要談什麼？」

「談什麼都無所謂吧！」

比呂司尖銳的視線射向阿亙。這和他年少的時候，從樹上投向阿亙的視線是一樣的。他依然還是他啊。只要稍微有點忤逆他，他就好像飛鏢亂射地反擊過來，這是連他自己也抑制不了的。阿亙看看時鐘，是該叫醒打盹的輪班人員，輪到他來接班的時間了。阿亙一副慍怒狀在整理聯絡簿。之後「砰」地一聲闔上，轉向比呂司，露出一個笑臉。

「其實我也很想見見那個女人，」接著他有點粗魯地說：「可是，我不能跟你一起去。」

體育館的室內游泳池，平常空空蕩蕩沒幾個人。比呂司坐在觀眾席C32的位置上。因爲半夜三點的女人叫他在那裡等。看了一下牆壁上的大時鐘，距離約好的時間還有一會兒。

游泳池裡有個男人，獨自悠緩地仰泳著。游泳池的水裡映著黃色的水道線。他的手臂從身體的側面出現，消失在頭頂上方。這時，館內響起一陣啪啪的水聲。看到有人在分隔得清清楚楚的水道裡認眞游泳，感覺眞的很棒；彷彿在欣賞一場完成度極高的舞蹈表演。他巧妙地快速轉身，幾乎一滴水花也沒濺起。看著一池的水，想起了沼澤的事。那個沼澤連名字都沒有，周圍長滿了雜草，水色有點紅褐。看起來像是個巨大水灘的小沼澤，比呂司很喜歡它。沼澤橫亙在深沈黑暗嚴峻的記憶裡，比呂司的某些部份完全從那裡開始。

爲什麼我要答應見那個半夜三點的女人呢？比呂司開始後悔。見了面之後，眞的只是想把那件事說給她聽嗎？說不定我是想跟「濕了」的她……

小雞雞會被拿走喔！

突然憶起幼時聽到的樹的聲音，比呂司驚懼不已。說不定那個女的不會來了？不來比較好。正當他這麼想著，背後好像有人出現。回頭一看，從寫著巨大「EXIT」的觀眾席出入口走出一個女人。她環顧著觀眾席，終於看到這裡。看起來大約三十幾歲，感覺上比她的聲音年輕很多。她穿著一件手織的粉紅色夏日針織線衫，配上白色的寬鬆長褲，感覺很好看。有一種輕鬆柔軟的感覺，是個化著淡妝的美女。電話眞的是這個女人打來的嗎？她看著這邊，以用眼睛示意，往C排的通路走來。外面可能下雨了吧，她的肩膀和頭髮有點濕濕的。「我濕了……」這句話突然在耳裡響起，比呂司趕緊甩甩頭揮掉它。

「我是松浦夏惠……你是鳥井山先生吧？」

明朗而清澈的聲音。比呂司努力地想回給對方一個笑容，可是卻變成失去平衡的怪異表情。夏惠從皮包裡拿出一個連鏡的小粉盒，稍微整理一下頭髮。這時，漾起一陣淡淡的化妝品香味。好懷念的感覺。這股化妝水的香味，和母親生前用的化妝水香味一樣。

「這裡濕氣太重，我們出去吧。」

「去哪裡……？」

「去喝杯香醇的咖啡吧。你喜歡古典音樂?這樣啊，太好了。」

夏惠已經起步走去。比呂司跟在她後面，走到室內游泳池外的通道上。這個健身中心，除了游泳池還有網球場、健身房、柔道道場、桌球場等等。連接這些運動區域的通道呈放射線狀，中央有大廳和服務台。通道的冷氣很強，一道清涼的風流動著。走進寬廣的大廳，進入眼簾的是整面牆的大浮雕。浮雕是由一片一片素陶貼在曲面上組成的，構圖是一個裸男投擲鐵餅，是一面相當巨大的浮雕。拿著鐵餅的男人肌肉拉扯得緊實有力，而遭擠壓變形的陰莖無可奈何地鼓在那裡。

(會被拿走喔!)

擲鐵餅的男人的眼睛，看著比呂司這裡。男人有乳房。赫梅弗度斯……希臘神話裡雌雄同體的神。有乳房，也有陰莖的女神。為什麼雌雄同體的赫梅弗度斯會被稱做「女神」呢?比呂司佇立看著浮雕，突然聽到「噹」的一聲。是瓶罐從自動販賣機裡落下來的聲音。夏惠坐在大廳的沙發上叫喚比呂司，手裡拿著兩瓶罐裝咖啡，把它們放在石桌上，叫比呂司過來坐下。

「這種咖啡很好喝喔，喝喝看。」

「你說的香醇咖啡指的就是這個?……那麼古典音樂呢?」

她說:「你聽。」她伸出食指指著上面。從鑲在天花板的喇叭傳出的古典音樂的背景音樂，緩緩地在體育館全館流瀉著。「這地方不錯吧，不可以跟別人說喔。」夏惠露出一個甜美的笑容。比呂司看著她的笑容，心想，跟她說應該沒問題吧。這種氣氛眞的很奇妙。半夜三點的女人就坐在眼前，那個半夜會說「我濕了」的女人。

夏惠在細長的香菸上點火，傳出淡淡的薄荷香。她的煙吐得細細的，好像還抽不太習慣的樣子。煙霧裊裊上升，夏惠將香菸拿開嘴唇，用一副猶如看丟了剛才吐出的煙霧的遺憾表情，環顧著四周，彷彿在確認四周有沒有人。不久，她終於傾身面向比呂司，壓低嗓門，幽幽地說：

「你知道我爲什麼找你來這裡嗎？」她的眼睛凝視著牆上巨大的浮雕，「雌雄同體……我知道你的祕密。」

十二

蟬聲四起。阿亙站在門前，心想，好久沒有來這裡了。

昨晚，比呂司很難得地邀請阿亙去他家玩。自從比呂司說出要和「電話女」見面後，除了工作上的事，他們幾乎沒什麼交談。阿亙覺得自己和比呂司的距離又拉得更遠了，卻也無可奈何。公事和私事必須有所區隔才行。比呂司和半夜三點的女人見面一事，已經是公私不分了。所以昨晚值班的時候，比呂司說有事想跟他說、請他去家裡的時候，阿亙也不知如何是好地猶豫了一下。但是，這說不定是個暢談的好機會，也可以看看那棵久違的樹，於是就來到了比呂司的家。

阿亙抬頭看著天空。雖然還是盛夏，不過好像馬上就要過去了。不論哪個夏天，總讓人覺得匆匆即逝。他按下門柱上的電鈴，聽到比呂司的聲音，「門沒鎖，直接到溫室來吧。」阿亙推開大門，往玄關走去。

溫室裡有許多栩栩如生的模型。每一個都被照料得很好，露兜樹的樹幹上有蟬隻停在那裡，感覺有點不平衡，卻好像很開心的樣子。比呂司坐在白色躺椅上，喝著木瓜汁，杯子裡浮著一顆很大的冰塊。他的前面坐著一個女人，穿著涼爽的夏日線衫，戴著一頂很大的寬軟圓邊帽子，用兩根吸管喝著粉紅色的果汁。看到阿亙進來，兩人把杯子放在桌上站了起來。

「我叫松浦夏惠。」這個自我介紹的女人，露出溫婉的表情向阿亙伸出手。阿亙沒有這種習慣，頓時不曉得她是要和他握手，嚴重錯失了握手的時機，只握到了她的指尖。

「你想喝什麼？」女人問。

「跟這個一樣的。」阿亙指著桌子上的杯子。

「這是芒果加桃子的果汁，眞的很好喝喔。」

這個女人的聲音好像聽過。究竟是誰呢？在哪裡聽到的？可能是跟哪個有名的女星很像吧？

「我們見過面嗎？」阿亙問。

「怎麼大家都這麼說呢。沒見過啦，但是有說過話。」她笑了笑，然後說：「我濕了……」

想起來了。阿亙交互看著那個女的和比呂司。「我去做果汁。」比呂司丟下這句話就走出溫室。「裝傻！」鸚鵡普洛特說。

「你是比呂司的同事吧，我記得你的聲音。老是打擾你，眞抱歉，以後我不會再打那種電話了。」

「我現在住在這裡，從五天前開始。你可不要誤會喔，我跟比呂司沒有什麼。因爲這裡空房間蠻多的，這麼大一棟房子空著太可惜了，我就請他讓我借住在這裡。」

她耳朵上的耳環搖晃著，好大一個耳環。一條彎曲的金色鐵線，像個騎在上弦月上的魔女造型。魔女手持的掃把尾端綁成一束細細的鏈條，風騷地搖來搖去。她的表情極爲豐富，卻是無法掌握、不可思議的女性。她大概比自己大五歲左右吧，神采奕奕，露出潔淨爽朗的笑容。「我濕了」這種話，如何能從她小巧又有氣質的嘴唇說出來呢？如今這樣面對面，怎麼都無法跟那個半夜三點在電話裡喘息的女人聯想在一起，不過這個聲音，的確是那個聲音沒錯。

比呂司拿著果汁回來了。含在嘴裡，有很明顯的芒果和桃子的味道。「果汁不是模型喔，是用眞的水果去打的。」她說著又很開心地笑起來，有一種穩定溫和的感覺。阿亙不解地想著，爲什麼會有這種非現實的友好感呢？那種感覺，像在參加小孩子辦家家酒的遊戲，當孩子們想要排擠誰而瞬間產生的殘酷友好感。我們都是同一國的，只有那個孩子不同，叫他滾一邊去。然而在這裡會被排擠的，究竟是誰呢？或許是自己。

阿亙突然想起，比呂司的傷痕是否還殘留著？這件事總讓他耿耿於懷。雖然比呂司已經說過，沒有了。但傷痕一定還殘留在他的胸前。如果真的還殘留著，會是什麼樣的形狀呢？溫室裡灑落著明亮的光線，所有的天窗全部打開，夏日清風涼爽地吹入，明亮得刺眼的白色桌子和水嫩嫩的（假的）植物。非現實的友好感和虛擬的植物園。阿亙置身其中，想著傷口的事。杯子裡的冰塊，一點一點地融化著。

志乃嬸進來，微微欠身和三人打了個招呼。看到阿亙，她說：「每天都來，真是辛苦你了。」而阿亙對志乃嬸類似的招呼也終於習慣了。志乃嬸拿著黃色的桶子走過三人的身邊，到鸚鵡那裡去。把桶子裡的水果倒進吊在T字型橫棒的前端，然後再去另外一邊的容器裡加滿水，並在德利椰子的下面挖洞，把腐舊的水果埋進去。比呂司小聲地說，她在堆肥，待會兒得把水果挖起來。志乃嬸一臉滿意的樣子走出溫室。比呂司目送著她的背影，等她走後，一口氣喝乾剩下的果汁，慢慢地轉向阿亙。

「我找你來是有事要跟你說。」比呂司說。

十三

比呂司痛下決心，接下來只要把那件事跟他說就好。從哪裡說起？哪裡都好，想到什麼說什麼，全部說出來就對（不准笑！）。阿亙大概會笑吧？不，他應該不會笑。如果他敢笑，這次一定要刺殺他。口袋裡，放著剛才切芒果的小刀。這樣才公平。這次一定不會失敗。

快，說出來吧，全部說出來。

我知道啦，我就是打算全部說。比呂司從在醫院被麻醉的時候說起。

那一天，由於麻醉的關係，比呂司睡得很熟。第二天早上，幾乎是自然醒的狀態睜開眼睛，首先看到白色的床單。腳邊有個護欄，上面有台投幣式的電視。沒播放任何節目的電視，好像在偷窺著比呂司似的。「對了，我住院了。」坐上救護車被送來醫院為止，這一段還記得很清楚。被抬進來躺在六個刺眼的大燈下的時候，就失去意識了。此外還記得傷口很痛，亂吼亂叫的一些片斷。也記得自己大叫：「殺了他！我要把那傢伙宰了！」然而，那其實不是痛恨阿亙的緣故，而是看到血變得很亢奮。

醒來的時候，那種亢奮已經被壓抑住了。他想確認一下傷口，可是胸部被很硬的東西包起來，連摸都摸不到。手臂也抬不起來。胸部以下沒什麼感覺，整個下半身好像浸在淤泥裡面。鼻子的旁邊很癢，可是搔不到覺得很痛苦——比呂司還記得這些。他直接向進來的年輕護士說：「幫我搔搔鼻子旁邊好嗎？不是這一邊，是另外一邊。」於是護士用細長的中指，非常溫柔地幫他搔癢。比呂司意識到，除了母親以外，這還是第一次被女人觸摸。女人靠得這麼近觸摸他的鼻子，簡直像夢境一樣。之後，護士走到床的尾端，不曉得在那裡偷偷做什麼。結果一看，她在替換一個裝著黃色液體的袋子。護士說，那個叫做尿袋，導尿管的袋子。知道她是在處理自己的尿尿時，真的丟臉丟死了，好想找個地洞鑽進去。自己的尿尿被女人看到，這還是第一次。

之後，一個男醫生進來看傷口。然後很奇怪的，導尿管的醫生也來了。沒想到還有這種醫生，而且每天都來，來看比呂司的陰莖。好像陰莖比胸口的傷還重要似的。難道是跌落的時候，下腹部也受傷了嗎？問了護士之後，她只說沒問題，生龍活虎好得很呢。

住院期間，發生了很多事情。雖然知道母親快死了，也有了心理準備，但突如其來的噩耗還是令他震驚不已，然後是父親……比呂司一直認爲，鎮議員是絕對不會死的。所以，從志乃婿那裡得知死訊時，根本無法置信。那時候志乃婿的狀況不像現在這樣，意識還相當清楚。看到志乃婿落淚時，才知道父親眞的死了，比呂司躺在病床上全身發抖。爲了父親的葬禮，醫院提早發出出院許可。出院那一天，那個老是來看他的陰莖、下巴很長的醫生表示，有事要跟他說。比呂司心想，會是什麼事呢？然後跟著醫生來到一個小房間。

比呂司儘可能地正確回想起當時的情況，把影山醫師告訴他的話，說給阿亙聽。例如，自己的性器官出了什麼問題？還有雌雄同體意味著什麼意思？不過影山醫師說，這不是什麼太特殊的事情。這話當然是在安慰比呂司。醫生對著當時才有只十四歲的比呂司說，你要當男生還是當女生？選擇一個，否則照這樣下去無法結婚，也無法得到幸福。在這之前，比呂司是被當作男孩養大的，自己也相信自己是個男孩。小時候玩的玩具是模型小汽車、機關槍、還有怪獸之類的，看的漫畫是裡面有機器人的，而且還沈迷於少年雜誌和科學刊物，想都不用想。比呂司立刻回答，我要選男生。可是醫生說，還得等什麼檢查結果出來，看了才會知道，到時候再跟他商量。說完就取了他的口腔內黏膜。

　過了半個月左右，比呂司和志乃嬸一起去聽取檢查結果。這一次聽到的話，讓比呂司陷入混亂。可能要動手術。而且最安全、成功率最高的手術，是變成女性的手術。醫生說，選擇男性的話，手術的危險性會大增。比呂司小聲地問，最晚什麼時候要決定呢？醫生說，儘量早一點，在二十歲以前動手術比較好。理由有兩個，一個是，放著不管的話，在肉體上會產生很麻煩的事情。另一個是，不早點把性別弄清楚的話，過了青春期之後會產生精神上的不協調現象。儘可能越早越好。志乃嬸爲了這件事煩惱了好一陣子，而比呂司不曉得自己會變成什麼樣的人，變得越來越沈默。然後，到了現在，比呂司已經二十二歲了。

「所以我是個……不男不女的人。」

　最後，比呂司說了這句話。來啊，笑吧。有種就笑笑看。比呂司緊握著口袋裡的冰冷水果刀。這次絕對不會失敗。一定要又狠又準的刺進你的左胸。夏惠不曉得比呂司握著刀子，靜靜地喝她的果汁。當然她沒有笑，因爲她「知道」。阿亙靠在帆布躺椅的背上，閉著眼睛聽比呂司說話。當比呂司說完，他依然閉眼不動沈默了一會兒。終於，他慢慢張開眼睛，茫然地看著比呂司。嘴唇稍微動了一下，淺淺地笑了笑。阿亙笑了！殺死他！要殺朋友了。

　比呂司不假思索地，從口袋裡掏出刀子，握在右手上。從帆布躺椅站起來朝阿亙刺過去。刀子靠近阿亙的臉龐，閃著光芒順勢往胸部刺去，好像被什麼所吸引似的，直直地往阿亙的胸部過去。就快抵達胸部了。阿亙的笑容扭曲變形。誰來阻止我啊，不然我眞的會做出後悔莫及的事，會被拿走啊。現在還來得及，不，已經來不及了。刀子已經到了阿亙的胸前，幾乎快要碰到了。夏惠驚聲尖叫！不過聽起來像是錄影機慢動作播放的叫聲。誰來幫我按一下倒轉鍵啊。這樣我就能跟刀子一起回到椅子上，悠悠地坐在椅子上。回到剛才講完話的時刻，宛如什麼事都沒發生似的喝著果汁。果汁？果汁剛才都被我喝光了不是嗎？爲什麼這時我會想起果汁呢？刀子的尖端毫不減速地持續前進，終於抵達阿亙的襯衫。

此時，比呂司的手腕好像被什麼綁住了。不曉得什麼東西從左邊緩緩伸出，就在刀尖碰到襯衫前的三公分處，緊緊地綁住比呂司的手腕。捆綁的力量越來越大，剛開始只是像海草般鬆軟地捆綁著，瞬間急劇堅固。就在刀子即將碰到襯衫之際，猶如鋼鐵般硬化靜止了。比呂司的手無法前進，被固定在那裡。事情發生在一瞬間。過了一會兒他才知道，原來他的手被阿亙的右手抓住。比呂司爲了穩住慌亂的呼吸，大口大口地深呼吸。有種黏黏的東西刺激著喉嚨，讓他覺得有點嗆。「放開我！」比呂司瞪著阿亙說。阿亙並沒有把視線移開，只是眼神變得溫柔起來，綁在手腕上的鋼鐵變成海草，終於放開了。手自由了，可以前進了，再次刺殺他。比呂司對自己下令。但是手腕根本不理他，垂頭喪氣地折回來。

「你是怎麼了？」阿亙問，語調極其溫柔，「幹嘛拿刀子殺我？」

「因爲你……」比呂司直立不動地說：「你取笑我。給我道歉！」

「對不起對不起。因爲眞的很好笑。」

「你找死！」比呂司再度掄起刀子。

阿亙輕輕笑了笑，若無其事地說：「你明明就是男人啊，別說什麼不男不女的話。」

「你不相信我說的話？」

「不是啦，我相信。不過，不管醫生怎麼說，只你要相信你自己是男的就好啦。我是這麼相信的，我相信你是男的，今後也不會改變。」

聽起來像父親的聲音。這是沒有任何人跟比呂司說過的話。醫生在那一天，也叫他放棄當一個男人。爲此，比呂司的心一直在男人和女人之間搖擺不定。沒錯，這是自己可以決定的事。只要自己選擇當男人就好了。比呂司把刀子丟在地板上。「噹」的一聲，響徹整個溫室。

「跟他說是說對的吧？」

一直沈默不語的夏惠靜靜地說。空氣又漾起夏惠化妝水的香味。比呂司感受到母親的香味，硬是強忍著鼻酸，在心裡重複著：男人，我是個男人。

十四

阿亙發動車子引擎時，從擋風玻璃看到站在門口的比呂司，嘴巴微微張開好像在說什麼。聽不到聲音，不過從嘴巴的開闔可以看得出來，他是在說謝謝。正要開車時，夏惠打開前座的車門說她也要上車。當車子往市中心行駛，下到一處坡路時，

「我有話要跟你說，」夏惠說：「我知道有個地方的咖啡很棒，要不要去？」

結果是一處健身中心。當這裡還是木造的體育館時，阿亙經常來這裡練柔道。在那起事件發生後，他斷然停止柔道，這裡改建成健身中心以來，他還是第一次造訪。大廳不見人影，鑲在天花板的喇叭傳出輕柔的音樂。阿亙眺望著整面牆巨大的壁畫，心裡想著夏惠為什麼帶他來這裡。不久，夏惠拿著兩瓶罐裝咖啡回來，往沙發一坐，一瓶遞給阿亙說：「這個很好喝喔。」

「剛才眞的把我嚇壞了。不過水果刀是傷不了人的。」

「誰跟你說的，水果刀一樣傷得了人。」

「說得也是，比呂司還因此受過重傷呢。」

「這是他跟你說的？」

「不是，是我自己知道的。你還記得比呂司說的那個護士嗎？就是要幫他插導尿管，可是覺得很奇怪就去問主治醫師的那個護士。那個時候，我二十四歲。」

「你的意思是……？」

「沒錯，就是我。」

這是怎麼回事？半夜三點的女人，比呂司住院時的護士——竟然是第一個發現他性器官異常的人？阿亙一頭霧水。

「比呂司也很震驚。我就是在這裡跟他說的，就是前些時候，第一次跟他見面的時候。其實不是第一次，應該是八年不見了。我問他，你知道雌雄同體這麼回事嗎？他嚇了一大跳，好久說不出半句話來。他好像原本就打算把事情跟我說，想找我談一談，可是沒想到，我竟然就是那時候的護士。他已經記不得我的長相，不過談話的過程中，慢慢想起來了。」

「這是巧合嗎？」

「你覺得呢？」夏惠點了一根菸，卻沒有想抽的樣子，「是我故意的。因爲我想跟比呂司好好地談一談，是我一手策劃的。」

該從哪裡講起呢？還是從醫院開始比較好吧。

當時我是個實習護士，在醫院裡主要是爲患者量體溫及血壓、更換點滴或是尿袋之類的工作。你知道嗎？實習護士在醫院裡，簡直被當作奴隸對待。我爸媽離婚，兄弟姊妹又多，個性比較不可愛的我歸父親養。跟我爸兩人住在一起，眞的會悶死，我一直希望早點獨立。所以高中畢業之後我立刻進入護士專科學校就讀，取得了實習護士的資格。

等一下，待會兒話題就轉回來了。實習護士在白天是奴隸，工作結束後還得被男醫生當作玩具玩，你知道是什麼意思吧？我沒有辦法接受這種事，不願成爲特定人士的玩具，結果話一說出口，馬上被其他的護士欺負，還逼我辭去醫院的工作。女人在這種事情上是很陰險的，很多人都把排擠別人當作自己的生存價值。這件事你要記住喔，這跟等一下講的事情有關，我這個人很討厭講廢話。總而言之，我有一個特定的性伴侶。

有一天，有個少年——比呂司住院，當我知道他是雌雄同體後，查了很多這方面的病例資料。翻了很多醫院裡的專書，也到圖書館查了很多資料。一路查下來，發現了一些不可思議的事。雌雄同體的報告案例，有緩慢增加的趨勢。雖然談不上異常，但可以感覺到它在緩慢地、靜靜地增加當中。通常，在泌尿科的開業醫師裡，雌雄同體的病例幾乎都是好幾年才發現一個，比率是相當低的，然而近年來有增加的趨勢。

我把這件事向醫生報告，結果被嗤之以鼻嘲笑了一番。實習護士說的話，而且是跟醫學有關的話，根本沒有人要聽。所以我就自己做調查，也拜託在其他醫院的護校朋友幫忙調查。看了大家收集來的資料，我嚇了一大跳。雌雄同體的實際人數遠遠超過統計上的數字，而且戶籍上以男性生活的人數，在這幾年來有異常增加的趨勢。但這些男性在日後大多選擇接受手術，變成女性，而且為數不少。你知道這是爲什麼嗎？因爲現在的男人漸漸變成女人了，即所謂的「男性的女性化」，這是精神上也是生活習慣上的問題。不過實際上的肉體變成女性的現象，也發生過幾例，但不是那麼多。所以把這個資料給醫生看的話，醫生會認爲這數字沒什麼大不了而不當一回事。畢竟，我的調查範圍有限。不過就調查對象和人口比例來說，這個數值算是很高的。如果更廣泛一點，早就成爲社會問題了。

無論如何我都無法死心，即使在辭掉醫院的工作之後……爲什麼辭職？請自行想像吧……我自己也下了很多功夫調查。結果，沒有得到任何確切的答案。因爲我不能整天只做調查，我還得賺錢養活我自己。我進了妓院，做的事情也差不多，就是處理下半身的工作，懂嗎？不過我馬上就不做了，跟一個男人結婚，一年前又變成孤家寡人一個。現在每隔一天就得去舞廳上班。剛恢復單身的時候，我也曾想過這種日子一直過下去好嗎？結果一時興起，想把以前當護士時調查的事，仔細地調查清楚，於是把祕密保管的少年比呂司的病例影印本找出來。我調查後發現了一件事，非得和他聯絡不可。因爲得提醒他再去請醫生診察一下，放著不管可能會有肉體上的危險。我一直很擔心那個少年會不會就這樣放著不管。調查病例顯示的結果是，幾乎所有的人都選擇變成女性，而選擇變成男性的人——都死了。

剛才你在溫室裡向比呂司說的話一點都沒錯。你說比呂司是個男的。不過儘管你那樣說服他了，他也不見得會馬上選擇男性，還會猶豫一陣子吧。今天剛好是個好機會。他現在可能又開始猶豫起來，選擇男性眞的好嗎？不過，就我而言，我希望他非選女性不可。否則，比呂司就得跟超低的或然率下賭注。這是在救他的命。選擇男性的話，他可能在手術幾年後就死了。這是我個人的結論。我沒有跟任何人談過，尤其是醫生們。我覺得把這件事告訴他是我的義務，所以才處心積慮接近比呂司。

爲什麼會在那種情況下見面，眞的很不可思議。別人可能會認爲，我的職責只是把事實告訴他而以，但我還要讓比呂司下定決心變成女性，幫他做好當女性的準備，讓他能夠順利地從男人變成女人。如果不做到這種程度而單單把事實告訴他，只是讓他混亂而已，反而害了他。你不這麼認爲嗎？在街頭堵他……這種方法我也想過，可是沒頭沒腦地突然跟他說：「先生，有個方法可以變成女人喔。」這種話我怎麼說得出來？或者登門拜訪跟他說「請你變成女人」——這不但令人難以啓齒，我也說不出口。更何況他周遭還有家人和鄰居，大概五秒鐘我就被轟出去了。這件事不確實做好就沒有意義，可是也不能用霸王硬上弓的強迫方式。必須在對方時間充裕的時候，營造出讓他想聽我說話的氣氛，然後盡可能找個沒人的地方，極其自然地把這件事告訴他。

我也不想因爲這樣就打了一堆色情電話過去呀。一開始我就想立刻找他出來，可是接電話的人總是你，我總不能在電話裡說「麻煩請轉鳥井山先生」吧，這就跟勸誘沒啥兩樣了。那一天，他第一次接電話，於是我找他到這裡來。我打了那種色情電話，他可能會認爲我多少對這種事有點興趣，至少不討厭。

夏惠的菸，一口也沒吸，就這樣燒光了。她看似談得很輕鬆，不過心裡一定也很緊張吧，這可以由她一說完便打開那罐咖啡，一口氣喝掉半罐得知。阿亙盯著她修剪整齊的指甲，閃著粉紅色的指甲油光芒。指尖上彷彿有十個小貝殼在晃動著。阿亙看著她的指甲，心想：如果比呂司變成女人的話，大概也會走向這個世界吧。

「我想跟你講一件很重要的事。這件事不先講好的話，我覺得不太公平。我們來定個規則吧。你勸比呂司選擇當男性是你的自由，我不會阻止你，也不會妨礙你。所以我勸他當一個女性，希望你也不要阻礙我。不曉得你能不能答應？」

「辦不到。」

阿亙說話了。由於之前一直沈默不語，聲音突然不是發的很順利，顯得有點高亢。他打開罐蓋，用咖啡潤了潤喉嚨。今天突然一口氣聽了太多事情。對於這種事，阿亙根本沒有判斷基準。倒是夏惠在這方面有長年的專業背景，似乎比較有利。但是他還是不願意。比呂司明明是個男人，叫男人放棄當男人，這種事他無法答應。甚至想不擇手段阻止這件事發生，他才不管什麼規則。

「我不會讓他變成女人。」

「我明白了。」夏惠沈思了一會兒。「有件事，其實剛才我就想說了。我說過女人是陰險的吧。狡猾、陰險、愛哭鬼、沒有用、笨拙、大嘴巴、愛趕流行、只對男人有興趣，像這種人，我也希望世界上不要再增加一個。」

「既然如此，那你爲什麼……？」

「可是男人呢？粗魯、兇暴、懶散、壞心眼、好色、喜歡大吼大叫、動不動就發飆、自私、而且腳還臭得要命，不是嗎？你要知道，男人和女人都是一樣的。是誰規定男人就一定是粗暴，女人就一定是愛哭鬼？世界上有這種樣板型的男人和女人嗎？每個人都是先有自己，隨後才慢慢地加入所謂男人或是女人社會化的部份吧。既然這樣，是男是女都無所謂不是嗎？」

「那麼，比呂司繼續當男人也無所謂啊。」

「你還搞不懂啊。」夏惠把咖啡空罐投向紙簍，斬釘截鐵地說：「我想救他的命！在他是男是女之前，要先把命保住！」

空罐沒有投準，掉在地板上。在地板上轉啊轉的，轉個不停。

十五

夏天轉身即將離去。夜裡一天比一天涼了。坐在孤島上，可以感覺到秋天的氣息悄悄地從地板爬上來。最近和比呂司一起值夜班的機會越來越少，使得阿亙覺得很無聊。他絕對不討厭陪比呂司玩填字遊戲，只是阿亙在C班，比呂司在A班，只要排班稍微有點錯開就好幾天見不著面。

阿亙坐在桌子前，出神地想著比呂司的事。他究竟想選擇當男人還是女人呢？被迫做這種選擇，他又做何感想？實在很難體會那種實際的感覺。是男是女？被迫二選一的時候，人們應該用什麼當基準來作決定呢？

「小池，我跟你說喔……」

坐在對桌看週刊雜誌的戶崎抬起頭來。他是個年逾五十的男人，無聊的時候就會過來閒扯。這種男人，大概不會在腦子裡和自己對話吧。

「我現在看的這本雜誌寫著，最近出生率下降了耶。出生率不滿兩人（2%），就表示人口漸漸減少了。」

戶崎把攤開的週刊亮過來。阿亙稍微看了一下。

「整個地球的人口增加太多了，這樣剛好不是嗎？」

「可是在八月份，幾乎沒有嬰孩誕生耶。尤其是都會區特別顯著，他們對都會區的男人做了隨機抽樣調查，有些人幾乎沒有精子。無精症的病例，似乎也有快速增加的趨勢，這好像是壓力造成的。」

戶崎從口袋裡掏出一個煤油式打火機。孤島是禁菸的，然而待機中清理打火機是他的興趣，就像阿亙看文庫版小說、比呂司玩填字遊戲是一樣的。他打開打火機的蓋子，開始分解內部。把棉芯、打火石、彈簧等全部拆卸出來，一個個整齊地排在桌子上。

「小池，你也要小心一點喔。這上面寫著一種什麼『溫柔體貼症候群』的。男人最近不是越來越溫柔體貼了嗎？女孩子已經不再以精神層面的契合來衡量愛情，因此男人也只以物質來表達愛情。能夠送女孩子什麼禮物，成了男人的價值指標。」

阿亙看著女性週刊的標題，上面寫著「愛要用數字表示！」。報導的小標題羅列著聖誕節要在灣岸飯店歡度，並羅列可享用豪華晚餐的高級餐廳名單，還有女孩的發言主張「禮物一定要名牌精品」。阿亙覺得，這是離他最遙遠的世界。

「可是，」阿亙說：「女孩子們也開始察覺到，這種物質上的東西太過輕浮、表面了吧？」

「沒錯，問題就在這裡，小池。她們現在開始說不要什麼禮物，她們要眞正的溫柔體貼和眞正的精神支柱。」戶崎塗上研磨劑，仔細地擦著黃銅外殼，還呼了口氣，把附著在裡面的灰塵吹乾淨。「當女孩子開始說不要禮物，給我精神上的愛的時候，男人才發現他已經失去了精神層面的東西。而且對於肉體，也就是對於性事也已失去自信，不舉的男人越來越多。於是他們漸漸逃避做愛，抱持著『無性才是愛情』的想法，開始害怕和女人接觸。然而以往只熱中於衣服首飾、追求風趣幽默男人的女孩也要爲此負起相當的責任，因爲她們的行爲招來許多輕薄的男人，結果絆到自己的腳跌倒了……週刊上是這麼寫的。」

「意思是，女人開始探究男人的本質？」

「沒錯。男人想做愛，但是一旦和對方發生了關係，就會被要求負起社會責任，還得成爲對方的精神支柱不可。一想到社會責任和精神支柱，男人還『做』得下去嗎？於是怕麻煩的男人乾脆掏出結婚這張王牌。但是生了小孩更麻煩了，會被賦予更高的精神上期待，而且小孩的教育花費也需要相當的經濟能力才能負擔。所以性產業才會流行起來，因爲這是唯一可以規避責任的性行爲。但是男人又很怕得到愛滋病什麼的，於是開始覺得性眞的是最麻煩的事，這也是男人女性化的原因之一。因爲活得像男子漢不但很無聊，而且麻煩。能夠和女人輕輕鬆鬆地聊天比較舒服。所以陰莖這種麻煩的東西，乾脆拿掉還比較好……就算沒有人傻到會眞的把它拿掉，但是男人們有陰莖根本沒用。」

戶崎翻著女性週刊，指著一則特輯，標題是「加油！陰莖弟弟」。阿亙帶著不耐煩的心情瞥了一眼。

「不曉得女人如何看待這篇無精症男人越來越多的報導？」

「一定是用鼻子哼一聲，冷笑兩聲，去找下一個男人吧。小池，男人要更堅強才行啊！」

戶崎說完，又開始仔細地地擦拭打火機。連青銅內側的小螺絲也擦得一乾二淨。阿亙看著他擦拭的手問道：

「打火機這麼容易髒啊？不過我倒是沒看你用過。」

戶崎抬頭露出一臉訝異的表情：「因爲我不抽菸啊。」

「那你爲什麼老是在清理呢？」

「這個啊，」戶崎笑嘻嘻地說：「這是我老婆的打火機。」

阿亙從座位上站起來，去泡「三點鐘的咖啡」。他把咖啡杯往桌上一放後，山崎抬起頭來說：

「小池，縱橫式的機器，好像再過幾個月就要淘汰了。」

「是啊。」

「我已經有心理準備了……」他的視線又落在打火機上。

現在，不論哪個局都改用數位式電子交換機，這裡也即將展開更新工程。現在小型的縱橫式交換機，是以前鼓型的大型交換機的超小機型，從一九七〇年開始使用。當時小型機的性能也很好，算是劃時代的東西，然而最近開發出數位式電子交換機之後，各局就逐漸採用這種交換機了。

「小池，我問你喔。我眞的搞不懂數位式是怎麼回事？是用電腦把電話連接起來的意思嗎？」

戶崎在電信局已經工作了二十六年。連戰前的步進式交換機（譯註）都看過，長年來看遍了電話交換機逐漸小型化的歷史。卻也因爲他長年的經驗，阻礙了他對新系統的理解。阿亙在這段時期裡看了局裡的社報，對數位式電子交換機的概念和結構也有了初步的瞭解。

「我對電腦也不熟，你是哪裡不懂呢？」

「把聲音變成數位訊號，到這裡我是懂啦。就像CD的唱片一樣，把聲音變成數字吧。但是這

譯註：步進式交換機全名為「步進式IPM電話交換機」（Step By Step Telephone Exchange），一八九二年，世界上第一個步進式IPM自動電話局在美國印第安納州拉波特設立，因此，自動電話交換機得到迅速發展，在世界各國裝用，並相繼生產許多改進的機型。

要怎麼跟電話機連接上呢？」

戶崎現在正在拆打火石的彈簧。

「接到數位訊號後，傳入一條線路。如果是數位訊號合成之後可以一次將許多聲音用光纖電纜傳送出去。根據最初的識別訊號加以分離，傳送到想抵達的電話。這麼一來局裡的配線數不需要很多，電話費管理和維修上也比較輕鬆——局裡的社報是這麼寫的。」

「那麼爲什麼要淘汰交換機呢？這個我想不透。」

「因爲用大型電腦處理電子訊號，取代了交換機。這裡一大堆的交換機，換成電腦的話，大概需要六台，相當於這個孤島的空間便足以收網。」

「那我們要坐在哪裡呢？」

他很擔心數位化之後，自己的工作會沒了。變成數位化電信局之後，這裡大概就沒人了，只有電腦工程師做定期的巡迴檢修。實際上這種無人電信局是越來越多了。

「我們現在在做的維修工作怎麼辦呢？故障總是會有的吧？」

「機械性的故障好像很少發生，幾乎都是電話費沒繳或是資料輸入錯誤，這在中央的終端機打一打就行了。」

「意思是，那些在明亮辦公室裡擦著指甲油敲打鍵盤的手指，將會取代我們？」

戶崎用拇指和中指輕輕捏著小小的彈簧，嘴裡一邊嘀咕著「以後就聽不到喀嚓喀嚓的聲音了」。接著突然「啊」一聲。結果一看，他的拇指和中指依然保持著一個彈簧的距離，但是彈簧不見了。

「彈簧，彈掉了！」他看著四周的地板：「這下可慘了……」

他從椅子上站起來，趴在綠色的地毯上尋找彈簧。地板似乎無止境地延伸著。雖然只是一個小小的彈簧，對他而言卻是很重要的東西。他將肚子貼在地板上到處尋找（這是他老婆的打火機！），但是，一直到早上都找不著。

十六

連著好幾天的輕微發燒，比呂司顯得有點憂鬱。不曉得是不是錯覺，連下腹都隱隱作痛。很想請假在家休息，但今天是難得和阿亙一起値夜班的日子，他強忍著發燒的不適去上班，結果發現除了阿亙之外，還有一個叫戸崎的男人也在。阿亙在看文庫版小說，戸崎在擦拭新的打火機。比呂司除了和阿亙獨處以外是不玩填字遊戲的，因爲自己是打工的身份，如果在工作中玩填字遊戲的事傳開了，也會給阿亙帶來困擾。在沒有電話響起的寂寥夜晚，無所事事發起呆來的話，總會想到那件事。

該怎麼辦才好？該選哪一個呢？被夏惠說服之後，比呂司也去醫院看了醫生，醫生勸他早點動手術。下腹部持續產生微妙的異常現象，不能放著不管。醫生還說選哪一個都好，不論是男是女，只要選他喜歡的就好，完全無所謂。就好像在百貨公司挑選服飾似的。不錯，這件「男人」很適合你耶，不過這件「女人」看起來也很華麗，非常適合穿去參加晚宴或派對。對啊，兩件的價錢都一樣，你可以選你喜歡的。畢竟現在，是個連「性」都像穿衣服一樣可以換來換去的時代。

不曉得是辦公室的空調不穩定，還是繼電器開關散熱的關係，今天顯得特別熱。也或許是有點感冒的關係，比呂司覺得全身的血管脹得像氣球似的。坐在對面的「打火機男」，一直在擦拭他的打火機。今天大概也要看他擦到天亮吧。每天晚上看這種事情，彷佛已經變成在觀看某種儀式。同樣的手勢、同樣的速度，照著規定的動作進行的儀式。然而並非神明降臨般的嚴謹儀式，也不是茶道代代相傳足以收弟子的熟練動作。

全身發熱。比呂司說要巡視一下，離開了孤島。可能是睡意襲來產生的昏熱吧，走一走可能就好了。比呂司花了二十幾分鐘，慢慢地走過所有的狹小通道。這不是非做不可的例行工作，但可以藉此運動一下，比呂司在值夜班不忙的時候，都會四處走走巡視一下。二十萬個繼電器開關，要一一檢視是不可能的，只能在通道發現異物時將它摘除。剛開始來這裡打工的時候，他還曾經在通道看到小小的蟑螂。就構造而言，老鼠或昆蟲是很難進入的，但自從看到小蟑螂之後，他就決定自動自發地進行檢視。因爲即使小小的一隻蟲，都能造成意想不到的故障。這裡除了家庭用和業務用的線路之外，還有公共電話和一一〇，也包含了一一九，小小的故障也攸關人命安危。

比呂司緩緩走在繼電器開關吵雜的振翅聲裡，身體發熱。一邊走著，一邊想著打火機男，爲什麼他總隨身帶著根本不用的打火機，而且總是在清理它？他可能把它當作一種重心或依歸吧。接著，他想起了陰莖的事。爲什麼自己根本不使用——不是以泌尿器官而言，而是就性器官而言——爲什麼自己根本不使用的陰莖，要如此鄭重其事地小心擁有？

發生那起事件的夏天後約莫半年多，比呂司愛上班上的一個女孩，感覺就像初戀一般。初戀隨著女孩的轉學離去，宛如沼澤的霧氣消失在朝陽裡，瞬間無影無蹤。其實這是比呂司一廂情願的單戀，一廂情願的失戀。爲了治癒這種傷痛，他去見太郎，看到滿開的櫻花紛紛飄落。四下無風，花瓣如淡粉紅色的地毯覆蓋在水面上。從樹上凝神看著水面，發現水裡有動靜——就是他沒釣到的草魚。草魚悠悠地從花瓣地毯下方探出頭來，張著一張大嘴，又緩緩地沈入水中。魚的身影消失之後，比呂司才意識到一件事——草魚吃了花瓣。他看見草魚那又圓又大的嘴裡，有好多粉紅色的花瓣。或許牠會在水中把花瓣吐出來吧。當他這麼想著，凝視著水面，背後突然吹來一陣疾風。原本靜靜地浮在無風水面的花瓣，霎時一起流向對岸。無數的花瓣，宛如在躲避比呂司似的漸行漸遠，在對岸形成一條白色的帶子。櫻花被風吹動齊聲飄落，同樣也因風的關係在水面疾行遠去。比呂司出神地看著這一幕，彷彿一切的一切都即將離開自己而遠去。他從樹上爬下來，拾起兩片落在草叢的花瓣。兩片花瓣看起來像不可靠的紀念品。風依然吹著。頓時，一陣莫名的恐懼襲上心頭，比呂司連忙丟掉花瓣，頭也不回地跑離沼澤。這是他最後一次看到草魚。

從這一天起，比呂司的內心產生了些許變化。他對女生的興趣越來越淡。但也並非對異性全然毫不關心，只是關心的焦點不同了，他現在比較關心的是女孩子的「那裡」究竟長得什麼樣子？只是單純地質疑，沒有性的成份在。那裡究竟長得什麼樣子呢？跟自己差不多？或者跟自己陰莖後面的部份一樣吧？關於形狀的求知欲，光靠圖鑑是無法滿足他的。圖片所顯示都是內部構造或剖面圖，找不到對於外觀有詳細刊載的圖片。

接著他的興趣終於轉移至女孩的精神面。她們的思想和自己一樣嗎？如果不同，又是哪裡不同呢？而最大的疑問是，自己的精神狀態也和性器官一樣，分爲上面和下面嗎？關於這方面的事，無論任何圖鑑或百科全書都沒有記載。他也曾經想過，說不定那個經常在對著他耳朵說話的聲音，是「精神的下面的聲音」。無論如何，比呂司的性衝動——如果是這麼稱呼的話——因此迷失了方向。應該產生性衝動的對象一旦消失了，性衝動本身也就消失了。就這個意義而言，或許他已經變成中性人。這種狀態讓比呂司覺得很舒服。與人交往的時候，不會產生性衝動，真的很舒服、很清爽。無論男生還是女生，一律平等看待——剛開始他是這麼想的，但是後來女性朋友們因爲他沒有和男生一樣對自己表示興趣而離開他，而男性朋友們則因他對戀愛（青春的首要事件！）不表興趣而離開他，於是他失去了能夠談心的朋友。

比呂司走在狹長的通道上，回想著那段漫長的孤獨歲月。然而造成這種孤獨寂寥的，就是這根陰莖。

根本派不上用場的打火機，幹嘛一直拿著？

聲音突然說話了。這是第一次在工作場所聽到聲音說話。不想聽它說話搗住耳朵，發現耳朵熱得發燙，全身也異常躁熱起來。下半身變得很沈重。比呂司蹲下來，將手伸進工作穿的長褲口袋裡，握住陰莖。熱是從這裡冒出來的。全身血管逼近沸騰。這時，突然不曉得哪裡湧出來的、一種強烈的意象支配著比呂司。不可思議的，某種欲求從身體的某處湧現，對比呂司輕聲呢喃著：

變成女人吧！

啊？

變成女人比較輕鬆，輕鬆很多唷……

聲音呢喃著。這是有點高而溫柔的聲音。跟以往和自己相似的聲音不同，眞的很像「女人的聲音」。難道這是「下面的聲音」嗎？

試著用力握握看。

被這麼一催促，比呂司一把握緊陰莖。

再用力一點，再握緊一點！

結果用力一握，產生一陣劇烈的痛楚。

對，再用力一點！然後拔掉它！

比呂司照著聲音說的做。劇痛！變成女人！我要變成女人！我要把阻礙它的陰莖拔掉！我要變成女人過著無憂無慮的生活！女人總是活得快樂而明朗，永遠像孩子一樣。我也要登上那個萬里晴空的舞台。大家一定會伸出手來和我握手，對我說：「恭喜恭喜，那根腐敗的陰莖拿掉了，眞是太好了。」

隨著強烈的劇痛，身體彷彿被引到沼澤去了。此時，耳際微弱地響起以往那個聲音，這一定是「上面的聲音」。

再見了，比呂司。我就要消失了，再見囉……

雖然只是朦朦朧朧意識到這個聲音，但是比呂司確實聽見了。他心亂如麻，宛如火車的軌道喀嚓一聲要換軌似的，在不遠的前方就要換軌了……想到這裡，比呂司突然眼前一片昏暗，四周頓時充斥著振翅聲，接著，連振翅聲也聽不見了。

十七

說要去巡視一下機器的打工男孩一直沒回來，戶崎覺得怪怪的，抬起頭問：「小池，他怎麼還沒回來？」說這話時轉了個身，小指頭碰到打火機的背面，留下一個小指紋。他立刻拿起柔軟的布仔細拭擦，還哈了一下，很滿意地看著打火機表面泛起霧氣隨即消失的景象。「上次搞丟的彈簧，找到的話幫我撿起來喔。」戶崎說。

「對了，那個打工的小鳥也去太久了吧？」

「我去看看。」阿亙站起來。

阿亙走在主要通道上，緩慢地看著左右狹窄的通道。時而叫一聲「比呂司」，但是沒有回應。到了B區21通道口，他停下腳步。發現「打工的小鳥」趴倒在通道裡。阿亙立刻返回孤島，打一一九求救。八分鐘後，救護車到了。救護人員被安全鎖擋住進不來，於是阿亙把孤島交給戶崎，背著比呂司走出建築物。

比呂司昏迷得不醒人事，下腹部出血，沾紅了阿亙的衣服。阿亙把工作拜託戶崎後，自己也坐上救護車。坐在閃著紅光急速飛奔的救護車裡，阿亙想起八年前也曾經經歷這一幕。

大清早的市立醫院大廳裡，阿亙等著夏惠。這裡以前是鎮立醫院，也是八年前，阿亙在冰冷的通道上，一邊等待比呂司手術結束、一邊接受刑警問話的地方。據說比呂司是發高燒、下腹部的某個地方出血，現在燒退了，血也止了。阿亙向衝進醫院大廳的夏惠說明大致的情況。不曉得爲什麼，夏惠沒有露出驚訝的表情，只是淡淡的聽著。然後，喃喃地說一句：「果然變成這樣……」

「你能不能跟我去一下?」阿亙說:「有一位姓影山的主治醫師說,要說明比呂司的病情。這種事應該是家人去聽的,可是找不到別人。」

「我又不是他的家人。頂多是同居人,或是房客吧……」

夏惠後來答應了,說去聽聽醫生說明口服療法也好。她知道影山的房間,於是帶頭走在醫院長長的通道上。她曾經在這裡工作,走起來應該很順才對,然而通路彎來彎去,彷彿製作精良的探險迷宮遊戲般。如果讓阿亙一個人走,或許到不了終點。

最後他們來到一個頗爲寬敞的房間,裡面有兩張桌子和沙發。桌子前面坐著一個體格不錯的護士,對面站著一個三十五歲左右,個子頗高的男人。這個男人報上名號,說他是影山。就是比呂司曾經提過的「導尿管醫生」。長長的戽斗臉、下巴大得跟自動售票機的出票托盤一樣。一對瞇瞇眼長得像細細的投幣縫,如果從這裡投幣進去,零錢和票會從下巴出來似的——這是影山的長相。

影山醫師開始冗長地說明泌尿科是在做什麼的。講解得非常熱心,彷彿要阿亙和夏惠寫泌尿器官的論文。一旁的護士也呼應著影山的講解,忽而在牆壁上掛上大幅圖板,忽而把立體模型排在桌子上。模型大多是棒狀或球狀,有著複雜的色彩。這些陰莖和睪丸的模型,好像立體的塡字遊戲方塊,可以任意分解開來。桌子上散放著被分解的模型,感覺像是雞的內臟大拍賣。阿亙因此解開了長久以來的疑問,終於知道男性性器官內部是怎麼回事。陰莖的內部構造像一把機關槍。還有存放子彈的地方,子彈有兩種。陰莖是發射子彈的機構和發射裝置。還有一根長長的、爲了準確瞄準誘導子彈的槍管,轟隆一聲發射出去。

長得像售票機的男人,現在用一根白色的棒子,指著狀似縮小橄欖球的粉紅色小球,說明輸精管和睪丸的關係。小球被碰到之後，滾啊滾地掉在地板上。

他連忙把小球撿起來，吹掉灰塵。

「以上，就是男性性器官的概略。現在這位患者的這個部份，」他「噹」地一聲，指著棒狀模型的根部，「這裡像乳齒脫落前的狀態，搖搖晃晃有點鬆掉了。」

「這是什麼意思？」阿亙問。

「患者的陰莖，或許已經到了可以自然脫落的狀態。我之前還認爲非得動手術硬拿掉不可，但是現在卻很自然的……」

「怎麼會這樣……？」

「還有，這個睪丸可能也要一起拿掉。」爲了避免球形模型滾落，他改用原子筆當大棒子。

「鳥井山先生的整個外性器官，可能幾乎都要拿掉。」

關於事情爲什麼會變成這樣，或許不在醫生的工作範疇內，所以影山什麼都沒說。表情彷彿在說，現在盡力爲患者做最好的處置吧。

「接下來……」影山摸摸下巴。「剛才說的部份，最近患者來醫院做檢查時，我也把這個可能性跟他說過了。接下來的部份，我還沒跟他說，我想日後再慢慢跟他說明。」

護士起身把室內的燈光調暗。喀嚓一聲，銀幕上投影出X光片。看起來像是背脊和腰骨，還有一些淺淺灰白的影子，不曉得是什麼部位。旁邊的螢幕映著彩色人體剖面圖般的畫面。影山用白色棒子，指著這個畫面。

「這是患者的腰部剖面圖。這裡有個看起來白白的東西。你們猜這是什麼？」他稍微停頓了一下。然後，慢慢地說：「這是子宮。」

霎時一片靜默。只聽得到投影機的聲音。

「你說什麼？」阿亙提高聲調。

「沒錯，就是子宮。」「售票機男」用沈靜的口吻回答。護士面無表情。她一定徹底受過如何擺出面無表情的訓練。成天陪著患者或家屬哭哭笑笑，她是無法工作的。影山是在開玩笑吧，而且是沒水準的玩笑——子宮？阿亙有點動怒了。隨後從面無表情的護士臉上得知，這不是個玩笑。

「請不要太過震驚。這絕對不是什麼特殊的事。不是非常稀少，或史無前例的事……」

這個售票機男在胡說什麼啊！這種事情不叫特殊？阿亙對影山自身的混亂感到憤怒。

「爲什麼他會有子宮呢？」阿亙問。

「與其說『有』，不如說『發育』來的正確。鳥井山先生的內性器官裡，男性性器官在退化中，全部逐漸變成女性的東西。不單是子宮，還有卵巢、輸卵管、子宮頸……這類東西開始逐漸生成。就好像青蛙的尾巴消退了，取而代之變出了手跟腳。還有，這個部份……」喀嚓一聲，螢幕的照片又變了。「這是八年前拍的片子。這個時候，他的內性器官尚未成熟。子宮也比現在小很多，頂多只被當作一種腫瘍之類的痕跡。很遺憾沒有更早之前的照片，根據我的推測，在這八年間，或者在這幾年當中，比呂司由於體內荷爾蒙的平衡問題促進了女性性器官的發達。這種狀況，一般在胎兒期或幼兒期就會結束，可是他的情況發生的較晚。患者是天生的雌雄同體，過了青春期之後，體內的男女比率才開始轉變。這是相當罕見的例子。」

罕見又怎麼樣？到底該怎麼辦呢？阿亙打從剛才就氣到現在，結果影山卻接著冗長地說明女性的性器官。阿亙起初稍微聽了一下，後來假裝身體不適，悄悄起身離席，把夏惠留在那裡，獨自開門出去。他說女性性器官的事給我聽幹嘛？阿亙一肚子火。那個男的八成想在某學術會議上得意洋洋地報告這件事，現在只是在做事前排練，我才不想陪他練習呢！阿亙現在想的只有比呂司。如果比呂司聽到那番話會怎麼想呢？因爲這件事遭受到的精神打擊，誰來拯救他呢？那個售票機男是辦不到的。他只會得意地陳述自己的世界，拎著一份把比呂司的心攪亂之後的報告衝進學術會議中。阿亙坐在大廳的沙發上，想像著比呂司的心情。子宮的影像——看起來像行星的剖面圖——一直盤旋在阿亙的腦海裡。

「你在這裡啊？」

不曉得過了多久，抬頭一看，夏惠站在眼前。因爲她以前當過護士，也許聽這種事比較能處之泰然。阿亙覺得很不舒服，不是因爲談到內臟的事，而是醫生在說明這種事實時，完全沒考慮到患者的感受，使得他很不高興。阿亙以敵視的眼神看著夏惠。這麼重大的事情，她一定能無所謂、機械性地接受，然後跟他說，就這樣囉，我們把比呂司變成女生吧。

夏惠的眼神似乎看著遠方。突然間，她的臉上閃過一抹扭曲。

「醫生說，比呂司就快變成女生了。」

阿亙吃驚地看著她的臉。她哭了起來。爲了躲開周圍人群的眼光，阿亙將她帶出大廳。

十八

比呂司睜開眼睛。四周一片靜謐。剛剛還可以聽到的振翅聲已經不見了。這裡是什麼地方啊？眼前是一片白濛濛的牆壁。床單也是白的。腳邊有一台投幣式的電視機。對了，就是那間病房。記憶回到八年前的那一天。不，不可能。他想起自己站在交換機之間的狹窄通道上用力地握住陰莖。之後究竟發生了什麼事……只記得下腹部竄過一陣劇痛，然後就失去意識了。這裡是醫院，可能是有人把他送到這裡來了。是戶崎嗎？他想起打火機（不要擦拭不必要的東西）。是的，我企圖拉扯掉那根腐朽的陰莖。

那一瞬間，確實是希望自己能變成女人。原因何在不得而知，只知道成爲女人的熱切渴望從身體內部深處泉湧而出。那種劇痛不是因爲企圖扯掉陰莖而產生的，而是來自身體深處的炸裂感。同時他聽到一個新的聲音——變成女人比較輕鬆唷。隨著劇痛的產生，耳裡聽到的是女人的聲音。那是成爲女人所必經的痛苦嗎？不會吧，突然間，他擔心起來了。那個東西——陰莖是否還附著在自己身上？比呂司沒辦法自由活動身體，因此無法去觸摸確認。他企圖抬起脖子，倏地身上又竄過那種劇痛。汗水從臉上流了下來。比呂司咬緊牙關忍著痛楚抬起頭來，看向自己的下半身。他只看到一片白色的床單。床單旁邊牽著一條細長而透明的管子，連接著床邊的尿袋。是導尿管。那條管子的前端想必連接著我身體的某個部位吧？是陰莖嗎？或者是……又是一陣劇痛，再也無法忍受了。比呂司放鬆頸部的力道，把頭埋進枕頭中。再度失去意識之前，他聽到一個聲音——沒關係。不用害怕，趕快過來這邊。當聲音在耳朵裡迴蕩響，眼前變得一片昏暗時，他微微地聽到飛蟲振翅般的聲音。

當他再度甦醒過來時，下腹部持續著一股大石重壓般的鈍痛感。之後他似乎幾度陷入長長的昏睡又幾度醒了過來。每次睜開眼睛，掛在牆上的日曆日期都不一樣，疼痛感也一點一點地消失。他記得身旁時而是護士時而是醫生，有時夏惠或阿亙也會站在床邊說著話，但是不記得他們說了些什麼。比呂司試著靜靜地睜開眼睛。現在病房裡好像沒什麼人了。他覺得自己好像沈睡在堅固的蛹裡面。自他進入這間病房之後，日曆已經翻過八張了。如果這是眞的話，那麼就表示他已經整整躺了八天了。在恍恍惚惚當中，他覺得好像才經過半天而已。窗外的雨在風勢的助長下，斜斜地潑灑了下來。

「颱風來了。」阿亙的聲音說道。

比呂司定睛一看，只見阿亙坐在他原本以爲空無一人的病房裡。同事們送來的慰問水果籃就擺在床邊櫃上。「不用把那種礙事的東西帶過來。」他記得幾天前自己曾這麼叫喊過。他一點一滴地想起來了。話又說回來，他也記得夏惠說過，不用擔心醫藥費的問題。醫生表示，希望能將臨床的資料記錄下來做爲研究之用，因此所有的費用可以全免。窗邊放著參雜紅黃藍色的天堂鳥，大概是夏惠從溫室裡帶過來的模型吧，比呂司一眼就看出來了。模型反倒好，不會褪色，也不會乾枯。比呂司就喜歡那種永生不滅的生命力。那盆南國的花現在就像鳥一般展開翅膀，看起來彷彿要從窗邊起飛一般。

「我要回去，」比呂司說：「我不要待在這種地方。」

「要我幫忙嗎？」

阿亙看見比呂司想起身，可是身體卻不聽使喚，於是靜靜地問道。比呂司或許是死心了，停止身體的動作，但他似乎體認到自己的身體內部好像發生了什麼變化，而醫生的說明他無法理解，或就算理解了也還是無法接受，於是突然開始擔心起自己的陰莖。

「那個還在嗎？」

「嗯，還在。放心吧！」

阿亙將茶壺裡的茶倒進杯子裡，放到比呂司枕頭旁，然後慢慢地拉開窗簾看著窗外。雨不知什麼時候已經停了，只剩下風呼呼地吹著。是颱風遠離了呢？抑或現在正籠罩在颱風眼當中呢？越過阿亙的背，比呂司可以看到落葉在半空中飛舞著。原本沐浴在蔚藍陽光下的樹葉無力地從樹上飄落下來。陰莖是不是也會像樹葉那樣散落呢？自己已經沒有多少日子可以以男人的身份生活了——醫生是這麼說的。

「阿亙……如果你是我，你會選擇當男人還是女人？」

「我不會去想這種假設性的問題。」阿亙將視線從窗外調回來，看著比呂司。「因為只要抱著這種心態，腦袋就會清醒許多。」

「女人是什麼東西啊？」

「我也不清楚啊。」

「我不要成為一個自己不清楚的東西。」

醫生和護士老是跟比呂司說一些描繪夢想般不切實際的話。譬如成為一個女人就會有許多愉快的事情等著你、成爲一個女人就可以好好裝扮自己等等。比呂司感受不到這種事情有任何魅力可言。夏惠說過，變成女人就可以體會它的好處……這是不可能的，即使是是女人，也有她辛苦的地方，而且免不了也會遇到許多不愉快的事情——就跟男人一樣，不，或許比男人更辛苦。

「我覺得成爲女人並不代表失去什麼東西，」阿亙說道：「失去和變化是截然不同事。你失去了陰莖，卻得到了子宮，被迫失去的部分一定會獲得某種程度的補償。你只要相信這一點就好了。售票機是這麼說的。」

「售票機？」

「最近我都是這樣稱呼那個醫生的。」

「你看過影山醫生的下巴了嗎？很像售票機吧。」阿亙笑著打開窗戶。窗簾被強烈的風一吹，在半空中翻飛著，房間裡的空氣瞬間流通了起來。風雖然是冷的，卻是讓人覺得神清氣爽，間或夾雜些許枯葉的味道。一片樹葉乘著風輕飄飄地從窗口飛了進來，阿亙用大姆指和中指捏住那片葉子，定定地看著，彷彿要將它給看透一般，隨即又將手伸到窗外鬆開手指頭。窗外突然又開始下起雨來。

「不知道那片沼澤現在變成什麼樣子了？」阿亙邊關上窗戶邊說。

「你不知道嗎？幾年前就已經不見了。來了兩輛推土機，只花了兩天的時間就把它給填平了。他們一邊用幫浦把沼澤的水汲出來，一邊堆土將沼澤填平，整個過程我從頭到尾看得清清楚楚。心裡還在想，不知道那條草魚會不會跑出來。」

「結果跑出來了嗎？」

「沒有。所以那條草魚到現在都還在地底下游著。我覺得失去東西就是這麼一回事，它不是眞的消失無蹤了，而是深深地潛到底下去了，總有一天會因爲某種機緣而冒到地面上來。爲了避免到時候過於困惑，我們必須定定地看著那個消失了的東西。如果陰莖會消失的話，在那一天到來之前，我要一直定定地看著它在我體內逐日消失，就像我看著那個被塡平的美麗沼澤一般。」

「不要看那些東西！」阿亙說，他的聲音好大。「被迫失去的東西永遠都是美麗的，但是千萬別去看，不要在往前走時還頻頻回頭望。」

比呂司了解阿亙話中的意思。然而他實在無法切斷對即將失去的男人性象徵的依戀，身爲女性和成爲女性就本質上來說是不一樣的。

「你還記得那個課題嗎？交換機和塡字遊戲類似，但是卻又有著決定性的差異。」

「嗯……我想過，但是搞不懂兩者之間的相異處。」

「重點在於黑色的格子。交換機沒有黑色的四角形。而塡字遊戲因爲有黑色的空格，所以才得以成立。有人說如果沒有這些黑空格，連要形成八乘八的格子都不可能了。在英文當中沒有所謂的黑格子，但是有縱、橫、斜向組成的五乘五格的單字，那是目前最大的單位。電話的交換機之所以沒有黑格子一定是因爲設計的重點在於可以跟任何人講話。不過，你不覺得這樣的回路設計好像有點不太自然？」

「你是說可以和任何人講話的回路嗎？」

「我覺得女性身體的某個部份擁有這種回路。擁有那種可以和任何人產生連結，產生溫暖，但是卻又不自然的回路。」

阿亙拿起比呂司放在桌上的塡字遊戲，用鉛筆戳著黑色的四角形部分。「眞像戳著黑洞一樣。」阿亙說道。

「比呂司把自己當成黑格子嗎？」

「我……是性別方面的黑洞。」

比呂司咬住嘴唇說道。可以和任何人連結、沒有黑格子的塡字遊戲——如果這就是女性的話，比呂司並不想成爲這樣的人。護士撥開入口處的隔簾走了進來，要替他量體溫。護士將體溫計塞進比呂司的口中，量了量他的脈博，然後作勢要檢查他的下半身患部狀況，阿亙急慌慌地要離開病房。

「阿亙，」比呂司對著他的背影大叫：「如果我變成女人的話……」

你會討厭我嗎……比呂司本來想這樣問，瞬間又噤了口。阿亙帶著曖昧的表情消失於隔簾的另一頭。

十九

阿亙敲了門之後走進房裡，影山醫生正在吃午餐。「別介意，請進。」影山仍舊埋首於桌上的便當中，請阿亙入座。便當盒裡裝了維也納香腸和肉丸子，桌子一旁擺著和他便當盒裡的菜色形狀相同的陰莖模型。阿亙坐到椅子上，看看便當又看看模型。影山手上的筷子停都沒停過，他對著阿亙問：「找我有什麼事？」

「鳥井山比呂司……他不能繼續保持男兒之身嗎？譬如用縫合的方式來阻止陰莖的脫落……」

「如果可以的話，我也想這麼做，可是……」影山啜了一口茶望向阿亙。「就技術上而言或許可以做得到，但是醫學跟美容整型是不一樣的。我不能做那種只為了尋求更美好的形狀而犧牲患者健康的手術。關於陰莖是否美觀，這種意見是相當分岐的。」

「如果以手術維持現狀，難道也不行嗎？」

「所謂的現狀啊，池貝先生……」影山醫生停下筷子看著阿亙。夾在筷子前端的肉丸子差一點就滾下來，不過最後還是給撐住了。「現狀就是鳥井山先生正不斷地變化成女性，就像蝌蚪蛻變成青蛙一樣。如果要逆向操作，反而有傷害患者的健康之虞，醫生的職責並非如此。」

但是醫生也不能因為這樣就只知道賣票吧？阿亙很想這樣說，但是想想這話實在說不通，便默不作聲。影山大口地嚼著第二顆肉丸子。阿亙搞不懂，為什麼他要選擇這種形狀的東西作便當的配菜呢？

「我們只是盡最大的力量去救人。沒有人比我更期望鳥井出先生變為完整的女性，而且是以一個健康的女性身份出院。我之所以記錄那些資料，是爲了萬一日後再出現同樣的病例，負責的醫生才不會感到束手無策。事實上，我聽說各地也陸續出現幾起類似的病例。雖然不若鳥井山先生那麼顯著，但是還有其他同樣爲男性而身上逐漸女性化的病例。」

「這到底是什麼病啊？」

「至少我確信這不是病。我覺得這是一種現象。或許你把男人變成女人一事看得像天地倒轉一樣嚴重，但是以我的看法，男人和女人其實並沒有多大的差別。」

說到這裡，他嗯了一聲。以好像發現了什麼重大事件的表情，從椅子上站起來往角落的水槽走去。他扭開水槽裡的水龍頭，將水注入玻璃杯中，然後靜靜地拿回桌子上。阿亙原以爲他想做什麼，沒想到他將水杯拿起來喝了下去，可能是米飯噎住喉嚨了。然後他又開始吃了起來。

「所謂的性別是非常微妙的。有幾種方法可以判斷出性別。譬如外生殖器。那是最容易分辨的方法。接下來便是乳房和肌肉、骨骼等——這些器官多少都會有些差異，但是光以這些器官來判別男女其實是不正確的。很多男性的乳房都比女性大，舉比較極端的例子來說，相撲選手的乳房夠大了吧。對了，池貝先生，你是男性，對吧？」

「那還用說？」

「那是不是就意味著你有陰莖？你知道你的內生殖器長什麼樣子嗎？從外形我們無法確認，不過請問你有沒有子宮？」

「那種東西我當然……」

「沒有！你敢拍著胸脯保證嗎？你檢查過嗎？那麼，請問你胰臟在哪裡？腎臟有幾個？有人只有一個腎臟，也有人的胃是左右倒過來的，但是在長大成人之前根本沒有發現。除非我們生了病刻意去做內臟檢查，否則我們根本不會去注意到這些地方。有極少數的人的外生殖器看起來是女性，但是內生殖器卻是男性。這也是運動選手的性別檢查有時候變得棘手的緣故。很多人即便在成人之後，自己也沒發現這個事實。」

他嚼著剩下的維也納香腸，將整個便當都吃光了，然後心滿意足地喝著杯子裡的水。模型倒在一旁，難道他不會把模型和配菜搞混而吃下去嗎？阿亙心裡這樣想著，視線望著桌面上。

「還有一種方法叫性染色質檢查。就是刮下口腔的粘膜，依細胞當中的染色質小體的數量來判定男女，這是奧林匹克運動會中採用的方法。八年前，我們把這種檢查法用在鳥井山先生身上時，判定他是男性，但是事實上這是一種誤差較大的檢查方法。目前有一種方法是利用染色體來判別男女性別。如果是ＸＸ就是女性，如果是ＸＹ就是男性。」

「既然如此，那不就是很清楚了嗎？」

「你有沒有檢查過自己的染色體？」影山以「想必沒有吧」的眼神看著阿亙。「有極少數的人是ＸＸＸ或ＸＸＹ、ＸＸＯ、ＸＸＹＹ等。這種人的性別就很難去判定，醫生也不知道該怎麼辦，我也看過幾個這樣的例子。女性中也有人先天就具有男性的染色體，最近國際田徑聯盟已經廢止利用染色體來檢查女性運動選手的方法了。或許性別已經不是那麼明確地被兩極化劃分了，其中間地帶也已經變得很曖昧。外表同時具有兩性特徵的人在古時候被奉爲神祇，在中世紀則被帶到雜耍團中供大家觀賞，而現在這樣的人則被交到宗教家或醫生手上。醫生的任務是竭盡所能地讓患者能夠過著正常的生活，然後把患者送出這棟建築物。就這層意義來看，和宗教是類似的。光從肉體或細胞來判定男女是非常不智的，一個人的性別是根據這個人是被以男性或女性的身份來教育的、精神層面上屬於哪一方，或者當事人希望擁有哪一種性別等等——也可以說是精神上的性來決定的，總之，這種東西也已經漸漸獲得重視。現在我要再問你一次，池貝先生，你敢斷言自己眞的是男性嗎？」

阿亙無言以對。他不敢斷言自己體內絕對沒有子宮的存在，更何況應該沒有人會刻意地檢查自己的染色體吧？如果連在判定染色體時都有那麼多曖昧的部份，那麼人們該根據什麼來主張性別呢？影山抓起水杯喝著水。他的喉結靜靜地滑動著。阿亙一邊看著他，一邊想著比呂司是否有喉結，可是他就是想不起來。

「話又說回來，假如我們給女性服用睪丸素等男性賀爾蒙的話，女性的聲音就會變得比較低沈，或者就會長出許多毛髮來。雖然症狀很輕微，但她確實是男性化了。相對的，給男性服用雌二醇之類的女性賀爾蒙則能有效地促進子宮的發育。還有，當我們爲了治療婦女的性器官腫瘤而給與男性賀爾蒙時，如果她在賀爾蒙的作用還殘存的時候就懷了女胎，胎兒的性器也可能會出現男性化的現象……人類的細胞每天都在消失與重生。「肉體」這種東西其實是相當模稜兩可的。再加上男女之間的差異——我指的是精神上的差異，人們認爲那是由後天的因素所決定的，譬如動作、謎詞用語或人生的理想、戀愛感情等，這些東西大都被視爲後天形成的，但是事實上它們似乎跟遺傳基因或賀爾蒙也有關係。此外遺傳基因也還有太多尚未被解開謎題的領域。話又說回來，就同時具有兩性特徵的案例來說，鳥井山先生的情況也算是非常特異的。當然我們也檢查過他的染色體。他是XX，也就是說，他的染色體是女性。我們無法確認是以前就如此，或者是最近才因爲某種理由產生變異的。」

「染色體會產生變異嗎？」

「通常不會。可能是因爲某種機緣才變成這樣，不過醫生的職責並不在於追究或釐清原因，醫生也不會發表超出想像領域的意見。不過……如果要我表示意見的話，就個人而言，我會提出某種假設，那就是進化說。」

「進化……？」

「或許鳥井山先生已經完成了進化吧。」

影山慢慢地開始發表他的感想。

這純粹是我個人的意見，不過我認爲，鳥井山先生的例子不就是人類進化的前兆嗎？所謂進化，是經過數千年或者數萬年的漫長時間，靜靜地演化而來的。因此活在現在的我們，要自己確認進化的進行是非常困難的。因爲即便突然變異會因個體而有所差異，但是要確認那是否就是進化卻非得先看清人類在今後的數千年，或者數萬年之後的狀況才行。此外，就算我們可以約略確認在遺傳基因或細胞底下可能悄悄進行的進化，但是目前卻沒辦法明確地指出其進行的狀況。基於這種理由而拿鳥井山先生當成一個例子，冠上進化之名是非常危險的，但反過來說，若以進化這種假說爲前提來看這個病例，就很容易說明了。

人類目前也持續在進化當中。在這瞬間流逝的時光之河遙遠的彼方，有著經過進化、形體完全不一樣的人類在地球上自在地走著，這並不是什麼不可思議的事情。從目前的生物變化狀況來看，這種想法反倒比較自然。

那麼人類是以什麼方式進化的呢？即使我們保持目前的狀況，我們也不會覺得自己的肉體有什麼不方便的地方。推動進化的要因是環境、食物或天敵所造成，還有保存個體的遺傳基因的本能使然等。到目前——我是說這五十年左右，人類被迫面對食物和環境的重大變化。我們可以認定這些都成了急速推動進化的要因。那麼，為什麼男性非得變化成女性不可呢？或許以其他的生物為例作說明比較容易理解。

譬如有一種「翻車魚」，為了接近雌魚，雄魚會做擬態（註）變化。牠們的身體會產生變化，假裝成雌魚。這種被稱為衛星雄魚的擬態雄魚不只是模倣雌魚的動作和行動，連體型也酷似雌魚，牠們以此技倆得以較其他雄魚更容易接近雌魚。也就是說，牠們的繁殖機會就多很多。牠們偽裝成同性的樣子接近雌魚，然後迅速將精子灑在卵上面，再一溜煙跑走。

而人類的雄性動物之前則是採用明確誇示性別差異的方法做為更接近雌性動物——也就是女性的方法。從太古時代的雅典娜崇拜男性生殖器，到日本舊制中學所看到的粗野打扮皆同——譬如男人們都蓄鬍子、鍛練肌肉，連遣詞用語或服裝都再再強調著男人味，汗臭味和多多少少的不乾淨正是男人的象徵，但是這種男性們現在已經看不到。這種轉變是從什麼時候開始的？我想是戰後。自從二次大戰日本戰敗之後，男人們好像都以誇示力量為恥了。這是一項很有趣的資料，有過重大戰役之後，同性戀就會有增多的傾向。根據德國達那教授的研究記錄顯示，在第二次世界大戰中出生的男孩子成為同性戀的機率增加了將近三倍之多。這是因為戰爭所產生的衝擊抑制了母體的賀爾蒙分泌，使得掌管胎兒性別的腦部女性化了。結果就生出了雖然有陰莖，但是腦部和性賀爾蒙的平衡狀況趨近於女性構造的男性。從人類整體來看，這或許是藉減少具鬥爭性的男性來避免戰爭的迂迴機制。

不管怎麼說，現在已經變成一個愛好乾淨、個性溫和的男性所領軍的時代了。我們姑且不談這種變化的好壞。目前男女性在外觀上的差異縮小了，時尚打扮也越來越多男女不分的設計。一個人的外在打扮只是一層皮膜而已，因此我們可以把這種情況視爲男女性在外觀上開始具有類似的皮膚，是一種擬態，同時男人在精神上也急速地接近女性。或許是因爲這樣比較容易得到女性的好感吧，但是我不認爲這種改變跟翻車魚那種極爲卑劣的擬態是一樣的。如果想知道這種擬態究竟是不是一種正確的進化，我想我們至少得再活個兩萬年左右才能得出結論。

至於鳥井山先生的情況，很明顯的，他所有的肉體構造持續產生變化，使得他一步一步成爲女性。一般人可能會覺得性別轉換是一件很奇怪的事情，其實自然界的生物有很多類似的例子。其中以熊蚤和厚唇魚爲最有名，魚或甲殼類、軟體動物等，很多物種都會從雄性變成雌性，或者反向轉換過來，目的在於繁殖。牠們是按照繁殖的必要性而做性別轉換的，因爲性本來就是爲了繁殖。我個人主觀地認爲，以人類而言，目前女性留下其個體遺傳基因的可能性遠超過男人。如果和戰前相較，或許會比較容易理解。就現代的環境而言，如果想留下個體的遺傳基因，那麼和異性有許多接觸機會的女性佔有絕對的優勢。最有利的觀點就是進化的目的並不是爲了保存自己的種，而是爲了承續個體的遺傳基因情報。我記得你是在電信局上班的吧——就像電話的交換機一樣，我們正確地搜尋想傳達訊息的對象，企圖留下比較有利的情報。我認爲，女性之所以喜歡講電話的理由大概就是如此。最近喜歡聊天的男性也不斷增加中，我相信今後男性的行爲會逐漸女性化，這大概是不到五十年之間的急速社會變化，但這卻是非常危險的事情。從進化的漫長時間來看，如此急速的變化是很危險的。我一直在想，日本——日本列島的形狀爲什麼那麼像陰莖——那是因爲日本正持續失去陰莖當中。如果我在公開場合大聲疾呼這種事情，恐怕會得罪所有的女性。

我並不是說鳥井山先生就是這樣。只是在看過一連串的變化之後，我發現到一件事。事實上鳥井山先生的肉體正順利地從男性轉換爲女性。就像蛻皮或形體變化一樣，身體的所有細胞彷彿都渴望成爲女性，毫不勉強地持續轉換。就好像蛹化身爲蝴蝶一般，拋棄男性的構造，企圖變成容易有生殖機會的女性。因爲蛻皮或形體變化是一種將形體轉換成可以從比較寬廣的範圍去選擇、得到異性的姿態。

如果這就是進化的話，也就是說，如果在某個時期，男性企圖朝著女性的方向進化的話，人類可能會基於某些理由而發展爲不再需要男性，或者減少男性數量。如果人類以這種方式進化的話，或許就是在爲現在或數千年、數萬年後即時要發生的某種環境變化做準備，也許是一種對人口過剩現象的應變方式。鳥井山先生的例子只不過是會發生在數十億人類中的任何一個人身上的體內進化，也就是一個極大數量的進化現象中的一個樣本而已。所謂進化，是歷經長久時間佐證，整個物種的遺傳性繼承現象，因此這個樣本的有效性大概幾近於零吧。我是在了解這種機制的狀況下大膽做這樣的假設。因爲我們有時候會根據唯一一個個體的，而且是化石的一片碎片樣本來推斷進化。如果我把這個例子當成進化的一個樣本會不會太過牽強？

通常我們會把這種例子視爲一種突然的變異。這有點是我個人比較羅曼蒂克的看法，不過我認爲在這個世界上並沒有所謂的異常肉體。嚴格說來，大約有百分之二十六的人，身體當中有某些變異。而如果我們就細胞單位來審視這種狀況的話，我們每個人都沒有可以和他人等同視之的肉體。所有的人類彼此之間都有某種差異。目前所有的地球人都在進行安靜的進化過程。我不想武斷地論斷所有的進化都是一種突然的變異，但是無可否認的是，進化一直進行著。我們並不打算以醫學的手術來加諸人爲的操控。手術之類的東西是非常沒道理的事情……我拿這個話題當成茶餘飯後的聊天內容好像有點過頭了，請把這些當成是我個人的空想，不要當成一個醫生的觀點來看。

影山輕咳了一聲，再度拿起水杯喝了口水。他看了一下淡金色的手錶說道：「午休時間結束了，我也該走了。」同時從櫥櫃裡拿出活頁夾，夾在腋下。

「我從學生時代起就執著於研究新的進化論，所以總是會把鳥井山先生的例子和進化連結在一起。不過，我也相信我的意見並不是那麼地魯莽而沒有根據的。」

「先告辭了。」影山說著便離開房間。阿亙茫然地坐在那裡，瞪著放在桌上、有著邪惡形體的模型。影山的論調或許是對的，沒有人可以判斷，也沒有人可以證明。阿亙拿起球形的模型，凝視了好一會兒。放回桌上時，支撐模型底部的金屬零件撞到桌上的玻璃板，發出「鏘」的聲音。那個聲音聽起來就像飛蟲的振翅聲一般，不是溫和的聲音，而是一種冰冷而孤獨的聲音。

每個人的體內都在進化，而所有的人類都具有生物上的差異……他想起影山所說的話。門外響起某人經過的腳步聲，可能是想前往某個地方的人吧。人類究竟會走向何處？阿亙心中滿是疑惑，他就這樣在影山的房間裡茫茫然了好一會兒。自己到底來這裡幹什麼的啊？他本來是想找影山商量，希望他能想辦法利用手術讓比呂司維持男兒身，沒想到整個談話的內容卻失焦了。誰曉得有著陰莖形狀的日本列島會變成什麼樣子啊？我只是希望能將比呂司的陰莖固定下來，讓他保持男人的樣子而已。

阿亙想起影山那張像售票機臉，他覺得自己好像按錯了售票機上目的地的按鈕，結果跑出了前往別處的票一樣。

二十

秋意抖落一地的樹葉，逐漸將世界讓度給冬天，比呂司在某個寒冷的早晨失去了他的陰莖。從昨夜起，雨勢就轉變成陣陣的寒風。從病房的窗口望出去，樹上飄落的樹葉就像四處逃竄的鳥群般。一早，比呂司就按下床邊的護士呼叫鈴，告訴趕過來的護士他的下腹劇痛。輪班的護士知道他大略的症狀，可是並不清楚詳情，她只是被告知任何時候、有任何狀況要立刻呼叫主治醫生影山。護士依指示呼叫了影山，凌晨四點左右，影山醫生從家裡趕過來。

夏惠被影山的電話給吵醒，得知比呂司情況生變的消息。當她趕到醫院時，比呂司不斷哭訴劇烈的疼痛感，同時被移到手術室去。在曾爲同袍的影山的安排下，夏惠得以進入手術室。她在便服外罩了件白色罩袍，站在手術室的角落，看著整個過程的推移。

醫生們將所有的檢查儀器安裝在比呂司的身上。可是除了爲比呂司打輕微的止痛劑，看著心電圖和超音波的變化之外，他們根本不知道該怎麼處置才好。比呂司不斷嚷著下腹疼痛，醫生們一方面擔心他的狀況，一方面仔細地記錄下每分每秒的變化。將近兩個小時後，他的疼痛呈現規則性的變化。不久，疼痛的周期漸漸地縮短了。

——跟產前陣痛好像。

夏惠發現了這一點，並將這個發現告訴在場的醫生們。他們一邊苦笑著，一邊檢查比呂司的下腹部。果然一如夏惠所料，比呂司的子宮產生周期性的收縮，就像臨盆的女性一樣，比呂司好像就要產下什麼來了。

產科的醫生立刻被呼叫過來，做好和接生一樣的準備工作。爲了小心起見，現場還準備了大量的熱水——結果並沒有派上用場——比呂司在朦朧之中不停地喊痛，說著一些莫名其妙的囈語。

要搶走哦！

搶走了。

過了早上八點後，他的陰莖開始急速地脫落。產科醫生一再交代比呂司做腹式呼吸。他一邊痛得呻吟，一邊持續做腹式呼吸。

沒什麼好怕的。

趕快過來吧。

太郎……！

比呂司的下腹部起了變化。他彷彿產下小嬰兒似的，慢慢地讓自己的陰莖、陰囊，以及所有的男性內生殖器官脫離自己的身體。之後，就出現了美麗的女性外生殖器。那一瞬間，比呂司的身體看起來晶瑩剔透，似乎散發著光芒，彷彿剛剛蛻殼的昆蟲一般光亮。夏惠屏氣凝神在一旁守護著。那是一種誕生，是全新人類誕生的瞬間。醫生們輕聲呼叫，而在場的護士甚至有人眼中泛著淚光。

比呂司的痛楚已經到了忍耐的極限，意識陷入昏迷。產科醫生將「生產的」——器官脫離的時間記錄在病歷上，然後沈著地完成了事後的處置。所有的步驟都跟一般女人生產時一樣。「他很快就會清醒過來，其他的就不用擔心了。」產科醫生說，這種程度不算是難產。醫生一邊走出手術室，一邊嘟噥著：「男人眞是受不了一點痛啊。」手術室裡只剩下病床上靜靜地躺著的美麗軀體，和在一旁守護的護士。

夏惠被蝴蝶蛻變般靜謐的感動給擄獲，站在手術室的角落不發一語。影山走過來小聲地對她說：「你當時也是這個樣子的。」

（你當時也是這個樣子的——）

夏惠的眼中泛起淚水，一發不可收拾。

阿亙結束夜班趕到醫院來時，比呂司已經被移至加護病房了。夏惠以醫生般的專業口吻把比呂司陰莖順利脫離經過說給阿亙聽。

「到底是怎麼回事？」

「比呂司變成了女孩子了。」

發生的事實和心中的感情波動無法協調，一時間，阿亙湧起了一股笑意，緊接著一陣悲哀和憤怒襲來，很快地，莫名的混亂感佔領了他整個腦袋。「比呂司變成女孩子了」這幾個字像電報一樣在他腦海中羅列出來，在阿亙的腦袋當中不停地旋轉著。他分不清這封電報是賀文或者是弔文。變成女孩子……？

「你是說他變成『那一邊』的人了嗎……」

「我覺得你最好不要用這種說法，人哪有分哪一邊的？」

「你跟他談過話了嗎？」

「剛剛他恢復意識後我去見過他了。比呂司變得很漂亮，不知道爲什麼，就覺得他的皮膚散發著光澤，有一種非常清澈的感覺。產科的醫生也說了，那表情就像生過嬰兒的產婦一樣。你猜我跟比呂司說了什麼？我說：『從今天開始，讓我們當個好朋友吧！』並向他道聲恭喜。我告訴他，變成女孩子是值得恭賀的，是一件好事。結果……」

夏惠說到這裡，一個護士跑過來，一看到夏惠就小聲地向她說一些話。那彷彿刻意壓抑的驚慌聲音在沒有人氣的大廳裡迴蕩著，連阿亙也聽得清清楚楚。

「患者——不在加護病房裡。」

阿亙一躍而起，跟在已經往前跑的夏惠後頭衝向加護病房。原先安裝在比呂司身上所有的紀錄器或管線都被扯了下來，心電圖的紀錄紙被撕得散亂一地。阿亙茫茫然地看著房內。比呂司逃走了。阿亙不清楚眞正的理由，但是他還沒有捨棄「男人」的感情——這個事實讓阿亙感到安心。

阿亙打定主意，就算比呂司的陰莖被拿掉了，自己還是要用以前的方式跟他交往。不管比呂司怎麼變，他還是他。沒有必要像夏惠一樣刻意宣稱「讓我們做朋友吧」。陷入一片混亂的加護病房窗外，枯葉不斷地飄落。看起來就像在風勢的吹拂下失去方向而驚慌失措一般。然而，阿亙心裡想著，即使樹葉飄落了，樹依然是樹。

阿亙開車載著夏惠前往比呂司家。比呂司的身體還很虛弱，而且外頭還下著霧一般的毛毛雨。他應該不會走太遠的，護士們在不引起其他住院患者騷動的情況下，在醫院內和周邊地區展開搜索，其他能想到的地方就只有比呂司的家了。他們沒有把事情原委告訴前來應門的志乃嬸，只是要求看看溫室。志乃嬸說，我施了好多肥料。溫室裡空無一人。爲了謹愼起見，他們也搜尋了樹後和草叢後面，但是到處都看不到人影。問過鸚鵡，牠也只回了句「裝糊塗！」夏惠走進溫室說，人也不在房間裡，再也想不出其他可尋找的地方了。他們兩人坐到折椅上，同時歎了一口氣。

溫室裡開了暖氣，感覺好溫暖。比呂司住院期間，阿亙偶爾會到這裡來看看。雖然都是些模型，但是也需要清掃和維護，有些工作也得花費力氣，不能把這些事情都交給志乃嬸一個人處理。阿亙坐在折椅上，凝視著製作得非常精巧的植物園。作工雖然精巧，但是最近阿亙開始覺得這裡畢竟是一個虛構的世界。可是比呂司卻揚言，就因爲是模型，所以才能彰顯它的優點。製造這整個溫室應該花了不少時間，他到底是爲什麼製造這座溫室？不，其實不需要有什麼目的，應該問，究竟是什麼樣的衝動讓他創造了這個世界？而又是什麼因素使得他從醫院裡逃跑呢？阿亙茫茫然地想著比呂司。夏惠也一臉等著什麼人現身的表情，定定地坐著不動。

志乃嬸走進來，開始在露兜樹下挖土。她在埋肥料，可是待會兒還是得把那些肥料再給挖出來。志乃嬸甚至無法理解比呂司住院的原因，要是跟她說比呂司變成了女性，恐怕也只會讓她更混亂，而且比呂司現在又從醫院逃走了，這些話實在不知如何對志乃嬸啓齒。沒把事情告訴她或許有點不公平，但志乃嬸可能還是抓不到要領，只是淡淡地說「眞好啊！年輕人什麼都能做，眞是太好了」。志乃嬸在精神上相當有彈性，或許也是因爲這樣使得她總是可以理解一些沒有道理可循的事情。

「hottaimo ijiruan！」

鸚鵡突然尖聲叫了起來。聽起來實在不像 What time is it now? 阿亙看著鸚鵡不停地走動，突然想到，這隻鸚鵡到底是公的還是母的啊？因爲牠是學比呂司的父親的語氣說話，所以阿亙一直一廂情願地認爲牠是公的，然而眞相到底是什麼？阿亙想了一會兒，後來又發現這件事並沒有那麼重要。最重要的是，他根本不知道鸚鵡有沒有陰莖。

「那個東西怎樣了?」阿亙對夏惠說:「丟掉了嗎?」

「什麼東西?」

「他的陰莖。」

夏惠說,不要的臟器就會像垃圾一樣被處理掉,被切除的臟器可能會被直接丟棄。可是「生產」下來的陰莖會怎麼處理呢?會不會被保存在什麼地方呢?阿亙的腦海裡浮起被生下來的陰莖放在保溫箱裡小心翼翼地被呵護的景象。

「hottaimo ijiruna!」

「hottaimo ijiruna!」

鸚鵡一直尖叫著。阿亙站起來,對著鸚鵡怒吼。

「吵死人了!沒有人會去欺負什麼挖出來的芋頭!」

鸚鵡咕嚕嚕地轉動著眼睛。

「你生什麼氣嘛!」夏惠張大嘴巴愣然地看著阿亙。

二十

比呂司套上病床的拖鞋，不顧一切從醫院飛奔而出。外頭下著像米糠般的毛毛細雨，氣溫比想像中還低。地上滿是被雨水打濕的落葉，使得他腳上的拖鞋一直打滑，舉步維艱。然而他心裡一團亂，根本沒有多餘的心思想到該返回醫院去換衣服、穿上鞋子。他從後門來到大馬路上，只覺身體依然輕飄飄的，身體的存在感變得那麼地稀薄，彷彿所有的細胞都變得空空洞洞的。然而他依然頭也不回地往前走，腦中一片空白，心裡頭沒個準頭。

他不想再回到醫院去了。那個時候——當他躺在手術台上承受著劇烈的疼痛時，「那個聲音」在耳邊叨叨絮絮個沒完。他不記得那個聲音說了什麼，而當他失去意識的那一瞬間，他看到了母親。母親就站在手術室的一角，不像其他的護士一樣穿著綠色的手術衣，只是罩上一襲簡單的白衣，也沒有參與手術的過程，只是定定地看著比呂司。當比呂司失去意識的那一瞬間，母親突然喃喃地說話了——「對不起，比呂司」。母親為什麼要道歉呢？比呂司百思不得其解，然而可以確定的一件事情是，母親的亡魂還在那家醫院裡飄蕩著。母親出現在比呂司失去意識時所做的夢境裡，仍然不停地低語著：「不能待在這裡，老是待在同一個地方的人會變得沒用喲！蛻變中的比呂司，趕快離開這個地方。」說這些話的到底是母親？抑或是那個聲音？

只套著拖鞋的腳又濕又冷，可是卻沒有任何一個人上前幫忙。沒有人想去理會一個罩著長袍，在毛毛細雨當中「散步」、行為詭異的人。比呂司刻意選則一條來往行人很少的狹小巷道，往回家的路上走去。腳凍得厲害，好像快結冰了，讓他益發無法如自己所願地行動。走到大馬路上去，大馬路應該會比較好走——就算被逮到也認了，比呂司這麼盤算著。在馬路上走了一會兒，一輛路過的油罐車在比呂司身旁停了下來。比呂司放棄了，心想自己一定被當成可疑的人了，努力了老半天卻還是在這裡被逮個正著帶回醫院去。沒想到，一個男人從油罐車車窗裡面探出頭來，對著比呂司大聲說道：

「上車來吧？會感冒的！」

油罐車駕駛座旁的位置非常寬敞，車內又放著暖氣。司機把自己的皮外套給比呂司穿上之後，又將熱呼呼的咖啡倒在馬克杯裡遞給他。油罐車繼續往前開，比呂司的身子變暖之後，終於停止打顫。比呂司告訴司機，在山丘上放自己下車就可以了。他隨即躺了下來。待身子一暖，睡魔就毫不留情地襲來。但是當比呂司醒過來時，卻發覺有人用力地撫摸著自己的身體。他張開眼睛，看到司機的臉湊到他眼前，一隻手正粗暴地摸索著他。比呂司放聲尖叫。他的叫聲是那麼地尖銳，彷彿出自別人的嘴巴。比呂司想支起身體，男人卻用力地制住他。

「這位大姊，有什麼關係嘛！你本來就有這個意思的，不是嗎？」

大姊？比呂司以爲自己聽錯了。他確實是留著長髮，至於身上的長袍，或許是醫院裡的護士出於體貼之意，也讓他穿上了粉紅色的毛巾布袍子。可能因此使得對方分不清楚他是男是女。可是男人的手此時卻撥開比呂司的長袍，肆無忌憚地摸索著比呂司的大腿內側。這個男人爲什麼叫我大姊？比呂司不由得燃起一股怒火。

「你這個混帳東西！把手拿開！」

比呂司怒吼道，他盡可能地用低沈而嚇人的聲音吼著。男人瞬間愣了一下，定定地看著比呂司的臉。比呂司也不管那麼多了，奮力撐起上半身，男人頓時失衡，倒向另一邊，不小心壓到喇叭，喇叭狂鳴起來。對向的來車可能發現情況有異，連忙緊急剎車。「喂！發生什麼事啊？」客車上的駕駛對著他們狂吼。比呂司打開駕駛座旁的車門，從油罐車上跳下來，頭也不回地往前跑。男人在後頭不知道嚷些什麼，然而比呂司沒有多餘的心思去理會，只是拚命地往前跑。過了一會兒，他聽到油罐車重新啓動的聲音。隨著車聲遠去，比呂司終於停下腳步。他劇烈地喘著。可能是身子還很衰弱的關係，他覺得自己好像快貧血了。

前頭有座公園。比呂司坐在長板凳上閉上眼睛調整自己的呼吸。方才他從駕駛座的後視鏡中看到映在鏡中的自己，那是一張「像極了女人」的臉孔。剛剛那個男人一邊摸著他的兩腿之間，一邊說著猥褻的話——（這位大姊，有什麼關係）他到底是什麼意思啊？比呂司重新調整好姿勢，淺淺地坐在板凳上，緩緩地張開兩腿，慢慢地伸出手觸摸那個地方。結果他只摸到「下方的部分」。

沒錯，你變成女人了。

聲音說道。他從板凳上站起來，搖搖晃晃地往前走。「我變成女人了。從今天開始，我是個女人了。」這個念頭一點眞實感都沒有，卻像走馬燈似的在他腦海裡不停地盤旋著。所以那個男人才會色瞇瞇地前來搭訕。一定是比呂司身上的那種女性特質誘惑著那個男人。好恨哪！有始以來第一次感受到的憾恨感讓比呂司渾身打顫。他身上仍然裹著從那個男人手上搶來的皮外套，然而發自內心的顫慄卻無法立刻平息。

回到家門前，比呂司發現門口停著一輛似曾相識的車子。他從前門繞到後院，看到阿亙和夏惠在溫室裡頭，他們一定是來找自己的。比呂司蹲踞在庭院的一角，靜待他們離去。

溫室裡看起來是那麼地暖和。他們兩人一邊看著鸚鵡一邊談笑風生。阿亙和夏惠的笑容在明亮的溫室裡漾了開來，而躲在庭院的陰暗處看到這個景象的比呂司，內心深處卻突然湧起一股難以言喻的感覺。阿亙爲什麼要對夏惠笑呢？他不喜歡阿亙那種笑容。他們兩個人坐著的地方充滿了溫馨、暖和的感覺。想到這裡，比呂司發現自己並不喜歡夏惠待在阿亙身邊，心頭倏地一緊。在驚覺支配著自己的那種莫名的情感時，比呂司一陣愕然——那是嫉妒。自己被想獨佔阿亙笑容的情感所擄獲，比呂司不禁顯得很狼狽。嫉妒？怎麼可能有這麼離譜的事！

過了一會兒，夏惠和阿亙一起離開了。阿亙應該會直接回家，而夏惠則會一如往常地在上晚班前到美容院去一趟吧。比呂司小心翼翼地注意著四周的動靜，走進溫室，頓時只覺溫暖的感覺柔柔地將他包圍。比呂司將外套脫下來丟在一旁，狠狠地瞪著它。開油罐車的男人只不過觸摸了一下比呂司的身體而已，但是他已經沒辦法忍受了。他一把抓起爲了製作立體模型而放置在桌子底下的刀子，將那件外套劃破，撕扯得粉碎。他可以感受到自己的情感劇烈地起伏著。那是對油罐車男人的憎恨，以及針對阿亙所產生的突然其來的嫉妒感。

比呂司坐到摺疊式的帆布躺椅上，不知如何處理自己那沸騰般的感情洪流。過了一會兒，他覺得自己產生了一種敏銳的視覺和聽覺，敏銳得幾乎可以感受到包圍著自己的空氣中的微細分子。由立體模型構築而成的溫室世界就像眞正生存著的植物群一般，他甚至覺得可以聽到每一片葉子成長的聲音。沈著而安適的感覺——這種急速劇烈的精神變化到底算什麼啊？難道這就是「女人」所居住的世界嗎？

就這樣，比呂司足足靜默了三十分鐘之久。待身體終於整個暖和起來之後，他丟掉長袍，全身赤裸著。然後，他第一次看著自己的身體——變成女人之後的身體。他不禁倒吸了一口氣——好美的軀體，他從來沒想過自己得到的竟然是如此美麗的東西。他忐忑不安地用手掌去觸摸自己的胸部和腹部。那是一種光滑而柔軟的肌膚觸感，好細緻的白皙肌膚，在住院期間他就感受到自己的肌膚變得無比柔潤光滑，然而現在才有機會眞正地觸摸它。他摸著那微微隆起的白皙乳房，倏地前端產生了一種刺激感。接著他順勢將手緩緩地往下移，觸摸下腹部，他彷彿觸到一股帶著濕氣的泉水。這時比呂司又感受到另一種出乎意料的刺激，不禁一陣愕然——他勃起了。那應該已經失去的、消滅了的陰莖竟然因爲他觸摸到女人的身體而硬挺起來了。他確實產生了這樣的感覺。他驚慌失措地鬆開手，頓時又感受到一種急速萎縮的感覺。我到底是——比呂司百思不得其解，我到底是女是男啊?!

比呂司赤裸著全身，站在櫻花樹旁。每當他感到心神不寧的時候，樹上便是最能讓他靜下心來的地方。太郎——我前前後後一共爬到你身上多少次了啊?現在即使閉著眼睛也能毫不費力地就爬上去。比呂司攀著由下面算來第二根樹枝，移動身體前往樹枝前端。那邊放著一把釣竿。在事件發生過後幾個月，警察把釣竿送到家裡來了。刀子是沒有送回來，不過當時那把釣竿現在還放在樹上。比呂司將釣竿從樹枝上鬆開來，伸長竿子，垂下釣線。沒有裝上釣餌的魚鉤順著浮標往下垂落。當浮標彷彿被溫室裡叢生的雜草吸沒之後，比呂司朝著水平方向甩出釣竿，靜待著魚兒上鉤。這裡當然不會有魚。志乃嬸走進來看了一會兒，或許是知道比呂司鐵定釣不到什麼東西而看膩了，過了一會兒她便走了。

比呂司的心又動搖了。如果能永遠保持現在這個樣子，他隨時都能保有平靜的心情，然而，自己卻像個穿著女人皮相的性格異常者，這教他如何靜得下心來呢？只要一閉上眼睛，阿亙剛剛漾在臉上的笑容就一次又一次地掠過腦海，撼動著比呂司的心。他試著舉起釣竿，空無一物的釣鉤孤零零地浮了上來。自己到底想釣什麼呢？我的陰莖到底跑到哪裡去了呢？「hotaimo ijiruna!」鸚鵡說。「難道眞得裝上芋頭魚餌才行嗎？」比呂司自言自語地喃喃說道。

比呂司將釣竿收起，全身赤裸地橫躺在樹上。從樹上可以環視整個植物園。這裡是唯一一個他可以信賴的世界，沒有榮枯興衰，也沒有世代交替的問題。自己的世界可以任由自己創造。自己一手創造的世界，遠比強迫人們接受不合邏輯事物的眞實世界值得信賴。這座溫室只屬於比呂司一個人。不知道阿亙是怎麼看待這座溫室的？他喜歡我的世界嗎？發現自己又想起阿亙，比呂司趕緊甩甩頭，企圖把他趕出思緒。

結果，就像曾幾何時樹的聲音告誡過的一樣，他永遠也釣不到草魚，只是憑白無故地失去陰莖而已。現在連沼澤也不見了，僅剩下這個讓人愛不釋手的溫室世界。一股不安靜靜地襲上心頭。萬一連這座溫室都不見了的話，自己將棲身於何處啊？

變成女人——這件事讓比呂司覺得自己等同於死亡了一樣。不單純是性別的轉換而已，而是因爲存在於比呂司內面的「男人」死亡，使得他攀上了「女性」這棵樹。是這棵樹教會了他爲了成功爬上樹頭就得殺死朋友的道理，除了這棵樹，沒有其他人會教他任何事情（記住，比呂司，絕對不要和任何人吵架！）。大家只告訴比呂司，要和別人建立起良好的關係、要融入群體之中。就如同非得踩死螞蟻或小毛蟲才能爬上這棵名爲太郎的樹一樣；就如同只有殺死朋友才能保有和太郎的關係一樣。現在經由某種事物的死亡，比呂司得到了「女性」。那麼，爲了避免殘害小毛蟲，比呂司是不是只要放棄爬這棵樹就可以了呢？然而，樹是非爬不可的。而這棵名爲「女性」的樹對比呂司而言，眞的具有非爬不可的價値嗎？在離棄陰莖的那一瞬間，「男人之死」蛻變成了名爲「女人」的愛神了。比呂司在這棵愛神的樹上到底該扮演什麼樣的角色呢？他一直覺得所有的女人都是踩在男人的屍首上煙視媚行、巧笑倩兮的。盤座在男人屍首上的女人——這個想法使得比呂司極端抗拒著自己成爲女人的事實。

殺死哦。

聲音在低語著。殺什麼？到底要殺誰？

殺死男人。

是殺死阿亙嗎？

怎麼可能。聲音笑了。是殺死存在你內心世界裡的男人。

二十二

當天晚上，夏惠從工作的酒吧打了幾通電話到醫院詢問，但得到的答覆依然是還沒找到比呂司。阿亙也打了電話來，說他試著和比呂司家裡連絡，可是電話一直沒有人接聽。志乃嫱應該在家的，但是她害怕接電話，根本沒拿起話筒。店裡打烊之後，一名男客約夏惠出去夜遊。夏惠非常擔心比呂司，本想早早回去，不過她還是跟男人去吃了飯、喝了幾杯酒。當她表示想回家時，男人說要送她回家，便跟夏惠一起坐上計程車。在計程車上，男人不斷有意無意地觸摸夏惠的身體。夏惠一邊適度地周旋，一邊用她那帶著幾分醉意的腦袋思索著——那件事情，自己以前不也經歷過嗎？

（那時候你也是這個樣子的。）

夏惠按捺住自己的思緒，向男人道別：「那就下回見囉。」並在家門前下了計程車。打開門走向玄關的那一小段路，她稍事整理了一下散亂的頭髮和上衣的衣領，心中忖道：志乃嫱應該已經睡了吧。但打開門一看，卻看到志乃嫱坐在陰暗的玄關前。

「這麼晚了，你怎麼在這裡？」

夏惠以爲志乃嫱又睡迷糊了，「坐在這麼冷的地方會感冒的。」「小比呂他……」「啊？比呂司怎麼了？」「他剛剛一直在釣魚。」「什麼？比呂司在哪兒？」

「他坐在樹上動也不動啊。」志乃嫱不知所措地說道。

夏惠立刻跑向溫室，抬頭看到櫻花樹的樹枝時，她差一點尖叫出聲。她看見比呂司全身赤裸著橫躺在樹上。那微泛著粉紅色澤的白皙肌膚在溫室內的照明下清晰地浮顯上來。夏惠戰戰兢兢地走近大樹，站在樹底下。為什麼要躺在那麼高的地方呢？她滿腹弧疑，隨即猛然一驚，難道……就在夏惠彷彿看到了什麼可怕的東西，想把眼睛閉起來的時候，比呂司卻緩緩地坐了起來。

「別過來，」他的聲音是那麼地孱弱，「離開這裡！」

「別怕。你怎麼會爬到樹上去呢？趕快下來吧！」

比呂司露出恍惚的表情。在經歷「生產」的過程後立刻就從醫院跑出來，可能讓他極度疲憊。他的眼中毫無生氣。

「讓我一個人在這裡靜一靜，別理我。」

「我怎麼能不理你呢？不管怎麼說，你先下來吧！」

「不要，」樹上傳來平板而不帶感情的聲音，「你出去，我什麼人都不想見。」

「如果你不下來，我就算使盡吃奶的力氣也要把你拖下來。還要打電話給池貝先生，叫他立刻過來。」

「不行！」比呂司用尖銳的聲音喝止夏惠，「什麼人都可以，就是不可以叫阿亙來。」

比呂司似乎放棄抗爭了，他赤裸著全身，將腳踩在樹幹上爬了下來。夏惠就站在樹底下抬頭仰望著比呂司，她清清楚楚地看到了——美麗又乾淨的外陰部，粉粉嫩嫩的粉紅色，緊實又有彈性，四周纏捲著淺淡的、看似柔軟的毛髮。當比呂司「咚」地一聲從樹上跳下來時，夏惠趕緊將視線從剛剛看到的東西上移開來。

「好冷……好想喝些什麼熱的東西喔。」

夏惠等比呂司穿好粉紅色的長袍之後，便將他帶到起居室去，她將溫熱的牛奶放到桌上，比呂司坐在沙發裡，專心地喝起牛奶來。好一張少女般天眞無邪的側臉。比呂司喝完牛奶，默默地放下杯子。他依然了無生氣，心情似乎也低盪到谷底，整個人像個空殼子般，顯得茫茫然。

（那時候你也是這個樣子的——）夏惠看著比呂司的臉，暗自忖道：果然他也一樣，這只是時間早晚的問題而已，萬一發現太遲，比呂司的精神狀態很可能就此失去平衡，永遠也無法恢復了。如果要敲開比呂司的心門，那麼我就非得把自己所有的一切都攤開來說了……夏惠心裡這樣想，緩緩站起來。

「我有話要跟你說。我想可能會需要一段時間，你跟我來，我想讓你看一樣東西。」

夏惠將他帶到自己位於二樓的房間去。這是她第一次把自己的房間公開給別人看，然而，現在給比呂司看也沒什麼關係了。

「這是……？」一踏進房間裡，比呂司便不由自主地低吟了一聲。

「我重新裝潢過了。」

自從搬到這裡來之後，夏惠就不斷地重新裝潢這個八帖榻榻米大的西式房間。她先將牆壁和天花板漆成藍色。連窗簾和床鋪、枕頭也都統一爲藍色調，像地中海晴朗氣候下海天一色的蔚藍。湛藍色的牆上用白色的油漆描繪著雲彩。另外還畫著好似奮力撥開雲層、在水裡悠游的夏季巨大熱帶魚。有那麼一瞬間，眞會讓人產生不知道自己置身於海洋或是天空的錯覺。夏惠非常喜歡這種感覺。房間角落裡純白色的樹旁，躺著一隻獅子布娃娃。樹的細枝被去除了，看起來彷彿是從地板上凸出來、骨瘦如柴的手掌一般。其中一根粗樹枝上則掛著一個大時鐘，時鐘像晾曬著的棉被般無力地垂掛下來。她本來的用意是想重現超現實主義畫冊中的意境，可是卻沒辦法營造出那種感覺。不過，夏惠還是很滿意。

「接下來我打算在天花板上畫一個大大的嘴唇。」

「爲什麼要畫這種……？」比呂司茫然地環視著房間裡。

「理由可能跟你的溫室是一樣的。這雖然和你模擬眞實物品所創造出來的立體模型世界截然不同，但這卻是我心中的立體模型。只要我待在這裡，心靈就感到非常安適。至於我爲什麼要創造這樣的東西，我有話想跟你說。」

「如果是要談我的事情，那我勸你就別管我了。」

「是我的事情，你可別驚訝，靜靜地聽我說。」

「現在的我，」比呂司淡淡地笑了，「聽到再怎麼離奇的事情都不會感到驚訝了。」

這是關於我自己的故事。夏惠開始娓娓道來。而這同時也是你的故事。你認爲我爲什麼要建構出這樣的房間？我跟你是一樣的，我像蛹一樣，也需要一個自己可以安身立命的世界。其實我應該早就不需要這樣的東西了，可是我卻還是花了這麼多心血去塑造它。

當醫生宣判你從男人變成女人的時候，你是那麼地淡然——就算事實並非如此，可是你卻以比我想像中還要坦然及毅然決然的態度克服了這個難關。這讓我覺得非常不可思議。我心想，這個人爲什麼如此地堅強呢？於是我想到了，或許是因爲你有立體模型構築而成的溫室。我相信你的本能中的某一部分一定是在以前——大概是八年前——就做好了接受身體變化的準備。你在不斷成長的過程中徹徹底底地準備好了克服即將來臨的異常事態，那就是溫室世界。我覺得你是在無意識中爲自己預備了承受巨大變化時所需要的棲身場所。我好羨慕你。因爲我當時沒有任何可以依賴的東西，所以現在才會刻意去打造一個這樣的房間。

是的，當時我是這樣的。

我原本也是個男人。我沒騙你，在跟你差不多的年紀——快過完十七歲時，我也從男性變成了女性。當時我的心境就像捲起一場狂風暴雨一樣，我迷惘、哭泣，遷怒四周的人，不斷地找人吵架，感到憤怒而悲觀，甚至還自殺未遂。我被綁在醫院的床上施打鎮定劑，一邊瘋狂地叫嚷著「殺了我！求求你們殺了我！」然後一邊讓陰莖脫離我的身體。到現在，我的腳踝還留著當時企圖掙脫而被拷上腳鐐時所留下的傷疤。失去陰莖後，有一陣子我只要一醒來就會拔掉所有的點滴和導尿管，大聲地狂叫，所以醫生一直爲我施打安眠藥和靜定劑。當時的醫生就是影山醫生。

你不相信也沒關係，但我還是要把所有的事情都告訴你。當時，我的夢想是當一名警官。我很希望能當一個可以在槍林彈雨中搏命的警官。很可笑吧，我想一定是漫畫對我造成了很大的影響。失去陰莖之後，我住院一個多月。等我心情比較平靜之後，心想，啊，我現在只能當女警了，當時心中不免有些憾恨。現在回頭想想，其實當個女警一樣也可以使用手槍啊。於是，我便想徹底地查清楚這種病——因爲當時我一直認定這是一種病——的來龍去脈，我決定去當護士。我告訴池貝先生，我是在你入院之後才開始調查雌雄同體的相關事宜，但事實上我早在那之前就著手調查了。我認爲這是一種全新形態的雌雄同體。生產陰莖這種事雖然是前所未有的，但事實上這種人卻慢慢地在增加當中，眼前就有兩個人了。目前我還在調查當中，我相信全國各地應該還有更多這樣的人。看來你還是不相信吧。你可以相信自己曾經是男人的事實，卻無法接受我也曾經是男人的事嗎？你最好別以爲只有你是特別的，松浦夏惠以前是松浦夏夫。我改了名字，你也必須找個時間前往家庭裁判所（註）申請變更名字和性別。我可以教你怎麼做。

我是在過了二十歲之後才從護專畢業當上護士的。但當時我的心情還是非常慌亂。在我還是男兒身時，曾交了個女朋友。一個十七歲的男孩子怎麼能沒有女友？啊，對不起，我們那時候沒有像比呂司你這樣的人。那時的女朋友跟我同在一個合唱團裡，長得非常可愛。在我失去陰莖之前的半年左右，我到那個女孩子家玩，結果我們上床了。這當然是我還叫夏夫時的事。所以我並不是童貞之身。你幹嘛露出那種奇怪的表情？總而言之，那個女朋友知道我變成女孩子之後，還陪在我身邊，跟著我一起手忙腳亂。在我變成女性，一直到上護士學校念書之後，她都陪在我身邊。因爲我們約定好了，就算我變成女人，我們還是當愛人同志。當時我們都認爲，戀愛不是肉體的關係，重點在於精神上。眞是年輕單純的想法呀！現在我可不相信這種事。

在我變性五年後，也就是我二十二歲的時候，那個女孩子嫁人了。柏拉圖式戀愛的極限是五年，我懷疑這可能是全世界最長的紀錄了。失去那個女孩子之後，我產生了二度恐慌。我變得自暴自棄，男朋友一個換過一個。很不可思議的是，我交往的對象不是警官就是醫生，所以我也不是處女了。不要笑！

我每一次談戀愛都是出自眞心的，這也是我引以爲傲的地方。所以我會把所有的事情都跟我眞正喜歡的對象坦白開來，包括我曾經是個男人的事。在了解事實眞相之後，一開始這些男人都會說什麼「只有我能了解你的感受」等等的話，可是不到一個月就會跟我提分手。就在這個時候，我離開了護士的工作崗位。一直反覆經歷著被女人跟男人拋棄的過程，讓我變得自暴自棄了。怎麼說呢……對，大家都是混帳東西──我這麼覺得。

我的工作一個換過一個，在這期間也學會了喝酒，待我定下心來思考時，才發現自己已經年過三十。某一天，我在房裡看著以前當護士時的病歷影本，一個叫鳥井山比呂司的少年的病歷映入眼簾。當時我就想，不要讓其他人承受我曾經歷過的苦難。我覺得自己好像找到了生存的依靠。我要盡可能地幫助鳥井山順利地變爲女性，我要把這件事情當成存在的價値。這同時也是我人生的課題。我不是爲了你而做的，而是爲了自己。所以，要是現在你離開了這個舞台，那我還眞會傷腦筋呢。

我認爲你目前的迷惘源自於無法忘記之前身爲男人的自己。當然這是不可能馬上就能忘記的。你聽過這種說法嗎？有人說，人在出生之前都是雙胞胎。很多人在胎兒時期都是雙胞的，可能在胎內吸收了另一個自己之後才出生。所以也有人懷疑，在每個人的內心深處都有兩個精神個體。這兩個個體經常吵吵鬧鬧爭鬥不斷。以你──不，以我們的情況來說，我在想，我們的雙胞胎中的另一個人是女孩子，一開始是生爲男兒身，但是之後另一個女孩子快速成長，最後就替換過來了。我把這種想法告訴了影山醫生，結果他不以爲然地笑了，他說這是沒有醫學根據的說法。不管怎麼說，我們已經蛻變了，而接下來則必須在精神上也完全轉換過來。精神上的蛻變或許比肉體的蛻變還痛苦，但這是一場非打不可的仗。爲了成爲一個眞正的女人，爲了獲得勝利，這場仗是必要的。這是

註：日本的裁判所相當於我國的法院，家庭裁判所約當我國的少年法庭、和解庭，負責處理家庭案件及少年案件。

我唯一請求你的一件事情，能不能請你答應我，不要認輸，繼續奮戰下去。

比呂司靜靜地聽著夏惠娓娓訴說著自己的過去。待她說完之後，比呂司的一雙眼睛在房裡游移著，彷彿想確認這極度超現實的裝潢一般。過了一會兒，他的表情萎靡了下來，喃喃地說道：「我明白，我明白，可是現在我好想睡覺，我好累，現在根本沒辦法打仗，總之先讓我好好睡一覺吧。我相信你剛剛所說的話，不管發生什麼事，我都不會再害怕了，所以就讓我在這裡睡一覺吧。等我醒來，我就會有精神了。」比呂司說著脫掉了身上的長袍，赤裸著全身鑽進夏惠的藍色雙人床裡。

不消多時，比呂司開始發出熟睡的鼻息。夏惠坐在房間正中央，出神地望著魚兒悠然游著的天空。比呂司睡得好熟。她望著比呂司熟睡的臉，暗自忖道：把這件事告訴他是對的嗎？可是……夏惠用力地甩了甩漸漸湧上睡意的頭。當一個人想睡的時候最好別思考事情。在這種時候思考事情，結果往往比喝得爛醉的男人還難處理。因爲觸及的不只是外在的身體，連內在的精神層面也黏糊糊地纏在一塊兒了。夏惠脫掉上衣，靜靜地鑽到比呂司身旁，閉上眼睛。

夏惠再度睜開眼睛時，陽光已經從窗口射進來了。隔著窗簾投射進來的溫暖陽光將整個房間的景象完完整整地浮顯上來。已經過午了，睡在一旁的比呂司仍然發出平穩的鼻息聲，他那乾爽而觸感極佳的肌膚碰觸到夏惠的腳和手臂。看到比呂司從毛毯底下露出來粉紅而光滑的肩膀時，夏惠突然產生一股觸摸的衝動。她無法控制那股衝動，遂用手掌輕輕地撫摸比呂司的肩膀到背部一帶。那古老的性衝動緩緩地復甦了，十七歲時的性衝動彷彿在某個天氣晴朗的日子裡如幽靈般浮出海面的沉船一樣，這衝動急速地支配了夏惠——是跟合唱團的那個女孩子發生關係的遙遠記憶。

高中二年級的某個秋天，松浦夏夫將影印好的新樂譜送到那個女孩家中。她是和夏夫同一個合唱團的團員，夏夫很喜歡她。她總是用充滿活力、開朗悅耳的聲音說話。在這天之前，他們兩人一起到過麥當勞幾次，也曾經穿著制服到公園的小池塘划船。在合唱團裡，他們兩人的關係已經形同公開了，但是夏夫充其量也僅握過那個女孩的手而已——而且也只是在爬上公園的階梯，女孩差一點跌倒的那一瞬間而已，除此之外，他不曾想過去碰觸女孩子的身體。當他把樂譜送到她家時，女孩對夏夫說，今天家人都出門了，要不要喝杯咖啡？我買了新的錄音帶。聽著女孩房間裡錄音機流瀉出來的音樂，夏夫心裡想著，這難道就是所謂的戀愛嗎？這時候，女孩一把抓住夏夫的手，把他拉向自己，再拉著他的手從運動服下摸上自己的胸口。這出乎意外的發展讓夏夫受到極大的驚嚇，然而他的手已經觸摸到柔軟的部分了。女孩或許也被自己大膽的行為給嚇到了吧，她的身體微微地顫抖。床鋪就在旁邊。床上鋪著印有將近五百隻史奴比圖案的床單。女孩躺了下來。夏夫撫摸著那柔軟的東西，有生以來第一次吻了女孩子的嘴唇。運動服底下的手臂感受到女孩乾爽的膚觸，然而夏夫也發現女孩的肌膚漸漸地蒙上一股濕氣，纏捲住他。他並不是很清楚女孩到底要什麼。他戰戰兢兢地將手移往下方，觸摸著女孩的下腹部。第一次觸摸到那個東西的感覺以猛烈爆發的態勢，將指令從夏夫的手掌傳導至他的全身。動手吧！貫穿它！

當時的記憶復甦了。夏惠想起那個女孩乾爽的膚觸。這時候比呂司翻了個身面向夏惠。夏惠無意識地將手伸向比呂司的下腹部，手指頭碰觸到剛剛在樹底下看到的那個粉紅色的東西。她把中指放在中心部位，然後靜靜地往上方移動。指尖觸及那小而硬挺的東西。夏惠停了下來，緩緩地以畫圓的方式蠕動著手指頭。不行！必須趕快把手縮回來。就在她閃過這個念頭時，卻為時已晚。比呂司微微地睜開了眼睛。指尖碰觸到的東西突然間增強了硬度。夏惠感覺濕淋淋的液體纏捲在她的中指上。把手縮回來，現在還來得及。然而一切都已經太遲了。「夏惠小姐……」比呂司說著主動地依偎了上來。

比呂司手指頭和舌尖的感覺仍然殘留在夏惠的下半身。

夏惠也對比呂司做了同樣的事情。整個過程持續相當久的時間。兩個人微微冒著汗水，床鋪嘎吱嘎吱地響著，乳頭硬挺起來，床單也被濡濕了。在最激情的時刻裡，夏惠一再反覆地說著：「這樣還不行嗎？這樣你還要說你是男孩子嗎？舒服嗎？這個部分讓你覺得很舒服吧？這是因為比呂司，你是個女人的關係。在你身體裡面的女人感覺很舒服。你的身體感受到那種快感。」「你很吵耶！就不能安靜一點嗎？」比呂司這樣頂回去，然後又把臉埋進夏惠身體的某個部分去。夏惠也對比呂司做了同樣的事情。過了一會兒，可能是受到了一股強烈的刺激，比呂司尖叫了起來。他拖著長長的尾音，身體一動也不動。夏惠聽著他的叫聲，也達到了盡頭。兩人的身體之間隔著一層濕淋淋的汗水。他們擁抱在一起，又繼續睡了一會兒。

「我們不能再做這種事情了。」夏惠一邊化妝一邊說。

「我知道啦。」比呂司似乎很生氣說道。

「否則我們會被孤立的。」

「孤立？什麼意思？一直以來我都是被孤立的啊。我才不怕這種事。你聽著，不管我是被孤立還是被接納，我愛怎麼做就怎麼做。」比呂司用尖銳的聲音說道。

「不要再逞強了。就讓自己變成一個溫順的女孩子嘛。」

比呂司對著鏡子當中的夏惠笑著，聲音也柔和了許多。

「OK，我明白，我也知道自己是女人。所以如果你化好妝了，能不能請你給我一杯咖啡？流了那麼多汗，喉嚨好乾……好舒服，眞的好舒服。」

「這種事不能掛在嘴邊的。」夏惠說完就到樓下去拿咖啡了。儘管一開始是出自無心，但是這麼做眞的對嗎？話又說回來，也確實是有一種「猛烈療法」。如果能因此讓比呂司眞正產生身爲女人的意識，那未嘗不好。夏惠一邊想著一邊走進廚房，志乃嬸正在裡頭整理廚房。

「剛剛唱歌的是你們嗎？」志乃嬸問道。原來她聽見剛才那些激情的聲音了。「唉，嗯。」夏惠曖昧地回應了一聲，倒好咖啡就逃也似的回到二樓去了。

二十三

比呂司失去陰莖之後的半個月，阿亙看到依約來到車站前的比呂司，心中的大石終於落了地。比呂司穿著牛仔褲和深藍色的男襯衫，上頭套著毛衣，外頭又披著一件夾克。光從外表來看，他跟住院前沒什麼兩樣。白皙的膚色和線條柔和的輪廓也一如往常。阿亙覺得他的聲音似乎高了幾度，不過醫生說過，這大概是賀爾蒙分泌的變化所導致的音質改變。

「夏惠小姐最近要搬家了，」兩人一邊走著，比呂司一邊說道。「她說現在付得起租金了。」

「那又變成你跟志乃嬸兩個人住囉？」

「志乃嬸的情況你也知道，要是能找到設施比較完善的地方，我想還是把她送過去比較好。」

天空陰沉沉的，罩著冬天特有的厚厚雲層。已經接近年尾了，路上的行人來去匆匆。上午比呂司打電話來，問阿亙要不要去喝杯咖啡。比呂司的聲音雖然仍充滿活力，可是阿亙還是隱約覺得他和以前的比呂司似乎有點不太一樣。對阿亙說話時的遣詞用句好像變得比較客氣而含蓄。比呂司引領他至車站後方雜亂無章的鬧街一角，在一家老舊的餐飲店前停下腳步，說：「我沒有跟任何人介紹過這家店。」推開嘎吱作響的店門走進裡面，就聽到店裡流瀉著德佛札克（註）的交響曲。這是一家專門用唱盤播放古典音樂給客人聆賞的店。滿是刮痕的仿古唱片和苦澀的咖啡、椅子顯得破爛不堪，牆壁和天花板則好像隨時都會剝落一樣。這周邊一帶有很多速食店及一些裝潢得非常漂亮的餐飲店，所以來來往往的人們好像都擔心衣服被弄髒似的不敢靠近這家店。「咦？我從來不知道這裡竟然有這樣的店。」阿亙跟在比呂司後面，爬上通往二樓的樓梯。樓梯也到處都是歲月的痕跡，隨處可見用木板修補過的地方。他們兩人面對面坐在陰暗的二樓，位於兩個喇叭中間的桌子前。

「你常來這裡嗎？」

「這邊人不多，我會跑來這裡玩填字遊戲。」

坐在彈簧彷彿快彈出來的沙發上，點了咖啡之後，比呂司閉上雙眼，靜靜地聆聽著音樂。只要凝神傾聽音樂，就會產生一種溫和、安定的心情。溫暖的時光從身邊輕輕流過。阿亙心想，發生如此重大的變化，想必讓比呂司心力交瘁，所以他才想過過這種悠閒的時光吧。這種就跟飽受驚嚇的貓兒梳理自己的毛髮來鎮定心情的行爲一樣。當唱片跳到第九號交響曲《新世界》的時候，比呂司開口說話了。

「聽說人類第一次登陸月球，在發射火箭的那一瞬間，太空人耳機裡播放的音樂就是這首曲子。」

「《新世界》原本就是擷取黑人靈魂歌曲和美國印第安音樂的要素編寫而成的，應該是『美利堅合眾國』的象徵吧。原來阿姆斯壯指揮官也聽過這首曲子啊……」

「我想應該不是這種嚴重跳針的唱片吧？如果發射火箭時放的是這種千瘡百孔的唱片，人類大

註：安東尼．德佛札克（Antonin Dvorak, 1841-1904），為捷克作曲家，也是國民樂派的重要人物。曲風充滿波希米亞風情，有著一般國民樂派作曲家少見的嚴謹。曾於一八九二年出任紐約國家音樂學院院長，使他的作品增添了印地安人及黑人的節奏與旋律，可說是將印地安人、黑人等音樂帶入古典音樂的作曲家。

概也上不了月球了。」比呂司笑著說。
「現在越來越不容易找到唱針了，可是我並不排斥夾雜著唱片跳針雜音所播放出來的音樂。因爲我覺得唱針的雜音令人感覺相當舒服。」
「跳針的聲音嗎……我以前之所以會到這裡來，或許潛意識中就是爲了來聽這種雜音的。」
比呂司環視著店內，阿亙則看著他的側臉。比呂司看起來比以前纖瘦，渾身散發出妖精般的氣息。阿亙心中猛然一驚——他覺得比呂司好美。頃刻之間，他急欲打消內心裡突如其來的情感。
「你不是有話要說嗎？」阿亙說：「是關於工作上的事嗎？」
電信局裡的其他工作人員並不了解比呂司住院的詳情。向公司請假的理由是他需要接受前列腺肥大的手術，必須請長假住院，再加上影山醫師也答應開立這樣的病歷證明，因此比呂司一直請著長假。萬一知道事實的話，只怕人事部會陷入一片混亂，而比呂司的生活也一定會受到波及。
比呂司默不作聲。過了一會兒，他抬起頭來說：「我有事情想請池貝先生幫忙。」
「幹嘛這麼客氣？」
「我希望你能跟我交往。」
「我現在不就是在跟你交往了嗎？你總不會像夏惠那樣，說『我們成爲好朋友』之類的話吧？」
「不是的，」比呂司語氣堅定地說：「我是說跟我，那個……」
「什麼啦！眞是不乾脆的傢伙。」
「我希望你能跟身爲女人的我交往。」
「不要把事情講得那麼複雜好不好？現在你看起來好像什麼事情都沒發生過啊！我們就像以前

那樣做朋友不就好了？」

「可是我是個女人。我希望你答應跟現在的我交往。」

「我不覺得你像個女人啊。」

「我也不覺得。可是上洗手間的時候就會想到，」比呂司突然壓低了聲音，「我不喜歡進女生廁所，所以就到男生的個別洗手間去，可是每當那個時候就會一再被迫面對這個事實。不只是上洗手間，連洗澡的時候也一樣，好麻煩。」

「我想也是……」

阿亙試著想像那個畫面，可是實在無法具體成形。他還是強烈地認定比呂司沒有任何改變，然而——他覺得比呂司襯衫敞開的胸口一帶似乎比以前隆起許多。難道是因爲強迫自己去意識這件事才造成視覺上的錯覺嗎？

「夏惠小姐叫我到市公所去一趟。她說去提出申請比較好。」

「跟她結婚嗎？」

「怎麼可能？我也是女人，怎麼能跟她結婚？她的意思是要我去申請改性。」

「改名字？爲什麼？」

「不是改名字，是改變性別。」

阿亙乍聽之下以爲比呂司是去「改姓」，可是比呂司的意思並不是去改姓。他說只要提出醫生的診斷證明，就可以說是申報錯誤，做「改性」的修正。夏惠給的建議是在變更性別的同時，順便一勞永逸地改成女性的名字。提出申請時要向家庭裁判所提出姓名和性別的變更許可，待許可下來，就附上家庭裁判所的審判書謄本及確認證明文件向市公所申請。夏惠建議比呂司這樣做，而他也好像已經把文件提交給家庭裁判所了。

「維持現狀也沒什麼不好啊。」

「可是我……」比呂司欲言又止，「昨天我開始來經了。」

阿亙一陣愕然。他從來沒想過會發生這種事。原來他不只是變成女人，還會持續以女人的狀態生存下去，可是阿亙實在無法理解這種事。

「現在我襯衫底下也穿著胸罩。不然那開始膨脹的乳房會很礙事。是夏惠小姐幫我買的，我倒覺得穿女性內衣反而比較輕鬆。」

「別說這種蠢話了！」

「不是蠢話，是事實！」比呂司憤怒地看著阿亙，「你一定很輕視我對不對？爲什麼？只因爲我穿著內衣嗎？只因爲我變成女人嗎？女人就該被輕視嗎？」

「我並沒有輕視你啊。」

「你可能會覺得我很怪異，但是我確實是個女人。所以我要以女人的身份跟池貝先生……」

「跟我怎樣？」

「算了，無所謂。」

空氣裡瀰漫著一股讓人窒息的沈默。比呂司打破沈默，說：「我們走吧。」店外好冷，午後的陣雨把水泥街道淋成了墨黑色。兩人踩著濕漉漉的街道，轉進巷子裡。霓虹燈和紅色的燈籠陸續點亮，開始閃爍著。「去喝一杯吧？」比呂司開口邀約。兩人走進居酒屋，坐在角落的座位上。時間還早，店內只有零零星星幾個客人。日本酒送上來時，阿亙這才想起自己酒量並不好，同時也想到這是他第一次跟比呂司到這種地方來。阿亙心想，沒想到比呂司一變成女人，彼此間的交往模式就變得跟以前完全不一樣了。

「我可以說一些奇怪的事情嗎？」比呂司一邊爲阿亙倒酒一邊說。

「什麼奇怪的事？」

「我會變硬，已經不見了的陰莖到現在還是會勃起。每當有勃起的感覺時我就覺得好悲哀，之前我在性方面的欲求並不是那麼強烈，但是沒想到自己竟然如此在意那已經不存在的東西。」

「會不會是因爲你刻意想忘記，所以才導致勃起的？」阿亙說。「我曾經聽過切掉一條腿的人復健的過程。你知道他怎麼做嗎？他刻意讓自己去想像那條已經不見了的腿還存在，然後進行義肢的步行訓練，結果非常令人滿意。但是只要一想到一條腿不見了，他立刻就倒下來了。」

「我並不是分不清現狀。我可以感覺到，目前不管是肉體上或精神上，我都持續女性化當中……別看我這樣，我知道我體內細胞的某個地方正在蠢動著，就好像石蕊溶液從藍色變成紅色一樣，我身體的某個地方一直在靜靜地變化當中。可是，我卻還殘留著陰莖的存在感。」

「眞是搞不懂。我還是無法相信比呂司是個女人。」

「池貝先生對我身爲女人的事反感嗎？」

「這不是贊成與否的問題吧。」

「醫生說經由手術可以讓我回到原來的樣子——如果我希望這樣的話。」

「能變回男兒身？」

「可是我將不具有生殖能力，而且只是裝上型式上的陰莖而已。至於胸部的隆起問題可以靠外科手術進行切除，毛髮或腿毛應該也可以仰賴賀爾蒙治療恢復到某種程度。可是聽醫生說，從女性變爲男性的手術成功率比從男性變成女性要低。」

比呂司的鬍子變得稀疏了，看來再過不了多久可能就連剃都不用剃了。他的腿毛也幾乎看不出來，反倒是睫毛好像長長了許多。阿亙一一確認發生在比呂司身上的每一件事，企圖讓自己認同比呂司是個女人，可是在他的意識的某個角落卻一直在抗拒這個事實。

「如果保持現在這個樣子，會變成怎樣？」阿亙問道。

「聽說可能會固定成爲完全的女性，或許還有懷孕的可能。完全的女人和不完全的男人……你認爲哪一種好？」

阿亙沈默了，這就像在玩一個只提供縱向關鍵字暗示的塡字遊戲。在思索的過程中他發現到一件事——比呂司並不是在尋求正確的解答。

「我出去透個氣。」

阿亙來到店外。吹了一陣子風之後，他到洗手間去洗把臉。比呂司穿著胸罩……那影像在腦海裡若隱若現。他不想相信，可是那應該是事實吧。比呂司說話的方式也變了，是自己太多心了嗎？他不但對阿亙使用怪異的敬語，甚至還叫他池貝先生。這點點滴滴的變化或許正印證他變成一個不折不扣的女人的事實。當他失去陰莖的時候，阿亙還以爲所有的事情都解決了，平安落幕了。然而那不過只是個開端而已。就醫學上——肉體上而言，他成爲女性的儀式都已經完成了。然而就精神上及社會性而言，他現在好不容易才要邁開「徹底成爲女性」的第一步。

（就跟他成爲好朋友吧。）

夏惠說過的話在他腦海裡咕嚕嚕地盤旋著。對比呂司而言，我是他的什麼？他對比呂司的身體變化束手無策，只能任憑醫生處置。可是，今後他是不是應該擔負起醫生所做不到的一切責任？他應該幫助比呂司「以女性的身份」去適應社會。他覺得自己欠夏惠一個情。他必須謝謝夏惠幫比呂司買內衣，甚至幫他準備生理用品。

「怎麼了？請你醒醒啊。」

阿亙回過神來時才發現自己醉倒在居酒屋的桌上，可能是一時醉意襲來不自覺地睡著了。比呂司站在一旁。

「你還好吧？我們該走了。」比呂司扛起他的手臂，企圖將他拉起來，可是卻顯得相當吃力。

「眞是沒用，不過才喝了一合而已。」

比呂司扛起阿亙的整隻手，支起他。當他放開手臂時，方才阿亙上胳膊碰觸到的蓬鬆感立刻就消失了。此時阿亙發現了，剛剛那種觸感來自比呂司的乳房。

二十四

幾天後，比呂司回到工作崗位上。當天管區內發生火災，在滅火的過程中，主要的幹線被切斷了，因此阿亙他們直到三更半夜都持續地進行搶修的工作。這一天簡直是麻煩不斷，外面的管線被起重機的車子給壓斷，加上公用電話機失竊。阿亙不斷從孤島前往通道，再從通道回到孤島。外部線路的故障修復工作由工程部的人趕往現場處理，而阿亙必須一邊和這些人保持電話聯繫一邊檢視局內的線路和外線號碼是否吻合。分成紅色和白色、茶色的跨接線，其細配線像束起的頭髮一樣捲繞在繼電器開關後面。從其中找到一根細得像頭髮般的配線連接到正確的線路上並不容易。發生事故當天，孤島瞬間如戰場一般慘烈。除了必須靠電話和外面取得聯繫之外，局內還要一邊拉跨接線一邊大聲地交換信號確認結果，萬一有必要時，還得透過無線電話商討狀況，同時深入通道當中來回作業。

阿亙默默地專注於交換機的維修工作，比呂司也忙碌地四處奔走，因此他們幾乎沒有多餘的時間談及工作以外的事情。耳邊充斥著交換機飛蟲振翅般的噪音，阿亙心裡想著，人們為什麼如此不厭其煩、吱吱喳喳地想跟別人保持互動關係呢？之前聽起來非常溫暖的聲音開始讓他感到厭煩了，這是他有史以來第一次產生這樣的感覺。乾脆剪斷算了！把人們所有的腐臭關係都剪斷，再重新一條一條接續起來。阿亙感到無比焦躁，這種情緒應該不是針對那一大綑線路而來，而是對僅有的一根纖細線路無法聯繫他和比呂司之間的焦躁感。自從比呂司變成女人之後，他們甚至會一起去喝酒。彼此之間的距離看似拉近了，但是阿亙卻覺得兩個人之間的某處還殘留著一道巨大的鴻溝。他最近發現，比呂司變成女人後，態度頓時產生一百八十度的轉變。對阿亙而言，從前那個精神奕奕地面對他的比呂司反倒比較容易了解。這種溝通的鴻溝是打哪兒來的啊？他能想到的原因只有一個——阿亙是男人，而比呂司是女人，這個事實彷彿糯米紙膜般在他們兩人之間形成隔閡。那種感覺就像沾附在繼電器開關接點上的小小污點一樣，使得所有的接續狀態都惡化了。

接近天明時，阿亙終於結束了繼電器開關的檢查工作，回到孤島。一名幾天前由分公司派來支援的工作人員坐在孤島上待機，桌上擺著以前沒有的電腦終端機，他將資料打進終端機裡，開始做數據化的準備工作。阿亙坐下來時，比呂司並不在孤島裡。坐在對面的男人停下敲著鍵盤的手，用手指頭將四方形、如同觀賞歌劇用的雙筒小望遠鏡般的眼鏡往上推，對阿亙說：

「池山先生，那個人感覺有點奇怪耶。」男人發出像風吹般咻咻的氣音，抬起下巴指著站在通道裡的比呂司，「我從剛剛就一直看到他不停地走來走去。」

「什麼事？」

「感覺就是很奇怪。」

「爲什麼？」

「原來也有這種人啊，我只是感到有點驚訝。」

男人講話的語氣讓人感到焦躁。阿亙不耐地說道：「所以我問你什麼事啊？」

「他的胸口一帶看起來好像是隆起的，就跟女人一樣。池山先生，你有什麼看法？」

「我沒有特別注意。」

「是嗎？我這個人啊……」

「我不喜歡聽別人的閒言閒語。還有，我不叫池山，我叫池貝。」

阿亙結束了對話。剛好比呂司從通道裡走出來。男人趕緊重新戴好眼鏡，把視線落回終端機的螢幕上。

「怎麼了？我聽到有人說胸部隆起什麼的。」

比呂司以看殺人犯似的眼神瞪著阿亙和男人。

比呂司在這件事過後三天提出「改性」和「改名」的申請。阿亙陪著他一起到市公所去——他能做的也只有這樣了。比呂司將變更申請書連同家庭裁決所寄回來的文件一起交給窗口人員。負責辦理的市公所職員是一個看起來像相撲社團團長的壯碩男人，他的大半邊屁股從辦公椅上擠出來。職員快速瞄了一眼提出的文件，要比呂司等一會兒。在大廳等待的那段時間，比呂司告訴阿亙，他不打算讓公司知道這件事情。其實讓公司知道也不見得就會被迫離職，但是很可能因爲身爲女性而被排除在夜班的執勤表之外。

「不上夜班也沒什麼關係啊。」

「我不要。」比呂司斬釘截鐵地說道。比呂司的態度是那麼地堅定，阿亙實在無法掌握他眞正的想法。其實提出女性的身份證明，公司或許也可以接受，但是最讓人傷腦筋的是比呂司可能逃不過其他工作人員好奇的眼光。既然有這種疑慮，不如另謀他職，重新以「女性」的身份置身於不認識比呂司的人群中，會比較輕鬆一點。但是比呂司卻仍然執著地穿著「男裝」，而且極力掩飾胸部的隆起，選擇繼續在電信局打工這條路。

「我喜歡那個工作，」比呂司這樣說：「那種吱吱喳喳的聲音在深夜裡依然不絕於耳，讓我覺得很安心。」

阿亙也能理解他不想換工作的心情。離開那種振翅聲，感覺上就好像遠離了人與人之間的貼近感一樣。

「無論如何，可能得把實情告訴人事部，不過目前或許維持現狀比較好。」阿亙說。

「嗯，而且這樣才能跟池貝先生在一起。」

什麼意思？正當阿亙想轉頭看比呂司的臉時，「鳥井山小姐！」有人呼喚比呂司的名字。

「是您本人嗎？」相撲社團團長說。

「是的。」比呂司小聲地回答道，聲音小得幾乎聽不到。

比呂司身上穿著牛仔褲和毛衣。這是不分男女都適宜穿著的裝扮。相撲社團團長瞄了比呂司一眼，說：「這裡再蓋一個印鑑就可以了，等一下再叫名時，變更的手續就完成了。」「太容易了。」

比呂司露出沮喪的表情。不過從現在開始，鳥井山比呂司就變成鳥井山比呂美了，今後他的圓形印章也將會蓋在男女性別欄的「女」一欄裡。不管就肉體或法律而言，比呂司已經是一個不折不扣的女性了。走出市公所，頭頂上是一片晴朗的冬季晴空。

「現在我已經正式成爲一個女人了嗎？」

「嗯……覺得落寞嗎？」

「不會，」比呂司很愉快似地，「這麼一來，我甚至可以和池貝先生結婚了。」

他是開玩笑的吧？阿亙露出一個複雜的表情，心裡暗自忖道。比呂司心中應該還留有讓他非成為女性不可的重要原因。阿亙不知道那是什麼，但是他有一種預感，那將是最棘手的事情。

這天阿亙沒有輪班，人待在家裡。剛才鬧鐘響了，提醒阿亙該起床準備午餐。阿亙不在家時由父親掌廚，當阿亙在家時則由他負責，這是他念國中起就養成的習慣。父親早就起床了，可能在院子裡灑水或外出散步了。只要人一回來，他一定馬上說要吃飯。眞是麻煩啊！可是不做又不行。「沒人做飯就沒飯吃」是父親的口頭禪。聽起來不像有言外之意，也畢竟是這個家的飲食規則。鬧鐘又響了。距離剛剛按下開關已經過了五分鐘了。阿亙的腦袋還是一片茫茫然。好吧，就賭上這條命做頓飯吧！阿亙打定主意從床上爬起來，就在這個時候，電話鈴響了。

「要不要現在過來？」是夏惠的聲音，「比呂司說想見你。」

「他？」

「我明天就要搬家了，乾脆我們三個人就舉行個小party吧？」

比呂司為什麼會想要見我呢？幾乎每隔兩天就會跟他在公司碰面的。「能不能叫他聽一下電話？」「比呂司現在正忙著呢，不管怎樣，你能不能現在就過來一趟？我們等你。」掛斷電話時，阿亙覺得夏惠的聲音好像太過有精神了，感覺有點奇怪。阿亙定定地望著從耳邊拿開的話筒，可是話筒上當然沒有寫任何答案。他靜靜地掛上電話，一頭霧水。

來到比呂司的家，志乃嬸就出現在玄關說「能選上眞是太好了呀」。志乃嬸很快就要搬到有醫生常駐的地方去。不知道她對這件事到底理解了多少？屋子後頭傳來夏惠大嗓門的說話聲。「池貝先生，請你到溫室去等我們好嗎？」阿亙走在長長的走廊上，看到志乃嬸拿著一個大大的鏟子跟來了。

溫室一如往常，以相同的風貌迎接阿亙的到來。阿亙坐在折椅上，看著爲數眾多的植物群和棲息在T形支架上的鸚鵡。比呂司究竟爲什麼建造這座熱帶植物園的呢？這裡除了那隻鸚鵡外，所有的一切都是假的。阿亙開始思索著，將心靈的安適寄託於這種東西上，就宛如在廁所裡裝飾人造花一樣，根本就不是本來該有的樣子。第一次到這裡來時，阿亙曾被眼前強烈的印象所撼動，然而那種強力的震撼感現在卻開始讓他覺得厭煩了。

志乃嬸用鏟子挖著泥土的一角，改種不同的模型植物。阿亙茫茫然地看著這非常超現實的畫面。鏟子發出啪答啪答的聲音，敲破了向日葵的種子，外頭雖然很冷，但是經過陽光一曝曬，溫室裡就溫暖得幾近悶熱了。天窗開了個小縫，微微吹進來的風感覺非常涼爽。志乃嬸端著檸檬汁過來，放到桌上就說：「那個孩子就拜託你了。」阿亙不懂她話中的意思，只能茫茫然地回答「好的」。接著她走到鸚鵡旁邊，一邊撫摸著鳥喙，一邊嘰嘰咕咕地小聲地跟鸚鵡說了些什麼。鸚鵡倒也捧場，非常專心地聽著。冬天的陽光灑落在志乃嬸和鸚鵡所在之處。氣氛好沈穩。雖然這是個虛假的模型世界，但是這種沉穩的感覺卻是貨眞價實的。

這時，阿亙感覺有人進到溫室裡來。回頭一看，只見一個高眺的女子站在門口。她站在溫室入口處，環視著四周。長長的頭髮和顏色明亮的連身裙在輕柔的風中翻飛著。或許是顧慮到有先到的客人吧，她似乎猶疑著要不要進來。「請進。」阿亙對她打了聲招呼，隨即將視線從她身上移開。志乃嬸看著這邊。阿亙啜了一口檸檬汁。鸚鵡學著志乃嬸，也嘰嘰咕咕地不知道在說些什麼。

女子走進溫室，朝著阿亙走過來。阿亙推測，她可能是受邀參加今天party的一個賓客，他推了把折椅給她，方便她落座。可是她只是站在那裡，完全沒有意思要坐下來。

——請坐。

阿亙正想開口，就在此時，她抬起頭來——好美的女人！宛如佇立在夏天海岸的南洋樹木般，渾身散發出清爽的氣息。白皙而溫柔的臉龐。臉上化著淡淡的妝，感覺非常乾淨怡人。大大的眼睛綻放出閃亮的光芒。她淺淺地笑著，用手背將看似極其柔軟的頭髮撥到頸後，那塗著淡色口紅的嘴唇慢慢地蠕動了。

「怎麼樣……？」她說道：「這是我第一次化妝，我請夏惠小姐幫的忙。」

阿亙頓時啞然失聲。眼前的女子竟然是比呂司！比呂司化身爲一個美麗的女子站在他面前。志乃嬸來到旁邊，定定地看著比呂司，然後露出無限懷念表情說：「好漂亮啊，太太，眞是太……」志乃嬸的眼中泛起了淚光。

比呂司是那麼美，比阿亙到目前爲止看過的任何一個女人都還要美麗而白淨。臉頰上冒出金色而纖細的汗毛，在穿透溫室壓克力板柔和陽光的照射下，隱隱約約地散發光芒。捲成大波浪的頭髮彷彿在耳朵前方散盡力氣似的，變成又細又軟的鬢毛，輕覆臉頰。長長的睫毛底下是一對宛如森林中的湖面般，墨黑又大得出奇的眼睛。細緻而挺直的鼻樑及像野花般綻放而鬆軟的嘴唇，勾勒出整張臉孔的沈穩氣質和緊繃似的緊張感。纖細的指尖欲語還休地塗著淡色透明的淺粉紅色指甲油。

阿亙第一次遇見這樣的女性。而她也宛如初誕生於這個世界般，帶著朦朧的輪廓佇立在阿亙面前。二十二歲誕生於這個世界的純淨女人——阿亙回過神來，這才發現夏惠站在比呂司後面。志乃嬸和夏惠都淌著淚望著比呂司。阿亙只是默默地凝視著「她」。

「怎麼樣……？」比呂司又問了一次。

那澄澈的聲音如假包換，就是屬於女性的音質。阿亙什麼話都沒說，將放在桌上的果汁一飲而盡。冰塊滾動了一下，發出巨大的喀啷聲。

「爲什麼不說話？」比呂司說。

「一定是覺得不好意思。」夏惠彷彿讚歎自己的傑作似的輕輕搖著頭。

「你不喜歡嗎？」

「不，不是不喜歡……坐下吧。」

阿亙沒辦法直視比呂司，內心湧起一股幾乎讓他窒息、近似悲哀的情感。他不知道那是什麼感覺，也許是某種感動喚起了悲哀感，他終於了解夏惠和志乃嬸流淚的原因何在了——太美了。比呂司坐在旁邊的椅子上，夏惠也坐到對面去。志乃嬸用和服的袖口擦著淚，忙不迭地說：「太太回來眞好。」

「好了，現在開始舉行比呂美的生日派對了。」夏惠說。

「很漂亮吧？我幫她化好妝之後自己也嚇了一跳。」

「是化妝技術太好的關係吧。」

「才不是……她的膚質本來就比一般女孩子好，再加上又仔細地上了妝。她說不喜歡去試穿衣服，所以我先幫她仔細量過尺寸買了回來，飾品也是我選的。過幾天她就可以自己去選購了。」

比呂司的耳廓上戴著一個發出白光的東西。直徑兩公分左右的白球彷彿穿透粉紅色肌膚般，柔和地鑲在上頭。

「看起來很像耳環對不對？我覺得一開始要裝扮得成熟一點比較好。項鍊是我借她的，至於戒指，現在還沒有戴。你明白什麼意思嗎？意思就是說你要買來送她，祝賀她生日快樂。」

「……我最不會幫人買禮物了。」

「你不想祝賀比呂美小姐邁向全新的人生嗎？」

阿亙好不容易才敢正視比呂司的臉。太過耀眼了。兩人目光一相觸，阿亙就趕緊移開視線。他想說些什麼？恭喜你、眞是太好了、讓我們做好朋友吧……不，不對，任何一種說法都不對。從阿亙口中說出來的竟然跟他所想的話背道而馳：

「可是，你想以這身裝扮外出嗎？」

「爲什麼這樣問？」比呂司說。

「我在想，難道你要穿著女裝到外面閒逛嗎？」

比呂司從折椅上站起來，然後轉過身去，在原地靜靜地站了一會兒，隨即邁開腳步跑出溫室。夏惠追了上去。阿亙深知自己失言了，可是這些話出自於不願率直地承認他的美的內心深處。他覺得比呂司離開了他，消失在不知名的遙遠地方了，他的美就是來自這種淒美。過了一會兒，夏惠回來了，她慢慢地坐回折椅上，手肘支在桌上。

「笨蛋。」她說：「她不是穿女裝，她是不折不扣的女孩子，她是鳥井山比呂美。爲什麼你就是不能認同這一點？」

夏惠站了起來，跟志乃嬸一起離開了溫室，看樣子再也沒有人會回來了。阿亙走到鸚鵡旁邊，試探性地說了一聲「笨蛋」。鸚鵡咕嚕嚕地轉動著眼珠子好一會兒，突然說道：「胡鬧。」

二十五

阿亙離開溫室走到門口時，看見比呂司站在車子旁邊。他仍然穿著剛才的「女裝」，瞪著阿亙似的站在那兒。阿亙心中有所覺悟，走上前去，比呂司默默地站著，目視阿亙坐進車裡。佇立在陽光下的比呂司看起來是那麼地清純而楚楚可憐，還透著一股優雅的氣息。他渾身散發出一股生氣，眼底閃爍著光芒。阿亙的心被勒緊了，身體的某個部分像火般炙熱。他刻意不讓比呂司發現自己的窘狀，發動了引擎，這時一旁副駕駛座的車門被拉開來，比呂司不發一語地坐了進來。閃著珠光的連身裙翻飛飄落於座椅上，穿著高跟鞋的雙腿隨後挪上車。比呂司宛如一隻大鳥收起翅膀回到樹上的鳥巢般穩穩坐定後，喀嚓一聲繫好了安全帶。阿亙不敢轉頭去看他，就這樣直接把車子開了出去。比呂司操作電動車窗，把車窗開了一個小小的縫，小得像點眼藥時瞇起的眼睛一樣細，讓外面的風吹進車內。

「你不問我去哪裡嗎？」比呂司說。

「嗯。」

去哪裡都無所謂，阿亙心裡想著。阿亙話不多，他覺得只要一開口，事情就會變得一發不可收拾，停不下來了。他照著比呂司的指示開著車。穿過市區來到國道的交流道，道路兩旁淨是汽車經銷商或平價飯店之類的建築。奔馳於無論任何城市、任何人皆熟悉的景色中，反而對自己置身何處益發沒有把握。這是任何地方都有的景致？或者是在體驗自己不過是存在於某個地方、一個叫阿亙的人的生命？轟轟——一台貨車擦身而過。阿亙突然想到，現在在其他世界裡，奔馳在同樣景致當中的阿亙們，又在想些什麼？或許他不是原來就有的東西，而是幾千幾萬個阿亙的共同財產。若果眞如此，自己不就被賦予某種責任了嗎？譬如被予與跟比呂司好好相處的責任。因爲，其他的阿亙們一定比他懂得如何與穿女裝的比呂司相處得更融洽。

「請開進那邊的停車場。」比呂司說。

前方有一棟大型的建築物，寫著「DIY」的招牌靜靜地在支架上旋轉著。阿亙打出左轉的方向燈，開進日曜木工中心附設的寬大停車場。音樂從固定在支架上的擴音器中流瀉出來。是電影《洛基》（Rocky）的主題曲《Eyes Of The Tiger》。人們一邊聽著這個音樂，一邊選購漆狗屋的油漆。DIY與席維斯．史特龍（Sylvester Stallone）——好一個讓人覺得厭煩的組合。他們一定是像把電鋸和螺絲起子隨便湊在一起般胡亂配對，才選出這曲子吧。阿亙腦海裡浮現幾千幾萬個阿亙同時露出厭煩表情的景象。

「走這邊。」比呂司下了車，輕快地在停著的車陣當中走著。走出店內的客人們和比呂司擦身而過時，都不由自主地回過頭看著他。太美了。他宛如一隻美麗的蝴蝶，一隻蛻變後在陽光底下飛往停車場的巨型蝴蝶。看起來是如此熠熠生輝、活力充沛，像一隻可以盡情飛往任何一個地方的、又大又美麗的蝴蝶（爲了將遺傳基因留在更廣大範圍的蛻變……）。第一次飛到街上來的蝴蝶無所畏懼，輕快地朝著停車場的另一頭走去，然後輕飄飄地蹲踞下來。

「就是這裡。」他像一張著地的彩色降落傘般，緩緩地蹲下來。「這裡看起來就像塡字遊戲的格子吧。」

這裡距離店門入口有一大段路，因此只有零零星星幾台車停在這邊。水泥地面上用白線劃著停車格。寬廣的停車場看起來確實像是巨大的填字遊戲格子。

「你是特地跑來看這個東西的嗎？」

「你眞的不懂嗎？」比呂司用手輕輕地觸摸著地面，他直接坐在水泥地上，在那漂亮的連身裙底下或許是盤坐的。「……這裡就是以前那片沼澤的所在地。」

阿亙大吃一驚，趕緊抬頭環視著四周。四周緊臨著住宅區，跟當時的樣子簡直有著天壤之別，可是這地形卻是那麼地熟悉。

「那條魚到現在還在底下游著。在發生那件事之後幾年，因爲交流道行經此地，沼澤就被塡埋起來了。這裡有沼澤，太郎——就是那棵櫻花樹——就生長在我現在所坐的地方。」

「原來變成這樣子了啊？阿亙一邊喃喃說道，一邊緩緩地坐了下來。他用掌心觸摸地面，發覺原本應該是冰冷的水泥地在飽吸午後的陽光之後，竟然帶著點溫熱。怎麼會這麼溫暖呢？這溫度是草魚的體溫嗎？他試著靜靜地移動他的手掌，但是在水泥的觸感中感受不到一絲絲生物的氣息。一棵小小的雜草從細細的水泥縫中冒出來。比呂司抓住雜草，輕輕地撫摸著，指甲上的指甲油有如粉紅色的蜜蜂般舞動著。一群冬鳥飛越過正上方的天空。DIY中心的後面有一座寬廣的工廠，一群穿著工作服的男人排著隊在籬笆對面的空地上做早操。他們不時地偷瞄著這邊，看樣子是對這一對躲在寒冷的停車場裡的瘋狂「情侶」很感興趣。

「我念幼稚園的時候，這片沼澤是有主人的。當時我一直認爲是沼澤壽司。最近那個沼澤壽司經常出現在我夢中，問我：『你遺失的是這個黃金做的陰莖嗎？』『是的，我遺失的是那個黃金做的陰莖。』『胡說！你遺失的是這個鐵做的陰道吧!?』壽司生氣了，將所有的東西都沈到沼澤底下去了。」

「不要說這些莫名其妙的話。」

「我不做女裝打扮也無所謂，反正池貝先生好像不太喜歡。」

「剛剛很抱歉……」

「我在想，是不是該變回男人。」比呂司輕輕地舔著嘴唇。他伸出舌尖，立刻又縮了回去，讓人不由自主地產生性的聯想。比呂司站起來，望向遠方。工廠的空地已經看不到剛剛那些穿工作服的男人了。「只要池貝先生要我變回男人，我就打算這麼做。我想換掉這身衣服，把頭髮也剪掉。」

「我不是已經道過歉了嗎？」站起身的比呂司的裙襬近在眼前，飄向阿亙的臉上。阿亙趕緊站起來，拂掉褲子臀部上的塵埃，「維持現狀也不錯啊。」

這是阿亙眞正的想法。比呂司應該會以他的美麗吸引許多男性，帶來幸福吧？只要他能建立起新生活就好了，阿亙決定在一旁守護著。這時他發現到原本以爲站在遠處的比呂司竟然就在自己身邊。輕柔的風吹了過來，吹動了比呂司連身裙的下襬。風兒輕輕拂動著裙襬和胸口柔軟的質地。胸前兩個巨大的隆起隨著風勢的吹拂，出其不意地顯現出它完美的形狀。阿亙大吃一驚，定定地看著他的胸口——已經變得好大了，搞不好比女性的標準尺寸還大。

「你可以摸摸看。」比呂司的聲音小得像吹泡泡一樣。阿亙趕緊將視線調離從他的胸口。「如果你想這樣做的話，我不在乎你來摸。」

「不要亂講話。」

「你不想摸嗎?」比呂司閉上眼睛。

現在是大白天，而且是在光線明亮的停車場……但阿亙也不是因爲這層顧慮就不去碰，他覺得要是自己做了那事，之前一直努力壓抑著的某種控制力就會喪失。他不知道如何處理自己的感覺，一顆心跟心情高唱著反調，劇烈地狂跳著。其實只要不去碰觸他的乳房，只是摸他的肩膀，將他靜靜地拉過來就可以了。如果這麼做可以讓比呂司獲得救贖，不，讓自己獲得救贖的話，他應該要這麼做；如果這個舉手之勞可以讓兩個人都恢復平靜的話，他應該要這麼做。這件事應該很快就會過去了。這麼一來，阿亙和比呂司應該都會像蟲兒破繭而出般恢復輕鬆而天眞的笑容。只要一下下，只要碰他一下下，沒關係的……就在阿亙抱持這樣的想法，正想把手伸向比呂司之際……

(你想失去更重大的東西嗎?)

內心深處響起這個聲音。喀嚓喀嚓喀嚓……阿亙停下正要動作的手，垂放下來。思緒清醒了，幾千幾萬個其他的阿亙正在他的內心低語著。

(他可是比呂司耶!看起來再怎麼漂亮，也還是以前的鳥井山比呂司啊!)

阿亙這樣告誡自己蠢動的心，定定地站在那邊動也不動。

「……我想的沒錯，你還是不願碰我。」

比呂司慢慢睜開眼雙，瞪視著阿亙。兩個人就這樣定定地站在原地。停車場裡時而有車子開進來，可能是來購買一些小小的幸福，然後又像發生過什麼好事情似的開走了。「回去吧!」比呂司說道。「這裡不是沼澤，原本有沼澤的地方不再是沼澤了。」比呂司喃喃說道，並開始往前走。阿亙跟在他後面走向停車處，四周一片靜寂。進出停車場中的一輛車子靠了過來，差一點就要撞上比呂司，是一種故意嘲諷的行爲（因爲他是女人！）。

「混帳東西！」

比呂司大聲怒罵道。在他內心深處的某個地方還游著一條名爲比呂司的草魚，那條魚就是以這種方式探出水面來呼吸的吧。該怎麼辦呢？阿亙感到生氣。到底該如何平息比呂司草魚的心情呢？此時一輛跑車開進停車場。一看到比呂司就鳴響著喇叭，突然停在他旁邊。兩個戴著太陽眼鏡的男人坐在車子裡大聲地和比呂司搭訕。他大概又要生氣了吧？阿亙這樣想著，正想上前解危時，他竟然看見比呂司很乾脆地坐上車，還來不及多想，跑車就急駛而去，離開停車場。有一瞬間，他看到比呂司似乎很愉快地從車子裡伸出手揮了揮，然後跑車留下幾聲嘲諷意味的喇叭聲，從阿亙的視野中消失了。

有好一會兒，阿亙茫然地呆在原地不動。在知道紅色的跑車不會再回來後，他開始慢慢地往前走。突然間，他產生一種沼澤出現在背後的錯覺，然而回頭一看，眼前只有冰冷的水泥地面，他甚至分不出剛剛他們坐著的地方在哪裡了。

——混帳東西，阿亙在心中喃喃罵道。

二十六

從那天起，比呂司就再也沒有到公司來了。聽說「鳥井山比呂司」寄了離職信到人事部來。由於他是兼差性質的員工，因此人事部也就二話不說受理了，就這樣，阿亙失去了見比呂司的機會。先前兩人的關係就宛如完全靠電信局裡的交換機來連接一般，如今彼此的交流管道中斷了，雙方的聯絡也戛然而止。阿亙一坐到沒有比呂司的孤島，就覺得自己像是一塊被丟棄的破布般。他甚至覺得連那些飛蟲振翅聲好像也變得孱弱、了無生氣了。阿亙認爲是自己把比呂司驅離這裡的。難道就不能做些什麼事情來挽回嗎？這種感覺使他生氣。被燒斷的繼電器開關還可能修復嗎？阿亙就好像被丟棄在便利商店後門，已經過了有效期限的便當一樣，靜靜地等待著不可能會出現的某個人。他不會再回到這裡了。早知道會發生這種事情，當初在博物館時又何必上前追比呂司呢？當時不是應該已經有所覺悟，不管發生什麼事，都要建立起和他之間的連線嗎？阿亙形同蓄意製造了一個不能吃的便當，然後直接將之丟棄了。他不知所措，茫茫然地過著沒有比呂司的日子。

天氣越來越冷了，嚴冬的腳步越來越近，這個城市已經下了第三場雪了。電信局內正以快速的步調進行數據化的工程，電子交換機的大型電腦被設置在縱橫式交換機的上一層樓。粗重的光纖被埋在地板底下，幾乎有一個人高的奶油色箱子整齊地排列開來。裝置自動化設備的工程所產生的噪音隱隱約約從天花板上傳過來。阿亙和其他的同事們傾聽著來自天花板的噪音，靜靜地坐在孤島裡。縱橫式交換機現在形同腦死狀態。幾乎所有的主要控管裝置都已經被新電腦接管，交換機只是默默地進行著連接線路的作業。

阿亙前往東京接受適應新職場環境的職員訓練課程。這是公司所安排的，爲期一周的課程。主要目的則是爲了讓各部門的工作人員，能夠適應未來數位式電子交換機的電腦操作工作。實際參加之後，阿亙發現課程內容跟冠冕堂皇的名目根本是背道而馳，簡直就像爲初學者而開的文字處理機教室一樣。鍵盤配置的說明和電源的開關，還有磁碟的使用方法說明，光講解這些就花了三天。早知道是這樣的課程內容，不如自己閱讀電腦說明書要來得實際一點，這些知識只要看個三十分鐘的書就可以懂。結束訓練課程之後阿亙才明白，以知道如何操作文字處理機的知識程度，只能讓他懂得如何將資料輸進新機器的終端機。甚至有流言說，公司是爲了讓工作人員自動放棄電腦機器的管理工作，以推動局內無人化爲目標才安排這次課程的。同事們紛紛放棄從事與數位式電子交換機相關的工作，開始找新工作了。他們利用沒有排班的日子，拚命地四處面試。但阿亙連積極地找新工作的心情都沒有，只是默默地往返於公司和家裡之間。

這一天，阿亙仍然坐在孤島裡，靜靜地聽著那些振翅聲。置身於這樣的情境當中，他產生了一種彷彿被困在無人島上無助地求救的心境。可是救援船好像在上一層樓忙著準備救助其他人——進行工程所產生的噪音從天花板上落下來。相對的，振翅聲聽起來就顯得低沈許多。這種振翅聲還能聽多久呢？對面桌上整齊地排列著打火機的零件。阿亙茫茫然地看著那些零件。打從弄丟彈簧那天起，打火機男就去買了三個新的煤油打火機，同時做保養的工作。要是這種事情也稱爲進步的話，或許他也正在進步當中吧。他因爲剛剛有客戶打電話進來抱怨線路有雜音，前往檢查線路了。

「終於結束了。」戶崎說道，他又回到孤島上來了。「沒有什麼特別的異常現象，不過爲了小心起見，我將接點重新擦拭過一次，還點上復活劑。如果再不行就只有更換零件了，不過還得過一陣子。」

「日期決定了嗎？」

「嗯。聽說決定避開下個月的五、十號，利用平日的深夜進行。」

更換數據機的作業一步一步地進行當中。通知二十萬用戶當天深夜線路會斷線十五分鐘的明信片已全數寄出。所有的線路將同時從老舊的交換機切斷，於十五分鐘之後連接到新的交換機。由於也有很多電腦線路必須常時間接續使用，因此預期多少會產生混亂的情況，不過這也是無可避免的。

「我已經找到新工作了，」戶崎說，「是家維修影印機的公司。學習新東西雖然很麻煩，不過我就是喜歡機械。小池，你有什麼打算？」

阿亙什麼都沒想過。眼前的事情已經讓他忙得團團轉，根本沒有多餘的時間去思考以後的事情。「眼前的事情」就是過了有效期限的便當——他一直在想比呂司。比呂司和夏惠似乎還保持聯繫，可是阿亙打電話到他家裡沒人接，他也未曾打電話給阿亙。自從在DIY停車場一別之後，就再也沒見過比呂司了。

「老實說，將來如何我都無所謂啦。」阿亙說。

「那怎麼成？你可比我年輕呢！要是有老婆的話，哪由得你這樣？」

「或許吧。」

「告訴你喔，當我一個人坐在這裡的時候，我曾經想過，會不會發生類似大地震的災害啊？」

「爲什麼這樣想？你還有老婆的。」阿亙這樣說。

「我在想，要是發生地震或戰爭之類的大災難時，萬一所有的人都要靠電話聯繫的話，情況不知道會變成什麼樣子？到時候這二十萬台繼電路開關就會全部一起喀嚓喀嚓響。我知道這種想法是很危險的。如果眞發生這樣的事情，縱橫式交換機就會故障，可能全部停擺，可是我眞的不想眼睜睜地看著這些傢伙就這樣被切斷電源，好像活生生被殺死一般斷了氣……」

戶崎站起來說要去洗手間一下。當他經過阿亙身旁時，阿亙看到他的臉好像皺成一團了——看起來確實如此，但阿亙不願解讀爲戶崎哭了。

阿亙值完夜班，於天明時他開車前往比呂司家。一來是因爲電話總是沒人接，二來是有些話想當面跟比呂司說。（不是因爲只想見他嗎？見漂亮的他）不，不對！只是身爲朋友，有些話想對他說罷了。想告訴他：他想做什麼事情是他的自由，他想跟誰交往也完全取決於他，但是要愼選對象，不能跟那種開著跑車四處閒逛，戴著太陽眼鏡的男人交往。（難不成要告訴他只能跟像阿亙這樣的男人交往？）他沒有這種打算，只是以一個朋友的身份爲他擔心而已。

比呂司家的大門緊閉，阿亙按了幾次門鈴都無人應門。志乃嬸應該已經住到療養院去了，所以屋子裡應當只剩比呂司一個人，難道這個時間他還在睡覺嗎？按門鈴的時候，阿亙想像著某種可怕的影像，不禁渾身發抖。比呂司可能在溫室。他可能爬到樹上，像一條從沼澤爬上樹的草魚一樣，靜靜地棲息在樹枝上——想像著那幅畫面，使他渾身打顫。接著他又想到，如果眞的是這樣，那麼不管是戴太陽眼鏡的男人，或者是莫名其妙按著喇叭的無聊男人都沒關係。他寧願比呂司是跟某個人一起快快樂樂地四周溜躂去了，就算不是他也無沒關係。因爲對比呂司而言，「男人」這種生物他看膩了。阿亙試著推開門，可是卻打不開。是不是該爬過牆到溫室去看看？他這樣想著，不過抬頭看看圍牆，發現牆太高了跳不上去，高聳的大門彷彿冷冷地拒絕著阿亙一樣，他不知如何是好，就這樣離開了比呂司的家。

之後每隔幾天阿亙就會跑到比呂司家。不只是値夜班的隔天早上，連去上班之前的傍晚和休假日的晚上都去。可是，不論何時，都感覺不出比呂司在家的氣息，只能遠遠地聽到那隻鸚鵡的聲音。鸚鵡還活著就表示比呂司應該在家，這麼說來，他是知道阿亙來過，故意不予理會的嗎？有這種想法之後，阿亙就不再到比呂司家去了——若想見面的話，他應該會主動聯絡吧？因爲他是「自由的女人」。

那天晚上，阿亙在自己的房裡聆聽瑟隆尼斯．孟克（Thelonious Monk）的唱片，父親在樓下喝啤酒。孟克的鋼琴獨奏夾雜著輕微的唱針雜音，悠揚地流瀉著。他只剩這一根唱針了，如果想再買到新唱針，恐怕得跑遍整個城市去找了吧。失去的東西——他閉上眼睛，失去的東西多不勝數，自己就好像爲了失去而存在一樣。已經有將近一個月沒有見到比呂司了，比呂司失去了陰莖，而阿亙則失去了比呂司。

他聽著鋼琴怪傑孟克的音樂。孟克的琴聲將彷彿無視於音調存在的樂音傳送到房間的每個角落。緊接著是雜音。阿亙覺得自己好像在聆聽鋼琴和唱針雜音的對白一樣。喀嚓、喀嚓、喀嚓……他腦海當中響起了某種聲音。阿亙活在噪音的世界裡，宛如只聽到現實的對話所發出來的雜音，而不是對話的內容。然而唱針發出的雜音並不是受到傷害的聲音，而是受過傷的東西所發出來的無助聲響。他好想見比呂司，不是見鳥井山比呂美，而是男性的比呂司。然後從那個地方重新來過。從哪裡重新來過？從博物館嗎？不，是從少年時代的沼澤畔開始。

晚上八點左右，門鈴響了。阿亙調低音響的音量，來到玄關。「抱歉這個時間來打擾。」夏惠站在門外。她穿著藍白相間的橫紋寬鬆毛衣，配上白色的牛仔褲和黃色的涼鞋，看起來挺符合她的風格。

「我想或許你還沒睡，可以進來嗎？」

阿亙小心翼翼地避開隱約傳來電視機聲音的父親房間，將夏惠帶到自己位於二樓的房裡。他引導夏惠在窗邊的小桌子旁就座，用濾紙泡了杯咖啡放到她面前。

「好久不見了，」夏惠說：「今天我去了比呂美的家。」

「我去過好幾次，可是都沒有人在。那隻狂妄的鸚鵡還好嗎？」

「嗯，很好。那隻鸚鵡並不是狂妄，只是學了不該學的話。」

「是嗎……」

會話就此中斷了。瑟隆尼斯・孟克彈完了所有的曲子，房裡只剩唱針的雜音。阿亙上前停掉唱盤。原本盤據著整個空間的溫暖音律彷彿被吸進牆壁中般消失了。微微打開靠陽台一側的窗戶，冷冷的風鑽進房內，和屋裡的空氣對流著。「喝點酒好嗎？」阿亙說著打開房裡的小冰箱，他想喝啤酒，但是冰箱裡面沒有。「我去跟我父親借點酒。」阿亙下樓去，從廚房的冰箱裡拿來啤酒。他將啤酒倒進杯子裡放到桌上，夏惠拿起杯子一飲而盡，輕輕地嗆了一下。阿亙又往空了的杯子裡倒酒，靜靜地等著。她一定是有事情才會來的吧？阿亙打定主意，耐心地等她主動打開話匣子。夏惠比兩人初次見面時更增添幾分沈著和妖豔感，變得更有魅力了。人總是一點一點地改變，阿亙覺得好像只有他存活在永遠不變的世界一樣。

「你只在意鸚鵡嗎？」夏惠說。「你不問比呂司好不好嗎？」

「比呂司還好嗎？」

「你不擔心那之後發生什麼事了嗎？」

「之後發生了什麼事？」

夏惠放下啤酒酒杯，攤開兩手，看看自己的手掌之後擱到膝蓋上。

「她很好。」她不悅地說道，瞪著阿亙。「你不想見她嗎？」

「也不是不想見。」

「這樣下去好嗎？把重要的寶物丟著不管是一種罪惡哦。」

「我不懂你在說些什麼。」

「對我而言，比呂美是我的新朋友。其實你也只要抱著交新朋友的心態跟她交往就可以了。」

「可是我不會買胸罩給她，也不會教她化妝。」

「你眞是什麼都不懂。」

「喂，阿亙，」房門外傳來父親的聲音，他走進房內，手上還拿著杯子。「又喝我的啤酒了，連現在這一瓶一共欠我三瓶了。啊，對不起，有客人啊？」夏惠向阿亙的父親點頭致意。

「剛剛你聽的那個東西借給我吧？」父親說道。「是瑟隆尼斯．孟克吧？眞是令人懷念啊！我要用客廳的音響聽，借我一下。」

「可是一定要還我哦。」阿亙將放進護套裡的唱片遞給父親。「你才要記得把啤酒還我咧，那可是我的耶！啊。請慢用，我先告退了。」父親對夏惠笑了笑下樓去了。

「眞好啊……沒想到啤酒是可以這樣借來借去的。」

夏惠低下頭來，動也不動。隔了一會兒她抬起頭來，眼裡泛著血絲。她面無表情地看著阿亙，淚水像橡膠樹的樹脂一般緩緩地滲出來，滴在桌面上。「怎麼了嘛！」阿亙伸出手去碰她的肩膀。

「我進護專就讀時簡直像逃家一樣，從此就再也沒有回去過了。我父親也沒有跟我聯絡，所以我現在也不知道他怎麼樣了。」

「爲什麼不去見他？」

「我不能去，因爲他討厭我。」

「剛剛你不是說那是一種罪惡嗎？把重要的實物丟著不管。」

她恨恨地看著空蕩蕩的杯子，過了一會兒伸出手去一把抓起瓶子，往自己的杯子裡倒。桌面上有三滴即將乾涸的淚水，她用指尖沾著淚水畫著某種圖案。她大概是想畫鸚鵡吧？可是卻畫出了四隻腳。

「我是來告訴你那件事的。」

夏惠打開了話匣子，她指的是從前還是松浦夏夫時的事情。自從她改名爲夏惠之後，父親就再婚了，也不喜歡她靠近他家。她和父親兩人一起生活時還是個男孩子，可是當她離家時，她卻變成了一個女人。而父親那一輩的人是無法靠常理之外的事情來過日子的。「我身爲女人的事實，使得父親拒我於千里之外。」夏惠說著結束了屬於她的漫長故事。

阿亙一時之間無法理解竟然有另一個和比呂司一樣的人。夏惠是個女人，一個不折不扣的女人。他一直這麼想。阿亙定定地瞪著泡沫已經消失了的啤酒。「我想去醒醒酒。」夏惠走向陽台。阿亙也來到陽台，站在她身旁。

「剛剛我所說的事情除了比呂美跟你之外，我沒有告訴過任何人。謝謝你耐心地聽我說完。」夏惠擠出一張笑容可掬的臉。那張臉實在看不出絲毫曾爲男人的蛛絲馬跡。群星在夜空中綻放出最耀眼的光芒，爭相輝映著。兩人一直抬頭望著夜空，時間漫長得幾乎可以感覺出世事經歷一番物換星移了。

「小時候我跟父親的感情非常好，」夏惠落寞地說道，「我父親像個小孩子一樣，非常喜歡模型飛機。他經常跑到河邊去玩無線電遙控模型直昇機。他曾經在飛機的腳上塗上黏鳥膠，企圖捕抓麻雀，可是卻從來就沒有抓到過。當時我心想，無線電搖控器的聲音早就把麻雀嚇跑了，當然抓不到鳥，可是我父親卻只是說，要是能抓到就好了。」

「爲什麼？」

「我當時還只是個少年，不過我已經有體會了。男人如果失去夢想，那是家人的責任。因爲只有我跟父親一起生活，所以我的發言就代表所有的家人，我當時是這麼想的，很奇怪吧？每當放假時，我們父子倆就會到河邊去。坐在堤防上看著小小的直昇機在半空中盤旋，心情非常愉快。當時我曾經想過，萬一飛機一直飛一直飛，飛到無線電遙控器的電波無法控制的地方時怎麼辦？我問父親，到時候會怎麼樣？」

「會掉下來吧？」

「父親說飛機會一直繼續往前飛。他是這麼說的，說它會一直飛下去。自從聽父親講過這些話後，每當我想到自己失去的東西時，就會想：那只是我的電波無法及於那些事物，而那些事物其實還是一直在飛翔的。父親現在也還是一直在飛翔的，所以我並不恨他。」

夏惠抬頭看著星星。或許比呂司失去的陰莖也在某個地方繼續地飛行吧，阿亙抬眼望著漆黑的冬季夜空想著：一定還在飛著。他覺得心情變得快樂一些了。

「以前我就想問你了，爲什麼在三更半夜打那種電話？」

「你是說色情電話？……你打打看就知道了，你可以隨時打到我家裡，我一定奉陪。」

「我才不會做這種事。」

「這是我的新電話號碼。」夏惠說著遞出一張紙條。之前阿亙想了解比呂司的近況時，他甚至也沒有夏惠的電話。

「其實你根本不用搬家，一直待在那邊就好了呀。」

「要是我眞的這樣做的話，我們會永遠被世人所孤立。兩個曾經是男人的女人在同一屋簷下，是不可能好好過日子的。」

「會這樣嗎？」

曾經是男人的兩個女人——阿亙不知道這樣的兩個人住在一起會不會很不自然。現在他只覺得沐浴在從數億光年遠的彼方灑落下來的星光當中，所有的一切好像都伴隨著一種不自然感存在著。

「欸，」夏惠說：「想不想去看看比呂美？」

「你是說去見穿了女裝的比呂司？」

「你爲什麼老是這樣說？那個孩子頭髮也留長了，體型也是不折不扣的女人，現在穿上男孩子的衣服反而顯得不自然了。」

喀嚓喀嚓。阿亙的腦袋中響起這個聲音。那不是一種溫暖的聲音，而是一種宛如鸚鵡吃著向日葵種子時所發出的敲破某種東西的聲音。

「如果用電話聯絡，我想我是可以跟他交談的。」

「眞是無情的人……」

她帶著責難的眼神看著阿亙，接著表示要回去了。阿亙送她到玄關處，正要走到門口時，夏惠回過頭來。

「萬一她被其他的男人給搶走了，我可不管哦。」

說完夏惠就走了。客廳傳來孟克的唱片聲。阿亙覺得夏惠來訪的眞正理由並不是想說剛才那些話。他回到房間，發現桌上放了一個白色的西式信封。是夏惠忘了帶走的嗎？信封沒有封死，一張招待券從裡面滑了出來，上面還附了一張信紙。

「我到一家新開張的店去上班。一星期後舉辦開幕慶祝會，要不要來？我等你。夏惠。」

後面還加註「一定要來哦」幾個字，同時旁邊還有一個心形符號。

二十七

已經好一陣子沒有在傍晚時分到鬧街上來了。行道樹堅硬的苗芽慢慢地蛻變爲嫩芽，告知世人春天的腳步已經不遠了。人們相約在鐘塔或大樓的入口處碰面，然後加快腳步結伴喝茶或看電影。喀嚓喀嚓喀嚓。鬧街宛如人與人之間的交換機。阿亙繞到車站後面，穿過幾條狹小的巷子。附在招待券信封上的地圖實在不容易看得懂，他數度迷路，好不容易才找到那家店。兩盆寫著「開幕誌慶」的花籃擺在路旁。阿亙將地圖塞進口袋裡，走下通往地下室的樓梯。當他在店門口出示招待券，同時在來賓名冊上簽名的時候，看到桌邊疊放著一些禮金袋。阿亙發現自己竟然無知到不懂得事先準備這種東西。但現在說什麼都來不及了。「你來啦？」背後響起一個聲音，他回頭一看，夏惠站在眼前。她穿著黑色禮服，手上拿著雞尾酒杯。

「我沒有準備任何東西……」阿亙的手隔著西裝壓住口袋，表示裡頭空空如也。

「沒關係。我沒有想過要從你那兒拿到這些東西。這裡的客人都比你有錢千百倍。」

這是一場俱樂部的開幕慶祝會。前來祝賀的客人以穿著黑色西裝的男人居多。店裡的女孩子們穿梭在人群當中爲客人送酒或陪客人談笑，不知是不是自己心理作祟，阿亙覺得這些男人們的長相看起來都不是挺好。「到這邊來。」夏惠牽著阿亙的手，讓他坐到後面的包廂去。「喝什麼？」她問道，可是阿亙能想到的也只有啤酒。「你決定吧！」阿亙這樣回答，於是一個雞尾酒杯就擺到他眼前了。裡面盛了藍色的，像做化學實驗般顏色的液體。阿亙此時並沒有喝酒的興致，他茫茫然地環視店內。裡面的裝潢閃閃發光，不是很對自己的味。現在正舉辦雞尾酒派對，因此樓層裡擠滿了人，可是原來的設計似乎規劃出不少包廂和吧台。

「怎麼樣？」夏惠說。「我把在別的地方工作的概念移到這家店來了。店雖然是新的，但是客人可都是老客人。」

「你是說……你是這裡的媽媽桑？」

「嗯嗯，我說啊……」當夏惠正想說什麼時，傳來另一個聲音，「你來啦？」

一位身穿淡藍色裙子的女性從店的後方走過來。稍微染成茶色的長頭髮帶著些許的波浪曲線，別在胸前的紫色小花可能是某種洋蘭吧，顏色看起來格外地鮮麗。她走近桌子，嫣然一笑。

「這位是這家店的媽媽桑。」夏惠說。

「歡迎光臨……好久不見了。」

阿亙拿著酒杯，倒吸了一口氣，一時之間他無法理解發生了什麼事。在溫室看到的那名女子就站在眼前，對著他靜靜地點頭致意。

（比呂司……）

店內擠滿了人。「能不能擠一下？」幾個人一股腦兒坐到阿亙坐著的沙發上，擠得幾乎動彈不得，每個人隨便抓住旁邊的人就開始天南地北地聊起天來，派對會場宛如損壞了的交換機一樣吵雜。塗著紅色指甲油的比呂司坐在斜前方對著阿亙說話，但是阿亙只能聽到片片斷斷的內容。「你看起來很不錯，以後有機會要來坐坐，我會給你特別的優惠。」「各位，這位是我青梅竹馬的朋友，大家乾杯！」「哇！好帥的男人啊！我可不可採取攻勢主動接近啊？」「不行不行，他是小比呂的伴侶。」「可是我喜歡的是體型比較高大的男人。」「我也喜歡啊。」「喂喂，哪個地方大呀？」

「討厭耶！」

沒什麼營養的會話無邊無際地充斥在整個空間中。阿亙不斷地喝了一杯又一杯的雞尾酒。醉意立即襲來了，身體裡面的每個細胞都達到沸點，開始撼動他的鼓膜和網膜。這時候阿亙發現，這裡並沒有雜音，他的鼓膜只對輕微的聲音有反應。他只聽得到飛蟲群振翅的聲音和唱片雜音般細微的聲音，可是卻聽不到人群喧鬧的聲音。好像鼓膜凹陷進去而喪失了機能一般。人群像集體自殺時的老鼠發出歇斯底里的叫聲。阿亙的腦袋開始不停地旋轉著。醉酒的腦袋在怒吼著。

「各位。各——位！請安靜！各位老鼠，爲什麼你們老是講一些亂七八糟的話？好像趕著去死一樣。你們看，這位美麗的媽媽桑正在跟我講話，可是我連一句話都聽不見！我連自己的聲音都聽不見了。各位老鼠！你們一定都喝醉了吧？所以才會講話那麼大聲。是不是遇到什麼難過的事情啊？所以才會喝得醉醺醺地聚在一塊兒。你們都很寂寞吧？我願意聽你們訴苦。從最旁邊的那位開始，把你的煩惱說出來吧！我會用我最眞誠的心來聆聽。所以說，各位，請再安靜一下，聽這位美麗的，名字叫小比呂的媽媽桑說話……」阿亙的腦海裡一直盤旋著這些沒有意義的話，接著便是一片漆黑。

「池貝先生，」是夏惠的聲音，「不能睡在這裡啦。」

他睜開眼睛，看看時鐘，距離剛剛不過才過了十五分鐘而已。店內依然人聲鼎沸，人們緩緩地搖擺著身體，好似在索求什麼一樣。老鼠們好像還沒有完全自殺光。她——比呂司站在店內，被三個男人圍著說話，臉上盡是愉快的表情。阿亙搖搖晃晃地站起來，想要離開店內。擦身而過時，比呂司開口了。

「要回去了嗎？」比呂司說道：「要再來哦，我把你的酒保留起來。」

圍著比呂司的男人們張大了嘴巴笑了，有人針對比呂司剛剛說的話說了一些低級的笑話。眞是醜陋至極。站在那兒的明明和在溫室遇見的那名美麗女子是同一個人，可是在男人的圍繞下，她的樣子看起來就像在沙漠的月夜裡翻飛的鮮紅色花朵一樣，散發出異樣感。阿亙步履蹣跚地找著出口，他看到夏惠站起來走向他，可是卻視若無睹。來到店外，噪音突然遠去了，外頭正下著小雨。沒有傘。他任由雨水灑落在肩膀上，開始在霓虹燈閃爍的巷子裡走著，此時耳膜倏地恢復正常，他開始聽到細細的雨聲了。

漫無目標地走了一段路之後，他來到一個燈光非常明亮的地方。男男女女聚集在店裡，熱中地釣著放在玻璃櫃裡的小絨毛玩具。阿亙走進那家店，他決定在這裡避避雨，全身都濕了。

他將硬幣投進有磚塊從天而降的電動玩具裡。他沒有玩過這種東西，連怎麼操作都不知道。不消多時，磚塊已經堆到天花板上了。GAME OVER。他搖搖晃晃地站起來。喀嚓喀嚓喀嚓。四周充斥著電子儀器的噪音。不是像飛蟲振翅的溫和聲音，而是一個一個孤立的雜音。不是一個接續一個的聲音，是完全相反、個自發出的噪音。

阿亙離開電動玩具機台，走進賽車模擬遊戲的車艙當中。大概玩了十局左右。這中間發生了幾次事故，阿亙的車整個燒了起來，每一次出事，座椅就會劇烈地晃動著。但是只要再投進硬幣，所有的事情就可以立刻迎刃而解。沒錯——比呂司發生事故了，但是事情沒那麼簡單，所有的事情都不是他自己選擇的，純粹只是事故罷了。好幾次他試圖讓自己這麼想，可是，內心深處總有什麼在抗拒著。阿亙可以和穿著牛仔褲的他談話，但爲什麼偏偏就是沒辦法好好地跟穿著裙子的「她」對談呢？眞不想看到「她」被男人們包圍的樣子。一種超越在溫室裡遇到那名女子時的痛苦和悲哀的情緒湧上心頭，今天晚上甚至更混雜著憤怒的情感。一想到「她」心就痛，爲什麼會這麼痛苦？其實應該是要生氣的吧，不對，他雖然從「她」眼前離開，但事實上他是多麼想跟「她」聊聊。而且他也想談談自己的事情。只要能看著「她」的臉就好了，如果能以平靜的心情待在「她」身邊……他生氣了，這種心情簡直就跟國中生初戀的心情一樣。

「一起去喝一杯吧？」

旁邊響起一個聲音。剛好是阿亙發生第二十一次車禍的時候。車子在畫面當中冒著黑煙。除了硬幣，沒有其他東西可以解救這輛車。

「喂，找個地方喝一杯吧？」

回頭一看，是一個化著濃妝的女人。她的手搭扶在車艙邊緣，眼睛看著畫面。她的雙腿裸露，腳踝粗壯，一眼就可以看出是個穿女裝的男人。豔紅的口紅和彩妝強調出來的睫毛，刮過鬍子之後殘留鬍渣的下巴底下，一顆喉結像心臟般不停地蠕動著。

「眞遜耶，讓我來。」

她的聲音宛如高低音混雜一起般難聽。剛剛聽到的比呂司的聲音比她美麗而柔順得多了。阿亙一離開座位，著女裝的男人就立刻坐了進去。阿亙將口袋裡的硬幣投進投幣孔。

「謝了。打玩之後，我們找個地方去玩吧。」

說完「他」便開始「駕駛」了。好厲害的技巧，從頭到尾沒撞過一次車。跑完第一圈時還名列第一。「他」興奮地鬼叫著，同時奮力地踩著油門。車子飛也似的朝著終點奔馳而去。四周圍過來幾個想看看穿女裝的男人玩賽車的人，阿亙在他繞第三圈半時悄悄地走了。

離開電動遊樂場時，外頭還是持續下著雨。阿亙只好淋著雨往車站的方向走去。他覺得肩頭好冷。

——怎麼了？等等嘛！

他覺得好像有人追了上來。是夏惠？還是穿女裝的男人？不，是比呂司在雨中追上來了，還出聲呼喚著他——阿亙心中的某個角落期待著這樣的畫面，然而，根本不可能發生這樣的事情。不會有人追上來的，因為大家不是投身於莫名其妙的派對中，要不就是忘情於沒有連續性的遊戲當中。

他穿過巷子，朝著車站的方向走去。他突然想聽聽音質已經磨損了的古典音樂，他來到之前曾經和比呂司一起去過的餐飲店前，只見門口的百葉窗垂放下來，上面貼著一張結束營業通知。

「感謝各位長久以來的愛顧。本店雖然結束了，但是音樂卻是永恆不朽的。——店主」

阿亙懷著無處渲洩的鬱悶心情，在加大的雨勢中悶著頭往前走，彷彿刻意要逃離那些霓虹燈一般。喀嚓喀嚓、喀嚓喀嚓，他懷著紛亂的思緒，聽著腦海中響起的聲音。

二十八

比呂司站在鏡子前生了好一陣子的悶氣，那傢伙第一次在溫室看到我穿女裝時，反應就像在化妝舞會上看到好笑的人一樣，昨天在店裡又逃也似的跑走了。我又沒有刻意要讓他看什麼稀奇古怪的東西，我只是希望他能一點一點認知今後我生存下去的樣貌罷了。那不過是一種流行時尚而已，是人們從起床到睡著之間所有生活上和精神上的模式。對我而言，所謂的友情——如果眞有那種東西的話，應該是彼此展現自我的生活和精神模式的一種關係。年少時和那傢伙對抗是我生存的模式。從在博物館相遇，把他帶進溫室之後，這種關係就已經變得腐朽不堪了。他無意和我對抗，取而代之的，我們之間竟然開始了一段奇怪的同盟關係。但是他老是擋在我前行的路上做壁上觀。你聽著，阿亙，在你我之間，友情是不成立的。那是一場戰爭。營造出這種腐臭關係的是你那令人不屑的共謀感覺。接下來，我要給你致命的一擊。

可是……比呂司想，這麼做眞的好嗎？之前自己到底是憎恨還是依賴著阿亙啊？兩人之間是敵對還是共謀？造成這種結果的難道不是自己嗎？在變成女人之後，比呂司本來打算將所有的一切全盤托出，所以才會帶阿亙到自己喜歡的館子店去，甚至還跟他一起喝酒，而讓阿亙看到自己在酒吧工作時的模樣不也是因爲如此嗎？

變成女人之後，圍繞在比呂司身旁的男人們的目光隨之改變。開跑車的男人以及來到酒吧裡的男人就像那油罐車男一樣，都是衝著比呂司的「女性特質」而來的。對比呂司而言，那是非常巨大的變化，是影山醫生所說過的「各種變化」中最大的變化。影山對比呂司說過「我相信你的身心都會產生各種不同的變化，不要恐懼也不要畏縮，要把自己溶入其中。」比呂司聽從影山醫生的建議，再加上夏惠的勸告，盡可能地讓自己置身於男人的圈子當中。如此一來就可以盡快了解女人是一種什麼樣的生物。夏惠說過，要在短時間之內學會二十二年份的女性特質，猛烈治療法是最好的方式。所以比呂司決定，只要在自己能夠忍受的範圍之內，便允許男人來接近自己，雖然自己從來沒有把身體許過任何男人，總是在最後關頭拒絕了他們，如同拒絕那個油罐車男一樣。比呂司對自己所獲得的「吸引男人的魅力」半懷著恐懼感，甚至因此做過好幾次可怕的夢，夢中老是突然驚覺有男人壓在自己身上。

然而，還是有一個男人拒絕接近比呂司，那就是阿亙。阿亙連一步都不願踏進比呂司「女人的領域」。爲什麼？是因爲比呂司沒有主動接近他嗎？不對，那天比呂司甚至對阿亙說「你可以摸我」，可是卻遭到他全然的漠視。比呂司一直認爲，只要穿上粉紅色的長袍，腳上趿著拖鞋，男人這種動物就會對他產生非分之想，就像油罐車男一樣，然而阿亙卻不是這樣的人。到底什麼樣的女人才會讓阿亙產生接近的意念呢？開油罐車的男人在前齒右邊算來第二顆牙齒上還卡著海苔屑的當兒就迫不及待地想碰比呂司，到現在自己還可以清清楚楚地想起那張臉。我要的不是海苔，而是佇立在我的領域對面，靜靜地守護著我的男人。我要阿亙，那天對溫室裡親密地笑著的阿亙和夏惠所產生的感覺果眞是嫉妒。當時自己不懂得那種感情是否源自於對阿亙的敵對意識，但是現在比呂司卻再清楚不過了。我要他。就像以前同年級的女孩子不斷地寄情書給「柔道社的池貝」一樣，比呂司也希望能夠不斷地送出那種信給阿亙。對比呂司而言，阿亙的存在非常特別。他對身爲「女人」的自己完全不感興趣，反而使得比呂司將阿亙神格化了。神明是不會有回應的——不記得誰這麼說過，可是也就因爲這樣，比呂司更想得到他。如果再這樣繼續置身於那些腐臭的男人當中，比呂司總有一天也可能會全身沾滿海苔而變得腐臭不堪。要把阿亙拉進來，我要將目前存在於我的領域中的男人們排除掉，將那傢伙拉進來。要達到這個目的，就得離開那家店。

比呂司下定決心，接下來就只需要付諸行動了。已經超過深夜一點了，也該是店頭打烊的時間了。今天他曠職了。比呂司打電話到店裡，告訴接電話的經理自己要辭職。反正自己只是受雇的媽媽桑，又沒有抽成的利潤，而且待遇跟打工是一樣。經理連珠炮似的說了一些話，比呂司二話不說，毅然決然掛斷電話，然後吐了一口氣，再度拿起話筒。

「客服部您好。」阿亙的聲音響起。

「你能不能就這樣保持沈默不說話？」比呂司說道。

阿亙沒有掛斷電話。他似乎仍然謹守著與任何打進來的電話周旋到底的原則。比呂司將話筒抵在耳朵上，靜靜地聽著。聽著話筒那邊傳來的振翅聲。他可以透過話筒聽到那些聲音——令人懷念的聲音。過了三十秒鐘，阿亙依然沉默著。然後又過了一分鐘。當比呂司正想開口說些什麼時，那邊傳來了聲音。

「你是比呂司對不對？怎麼了？」

好溫柔的聲音。比呂司瞬間感到畏縮，然後便靜靜地放下話筒，當那種振翅聲一消失，他的心跳卻突然加速了。

——我打電話過去到底是想對阿亙說什麼啊？

比呂司爲了平撫一聽到阿亙的聲音便莫名悸動的心情，便坐到化妝台前。鏡中映出了一張臉，這種面容到底哪裡美？不過是白皙又細緻而已。所有的男人只會用同樣的形容詞來形容女人的臉，好像所有的女人就只分成美女和醜女兩種類型而已，他們總是把這兩種形容詞的其中之一往女人臉上貼。而我的臉是被人用前一種形容詞來形容的，這種形容詞所對應出來的深層意義就是性感。「因爲你美，可不可跟我做？」難道男人就不能有比較具獨創性的說詞嗎？美豔動人？男人都是大笨蛋，這張臉只屬於我，嘴唇也一樣，以前沒有讓任何男人碰過，將來也不會給任何男人碰。夏惠就另當別論了，因爲她是女人，不過也僅只一次而已。

抽屜裡塞滿了化妝品。冷霜、清潔霜、乳液、雪花膏、面膜、粉底液、唇膏、眼影、睫毛膏，還有粉刷、眉筆、粉盒、粉撲、美髮噴霧……。每一層抽屜都被化妝品給塞得滿滿的。比呂司按照號碼一一加以排列整理。夏惠教過他，可是一開始他還是搞不清楚什麼東西用於臉部或者手部的哪個部分、哪一種和哪一種用品的使用順序又是如何，所以他用文字處理機打出了整理號碼，將這些小小的號碼紙片貼在上頭。譬如「E—3」是用在眼睛部位的第三個步驟。雖然現在他幾乎將使用順序及方式背下來了，但是以前貼上去的整理號碼都還是原封不動地留在原處。夏惠甚至教過他測試皮膚敏感度的方法，但不知道是肌膚太過脆弱還是化妝品成份太過刺激，適合比呂司使用的化妝品種類竟然只有五分之一。

比呂司不認爲自己是美人，應該不是，他只是在化妝方面具有天生的直覺和才能而已。這跟製作立體模型是一樣的。他想到太郎。那棵櫻花樹早就死了。可是太郎到目前止還是黏附了許多綠葉，活得生氣盎然。只有立體模型能讓死去的樹復甦。立體模型也把生命注入了比呂司的臉上。他想像著自己想塑造出來的臉孔，仔仔細細地描繪出最接近的模樣來。絕對不能掉以輕心，而且也千萬急不得。只要稍微偷工減料，僞裝的要素立刻就會從那個部分暴露出來，那就太掃興了。他要構築一個完美的、絕對不會曝光的立體模型，呈現在世人眼前。欺騙大眾、背叛世人，同時也讓自己沈溺於那個被塑造出來的世界當中，這麼一來就可以達到完美的境界了。這就是化妝。比呂司從化妝這件事的內面窺見了世間的另一面——不能被騙，只能騙人。我每天在這張臉上構築起熱帶植物園，然後每天加以破壞。而明天，我又將以一張和昨天不一樣的臉孔去面對外面的世界。

自從變成女人之後，比呂司知道自己的容顏獲得許多正面的評價，那是前所未有的事情。變成女人就形同登上舞台，他被迫暴露在鎂光燈下，像小孩子一樣活得容光煥發、神采飛揚，他被迫持續扮演著一個充滿活力的迷人女性。在舞台上，只有美麗的女人會獲得喝采。女人之所人愚蠢地熱中於流行時尚和化妝，是因爲害怕被評價。我才不怕人們怎麼評價我呢！我要欺騙他們，爲了欺騙世人而化妝。我是一個不折不扣的立體模型。化妝是一種比做立體模型還有趣得多的作業。比呂司對整理自己的頭髮或指甲比在臉上塗塗抹抹更有興趣。他現在的頭髮已經長到肩膀了，帶點卷度，還稍微染成了金色，是在逆光下看起來會微微閃著金光的金色。他以燙捲的方式來整理髮尾的分叉，這叫焦毛法，抓住髮尾用打火機的火將髮尾燒焦。他喜歡毛髮在鼻頭前燃燒時所散發出來的動物氣味。那一瞬間，他會覺得自己是一頭動物。

比呂司現在剛做完燙捲髮尾的工作。房間裡還微微飄散著燒焦的野生動物般的味道。他從化妝盒裡抓起一根用橘子樹枝做成的細長棒子，前端捲上脫脂棉花，浸泡於去角質溶液中，仔細地塗在指甲的軟皮上。他用推板去推軟皮，但是最後還是決定用去角質的鉗子稍微剪掉一些，然後再薄薄地塗上一層高級植物油。他用砂紙和銼刀修整過指尖之後，再用鹿的鞣皮去磨搓。最後再均勻地塗上粉紅色的指甲油。待指甲油乾了之後，再塗上護甲油，輕輕地擦亮。光是指甲美容工作就花上他三十多分鐘的時間。比呂司慢慢地、仔細地，好像遵循著某種規則似的完成一道又一道的步驟（就像那個打火機男一樣）。譬如銼指甲時銼刀的拿法、開闔去角質溶液瓶子瓶蓋的方法、擺放瓶子的位置……比呂司一絲不苟地定下了這些規矩。絕對不能偷工減料，不能因爲習慣而變得鬆散。與其因爲習慣而變得怠惰，那乾脆不要化妝。他在化妝方面的知識豐富得足以去當美容學校的講師，但是他跟講師不一樣。如果以熟悉和習慣的態度去面對這件事，就會受到侵犯。爲了「保持距離」，他將這整個過程儀式化。和什麼東西保持距離？和女人保持距離。我不是女人，我不要被女人同化。女人們經常打扮自己，爲自己化妝，因爲習慣了虛僞而變得怠惰，女人刻意隱瞞「化妝的一切作業純粹是一種接近男人的儀式」，堅稱那絕對是錯誤的說法。我在分別體驗過身爲男人和女人後才終於明白這一點，女人是生存在流行時尚和化妝這種虛僞的儀式當中。可是對比呂司而言，化妝只是一種強行將存在於自己身體內部的可怕女人引誘出來的一種作業（導尿管！）。沒錯，我是爲了將隱藏在自己內部的女人引誘出來，使其曝光才化妝的。

比呂司仔細地化好妝，突然間，他產生一個疑問：爲什麼我今天要這麼仔細地化妝呢？是爲了要讓男人看嗎？譬如說給阿亙看。因爲剛剛在電話中聽到他的聲音嗎？不對，絕對不是因爲那個緣故（是眞的嗎？）。不是只爲了享受一下女人……女人化妝的樂趣嗎？如果不是這樣的話，那爲什麼我打剛剛就一直乖乖地端坐在化妝台前？在打過電話之後，自己不是一直坐在鏡子前面，滿腦子想著阿亙的嗎？這就是女人，你就是不折不扣的女人！比呂司對著鏡子中的人影咒罵著。

鏡中出現一個連自己看了都不禁驚豔的美麗女人，帶著天眞無邪的表情茫然地看著比呂司。

二十九

設備轉換成數位式電子交換機的當天，傍晚開始下起雪來。曾經一度成長茁壯的樹芽又緊緊地縮進硬殼中，冬天似乎還不願迎接春天的到來。帶著濕氣，如鵝毛般大小的雪片在天空中飛舞著，宛如花瓣一般輕飄飄地飛落，堆積在電信局旁的停車場上。爲了準備數位式電子交換機的轉換工作，公司員工連日來沒日沒夜地加班。轉換工作必須在最短的時間內完成，因此事先必須將轉接器埋進設置於底下樓層、相當於二十萬條線路的保險絲的所在地，在進行轉換時要一口氣將之拔除。轉接器的裝塡作業也尋求了局外人員的支援，持續進行好幾天，阿亙這幾天也忙著參與這項作業。

當天阿亙從傍晚開始上班。他到設置縱橫式交換機的下一個樓層檢查安裝在保險絲上的轉接器。已經有十幾名工作人員前來支援，開始做最後的檢查工作，以期能在預定的凌晨兩點順利進行轉換作業。公司內部的氣氛簡直就像迎接新年的除夕夜那般喧鬧沸騰，充滿了對新東西的期待，以及對老舊事物的依依不捨。爲了這個儀式的到來，男人們都埋首苦幹著。過了午夜零時，一個同事來找阿亙，「這裡大致都柢定了，小池，你可以到樓上去了。」

阿亙記得這個同事曾經說過，如果可以的話，希望能在最後一天跟縱橫式交換機在一起。阿亙上樓去，和在那邊待機的同事交接。這個地方一如往常，回盪著暖暖的飛蟲振翅聲。然而，這將是最後一次聽到振翅聲了。今天縱橫式交換機將結束所有的工作，永遠沈睡了。三十二年來一直連接著二十萬條線路對話的繼電器開關將在今天晚上一起陷入永遠的沉默當中。此刻上面的樓層應該有幾個接線生在待機，進行最後的檢測，以確保切換時電腦可以如預期順利運轉。只有這個樓層沒有什麼事情可做，只能謹守本命，靜待兩個小時之後悄悄地嚥下最後一口氣。樹倒胡孫散。孤島裡只有阿亙一個人靜靜地坐著。

零時三十分。時間過得太快了。再過整整兩個小時，縱橫式交換機就要停止作動了。而在那之後的十五分鐘，上面的電腦將會無聲地啟動吧？利用電流整齊劃一地將聲音分離的裝置——這邊的一大堆巨大開關到底算什麼啊？這些東西都即將被封索在電腦當中的小小晶片裡。電話鈴響了，阿亙不想接。他只想靜靜地等待時間過去，更何況如果是用戶打來的最後的故障抱怨電話，那就更敬謝不敏了。電話不停地響著，阿亙把耳機戴到耳朵上回應道：「這裡是一一三。」

「我跟你說，他一直沒打電話來，我在想是不是電話故障了……」一個年輕女性的聲音。說話速度非常慢，講話的方式讓人覺得好像她口中的黏液阻礙了她的談話一樣。「樹良通常每天一到這個時候都會打睡前電話來的，可是今天卻沒有打來。」

「他一定會打來嗎？」

「嗯，不過，一個禮拜前開始他就完全不打了。我在想，是不是我說了什麼話惹得他不高興了？我也想過，是不是我腳踏兩條船的事被他知道了？」

那不是電話故障，是人吧？阿亙差一點脫口而出，但是他強忍著，很耐心地聽她抱怨著，頂多適時地回應她幾句——最後的義工。二十分鐘後，他掛斷了那通電話。振翅聲減弱了一些，但是仍然持續著。人發生故障。一想到跟比呂司之間的線路可能再也接不回來了，他的思緒就好似無處發洩一般。發生故障的可能是阿亙的精神層面，當友情似乎要轉化成愛情的當兒，線路就燒壞了。從這一點來看，愛情這種東西是比友情還脆弱而遙不可及的吧。總而言之，他覺得當原本用老式的交換機連接的兩個人切換爲新型交換機（女人！）的那一瞬間，彼此之間的距離似乎又被隔得更遠了。他知道發生故障的一定不是交換機，而是「人」出了問題，可是他不明白，爲什麼故障就是沒辦法修復呢？

過了凌晨一點，還剩一個小時，電話又響了。他實在不想再擔任生命諮詢師的角色了，可是他還是拿掉耳機，接起話筒。

「池貝先生？」是夏惠的聲音。「果然在那裡，說今天是最後一天，所以打打看。」她的話主詞不清，但是阿亙感覺夏惠旁邊好像有人。「現在我把電話換人聽囉。」嘎吱嘎吱，好像是在某個房間裡。

「啊，是我。」一個似曾相識的男人的聲音，會是誰呢？「後來鳥井山先生的情況怎麼樣了？」想起來了，是影山醫生的聲音，「聽說已經完全變成女人了。」

「嗯，也許吧……」

「下次找鳥井山先生一起辦個慶祝會吧？」影山仍然不停地講著。夏惠跟影山是什麼關係啊？他們本來就是舊識，而影山也是除了阿亙和比呂司之外唯一知道「松浦夏夫」的事情的男人，所以不管他們之間有什麼關係，都不難理解。阿亙適度地回應了幾句，然後掛斷電話。電話馬上又響了。今天晚上怎麼會這麼忙？

「客服部。」阿亙說道。

電話那頭有輕微的呼吸聲。是惡作劇電話吧？正當阿亙這樣想時——

「能不能請你保持沈默？」電話那頭有聲音了。

是年輕女性的聲音——阿亙再熟悉不過的聲音。阿亙感覺自己的心跳加速。他極力控制自己鼓動的情續，靜靜地將話筒擺到桌上。話筒在沒有主人的情況下，彷彿思索著事情般橫躺在桌上。他知道電話的主人想要什麼。「他」應該知道今天是振翅聲的最後一天。很快地過了一分鐘，阿亙把話筒拿起來抵在耳邊說：

「比呂司嗎?怎麼了?」

他聽到對方在電話那頭嘟噥著什麼，好像有話想說。當阿亙想問「你要不要現在過來」的時候，電話卻掛斷了。他很想主動打電話到比呂司家去，可是話筒卻在一時之間變得好沉重。阿亙懷著自我封閉的心情，靜靜地放下話筒。這是阿亙所接到，打到一一三的最後一通電話。

過了一點半，振翅聲安靜了一些。或許是因爲事前已經通知用戶將在兩點鐘切斷線路，所以大家都提早結束電話的聯絡了吧。當阿亙側耳傾聽振翅聲時，突然感覺好像有人來了，他覺得好像是比呂司進到樓層裡來，他穿著男裝——藍色的工作服，坐在對面的桌子前面開始玩填字遊戲。比呂司置身於振翅聲當中，一邊玩填字遊戲，阿亙則定定地看著他。（池貝先生，女人到底是什麼啊？）（我該用什麼字來回答呢？）（用所有的文字）他覺得現在似乎可以解得出任何困難的填字遊戲。然而等了又等，卻不見任何人進來。

一點五十五分。還有五分鐘……振翅聲益發地微弱。喀嚓喀嚓的聲音宛如退潮的海水般逐漸遠去。在浪潮一波波退去之後，彷彿無風的湖面般，沉重的水勢接著滿溢而來，那是一波營造無限寂靜的黑色滿潮。還剩兩分鐘。阿亙閉上眼睛，用大姆指和中指按壓著眼眶，將所有的神經都集中到耳朵。喀嚓喀嚓的聲音急速地轉弱了。這眞是難以置信的事情。從來就沒有發生過振翅聲消失殆盡的情況。現在只剩寥寥可數的幾個聲響了，二十萬分之數十。

在這一瞬間，沒有人會想說話。切斷通信網路的線路，關掉無線電傳真機，情人之間停止了對話。殘餘的數十隻飛蟲彷彿不知何去何從，在層樓中盲目地衝撞著。最後連這些飛蟲也力盡氣絕，不久就只剩幾隻了。然而，在這一瞬間卻只有原先連接著的，或被切斷線路的東西發出喀嚓的聲音。一直在運作中的線路完全沒了聲音。現在連線中的線路到底還剩多少啊？五十嗎？或者五百呢？僅餘的這幾條線路透過縱橫式交換機，持續熱線對話當中。到了兩點整，這些線路會有什麼變化呢？

十秒之前。還留有飛蟲的聲音。喀嚓、喀嚓……，兩點了，瞬間，整個樓層的巨大振翅聲一起發出最後一響，然後所有的線路同時被切斷了。最後一次的振翅到底有幾聲呢？一百？還是五百？線路被連根拔除，發出宛如始祖鳥展翅高飛的巨大聲響，然後在瞬間滅絕。振翅聲的殘音有那麼一小段的時間迴蕩在樓層當中，隨即如雲霧消散般靜靜地消失了。之後整個空間就被無聲、像鏡子一般澄澈的空氣所佔領。靜寂是一種死亡。等了又等，還是沒有什麼東西要開始啓動的樣子，而且也沒有什麼東西結束了。造訪樓層的死神重重地壓在二十萬條縱橫式交換機上頭，完全沒有打算再起身的樣子。一切都結束了。

阿亙緩緩地站起身來，已經沒有必要留在這裡了，這裡不過是二十萬個對話用戶蟬蛻殆盡之後的空殼罷了。從這一瞬間開始，一一三的電話就被切換到中央控制局去，由那邊的接線生接電話了。接線生的眼前會有一台終端機，今後來電詢問對方的話筒是否沒有掛好的之類的電話都完全自動化了，接線生也不必出面應對，而今後在這邊的工作人員大概也沒有聆聽用戶吐露人生苦水的餘裕了。

阿亙從椅子上站起來，再度回頭望著孤島，孤島無聲無息地佇立在那邊。明天開始要進行縱橫式交換機的撤除作業。孤島應該會率先被搬到外面去。經常有人輪班作鎮的六台工作桌在隔了三十二年之後，將再度沐浴在陽光下。阿亙的手觸摸著那老舊的辦公桌。在他出生之前，這張桌子就端坐在這裡了。當他鬆開手正準備離去時，發現有東西落在桌腳的陰暗處。他蹲下去將它撿來——原來是一個小小的彈簧，這個某天被打火機男掉落，一直找到天亮都遍尋不著的小東西，像隻乾涸的線蚯蚓一般蹲踞在桌腳之間。阿亙將彈簧放進口袋，在無聲的、爲數眾多的繼電器開關屍骸的圍繞下，緩緩地朝門口走去。繼電器開關一起瞪著他。再會了，二十萬個對話的人們。就這樣，阿亙離開了樓層。

同事們聚集在樓下喝啤酒乾杯，正中央的桌面上放著花生和烏賊片。看來轉換作業進行得相當順利，大家的表情是那麼地開朗而輕鬆。阿亙把一個同事叫出來，交給他一個事先準備好的信封。「明天能不能幫我把這封信交給部長？日後我會再親自前來道別。」阿亙說完，同事狐疑地看了看信封，上頭寫著「辭職信」。「原來如此……」同事嘟噥了一聲便不再多說。「小池也一起喝一杯吧！」對面的人群中有人么喝著。「謝謝好意……」阿亙勉強擠出一絲笑容，就此離去。

來到公司外，天色依然漆黑，雪片在燈光的照射下宛如花瓣靜靜地舞落在無風的空間中。在一片漆黑中，紛紛飛落的白色雪片就好像黑夜的思緒片斷。正想坐上車時，有人從停車場的陰暗處現身，朝著他走過來。

「已經結束了嗎？」是打火機男。「是嗎……我還是沒來得及趕上啊。」

戶崎露出沮喪的表情。他已經離職，目前在影印機維修公司上班，他說因爲家裡有老婆要照顧。換工作是很辛苦的，其實他一定還想留在這裡吧，阿亙心想，也許他是不想看到縱橫式交換機氣絕時的現場，故意讓自己趕不上最後那一刻的吧。一定是這樣的吧，然而，他卻又割捨不下那份離情，甚至還特地跑到這邊來。阿亙想起方才撿到，放在口袋中的小東西。他將手伸進口袋裡，想拿出來還給他。當他的手指頭觸摸到那個小小的彈簧的瞬間，他突然驚覺到絕對不能把這種東西拿出來交給戶崎。阿亙將彈簧從口袋中拿出來，在黑暗中悄悄地鬆開了手。底下是水泥地，但是卻聽不到小小的彈簧落地的聲音。

「唉，這也是沒辦法的事啊。」

戶崎無聊似的抬頭看著漆黑的夜空，道了聲後會有期，隨即離去了。阿亙留在原地，目送他的背影消失在黑暗中。雪花紛紛飄落，宛如追逐著他的背影似的。目送戶崎離去時，阿亙心想，還好將他的彈簧丟掉了。同時他也想到，自己也有必須處理掉的彈簧，那就是比呂司。

三十

醫院的大廳裡寒氣逼人，比呂司一直在等待影山醫生。

門診和住院患者的問診時間已經結束，大廳裡顯得閒散而寂靜。寫著「掛號．收費」的窗口拉下白色窗簾，早已過了和影山醫生約定的時間，剛剛有個年輕的護士前來轉達影山醫生的話，要比呂司再多等一下。比呂司百般無聊地茫茫然看著大廳裡的奶油色沙發，和已經沒有光線透進來的窗口。

他下定決心了，他要變回男兒身。阿亙根本不認同比呂司的女人身份，連碰都不想碰他。來店裡的男人都想碰比呂司的身體，唯獨阿亙卻一直避著比呂司，連一點碰觸他的意願都沒有。他始終不願意進到比呂司的內心世界。爲什麼？那傢伙爲什麼就是不認同我是個女人？算了，我就如他所願，變回男兒身吧，比呂司瞪視著腳底下的地毯。

一個男人經過比呂司面前，大概是住院的患者吧？他拖著吊著點滴的架子，像帶著小狗散步似的，緩緩地走在鋪著地毯的通道上。不久男人又回來了，坐在離比呂司有一點距離的沙發上，手上拿著一個紙袋。可能是到商店買的吧，果醬麵包從紙袋裡露了出來。男人手臂上插著點滴管，忙不迭地將透明的袋子撕扯開來丟掉，大口大口地咬著果醬麵包。那是一種做成球狀的鬆軟果醬麵包，表面有著茶色的光澤，看起來非常可口。麵包上頭印著男人的齒痕，有水果顆粒的藍莓果醬從麵包裡面流了出來。男人用舌尖舔起果醬，然後又抬起手肘舔掉滴在手腕上的果醬，之後又大口地咬著果醬麵包。看起來好像眞的很好吃。不消多時，男人就把一個果醬麵包給吃得精光。他的吃相讓人不禁產生「哪一天一定也要像他那樣狼吞虎嚥吃掉一個果醬麵包」的衝動。

「我就喜歡吃這個，」當兩人視線交會時，男人對比呂司說：「醫生吩咐我不能吃這種東西。」男人甩了甩插手上的點滴管子，「我的胃已經切掉了，只剩下三分之一，現在只能吃流質食物，可是我的胃就是想吃。不是剩下的胃想吃，是那些被切掉的胃，它一直告訴我說想吃果醬麵包。」

男人自言自語地說完話就站了起來，對著比呂司輕輕地點點頭，然後像帶著附有血統書的高貴名犬散步般，又拖著點滴架朝通道的另一頭走去。

距離和影山醫生約定的時間已經過了一個小時，大廳的照明有一半已經熄滅了。比呂司凝視著地毯，想著夏惠。她是怎麼跨越這個領域的啊？她是如何在不樹敵的情況下，從男人的領域突破女人的障壁，走進那個世界的？曾經有那麼一次，比呂司有一瞬間覺得夏惠是眞正的同志。那就是在床上的時候。那是一次讓他感覺到生命眞實存在的突發事件。然而當時比呂司覺得那只是殘留在自己體內的「男人」像油罐車男一樣不假思索地需索夏惠的身體罷了。夏惠說她以前曾經是男人。所以他才會做出那種事吧。那種行爲不是只會加深夏惠所受到的創傷嗎？他是不是只顧審視自己的傷口，卻忽略了夏惠的重創？

比呂司在DIY的停車場對阿亙說過「你可以碰我」，但他不認爲那樣做就可以堵住自己的傷口，然而如果當時阿亙眞的觸摸他的身體的話，或許這個傷勢多少會穩定一點。傷——阿亙應該也受了傷。當比呂司一把刺傷自己胸口的時候，阿亙一定同時也受到無形的創傷，而現在那個傷口是否還依然開著口呢？下方的地毯上沾貼了一塊OK繃藥片，那塊茶色的藥片是從誰的、哪個傷口掉下來的？比呂司凝視著那塊OK繃，低著頭沉思了好一陣子。一會兒，有腳步聲走近，穿著白衣的影山不發一語地走過來，坐到比呂司身邊。

「對不起我來遲了，手術時間拖太久了。」

「沒關係，我不會中途跑走的。」

「手術過程並不順利，原本預定在兩個小時之間就該結束的，患者——過世了，剛剛發生的事。」

影山的白衣微微散發出血腥味。比呂司之前的徹悟思緒突然被這種腥臭味給拉回了現實。

「患者過世是一件很令人難過的事，可能的話，希望能儘量長話短說。」

比呂司靜靜地做了一下深呼吸。他緩緩地吸了一口氣，再細細地吐出來，希望這麼一來，死亡的陰影就會從影山四周消失。然而，那種氣息卻一點都沒有減少。

「我改天再來會不會比較方便些？」

「沒關係，都讓你等那麼久了。什麼事？」影山這時終於看著比呂司的臉了。「你變得好漂亮，我總算放心了。」

「有件事想請教你，把陰莖接回去的手術有很高的危險性嗎？」

「……是有可能發生危險，而且成功的機率非常低，所有的實驗都是一樣。美國那邊有幾例是利用皮膚移植來製造具有陰莖形狀的東西，結果幾乎都是失敗的，不是東西腐爛，要不就是患者自殺了。這是我就理論所做的假設，我並不想面對黑暗揮舞我的手術刀。」

「……那個現在怎樣了？」

「什麼東西怎樣了？」

「陰莖。」

「爲什麼要問這件事？」

「它還在吧？」

影山思索了一下說：「保管當中，聽說是用冷凍的方式保存著。但是這跟保存受精卵不同，身體的組織和運動機能是無法恢復原狀的，你了解我的意思吧？」

「能不能把它還給我？」

「你還再在乎那個東西嗎？沒有人會眷戀切除掉的臟器，往後的生活才比較重要。」

「陰莖跟其他的臟器不一樣。」

「哦……」他用指尖摸了摸嵌著超薄鏡片的眼鏡，「怎麼個不一樣法？」

「陰莖是個原點，跟其他的臟器不一樣。」

「患者通常都把自己罹病的部分視爲一切的原點，心臟也是原點，胃、肺、腎臟都一樣，沒有一個臟器不是原點。剛剛過世的那個患者是膀胱癌末期的病患。連儲尿袋都可以變成原點。你不喜歡談論這種事吧。」

「是不喜歡，但是這是事實……那個東西現在在什麼地方？」

「池貝先生兩、三天前也來過，也問了同樣的問題。」

「阿亙……？」

「你們爲什麼都想知道那種事情？我也跟池貝先生說過了，我認識一個叫小峰的陰莖權威專家，我把它交給那家醫院保管了。我也該告辭了，發生這種事情讓我覺得特別累。」

他站了起來，慢慢地往前走。「那家醫院在哪裡？」比呂司對著他的背影問道。影山頭也不回地說：「函館。」他的聲音堅硬得彷彿是一道牆在說話，在通道上迴蕩了好一會兒。

來到醫院外頭，細細的月芽像廉價的墜飾般懸在半空中。比呂司一邊走著，一邊想著果醬麵包。剛剛在大廳遇到的那個男人說他已經被切除的胃想吃果醬麵包。男人在已經不存在的東西的作動下大口大口地嚼著果醬麵包。如果已經不存在的臟器會需索某些東西的話，那麼比呂司的陰莖到底要求什麼，想要什麼呢？很確定的，絕對不是果醬麵包。

到函館去吧！比呂司想著。

深夜。從醫院回來之後，比呂司睡不著，便躺在床上玩填字遊戲。剛剛阿亙打了電話來。他說「有事情要跟你談，待會兒過去可以嗎？」比呂司沒有拒絕的理由。放下話筒後，比呂司從床上跳起來，仔仔細細地化好了妝，他不想讓自己蒙羞。化妝是爲了阿亙，當他化好妝時，門鈴剛好響起。

「你好。」阿亙身穿紅黑色的毛衣配上茶色的燈芯絨長褲，站在玄關，露出一臉健康的笑容。就算他沒有參加全國柔道大賽，至今依然是個英雄。他渾身散發出唯有精英份子才有的氣息和沉穩詳和的表情。一看到那張臉，比呂司的心跳就加速了。阿亙站在玄關，比呂司卻不知道該怎麼辦。

「到我房裡談好嗎？」

「可是……」阿亙猶豫著，「在這裡就好了。」

比呂司想著，阿亙現在才頭一次把自己當成女人對待。或許阿亙的本意不是這樣，但是比呂司希望自己這樣想。「這裡太冷了，進屋裡來吧！」比呂司說完逕自走向走廊。阿亙會跟上來嗎？比呂司不理他，爬上了二樓，進到自己的房間，房裡只有一張化妝台和一張床。後面傳來腳步聲，阿亙在房門口停了下來，從洞開的房門外往裡窺探，然後往房內踏進一步。

「我聽夏惠小姐說了。」阿亙說道，「關於松浦夏夫的事情。」

「是嗎……」比呂司心中忖道，夏惠不想再隱瞞什麼了。

「我也去見了影山醫生。」

「我知道，我今天也去找他了，那個東西可能在函館。」

「你打算怎麼做？」

「我想去函館一趟……這裡沒有地方可坐，進來坐到床上吧。」

「不用了，我站在這裡就好。」

「這樣叫我定不下心來，進來吧。」

「我想我還是回去吧。」

「爲什麼？」比呂司不自覺地提高分貝，「池貝先生老是在想著我的身體，對不對？例如性方面的事情。所以你總是怯生生地，雖然表面上你裝作若無其事的樣子，可是當我一變成女人，你就滿腦子想著跟我上床的事。我看起來就那麼廉價嗎？」

比呂司打定主意要將沉睡在阿亙內心深處的情感給一把揪出來（導尿管！）。我要把它給挖出來，阿亙，說出你的眞心話吧！原本橫梗在我們之間鬆軟的東西現在已經開始產生硬度，塑造成形了。只要把它從意識深處給拉出來，阿亙一定會感到手足無措。

「比呂司，你是這樣想的嗎……」

他的語氣極其沈穩。他站在門口，定定地看著比呂司，那巨大的身影彷彿將比呂司的退路都給堵住了一樣。已經到了盡頭了，把一切都挖出來時，比呂司就等於毫無退路了——本來不該把所有的事情都攤開來說的，比呂司這時才發現到這一點。挖出來的東西勢必會反彈回自己身上。性愛之事……老是想著和阿亙發生關係的不就是比呂司自己嗎？比呂司緊抿嘴唇，嘴裡微微泛起唇膏的味道。

「你願意讓我看嗎？」阿亙說道，他的語氣是那麼地沉靜，「你願意脫掉衣服讓我看嗎？」

一開始，比呂司不懂阿亙話中的意思。阿亙定定地看著比呂司。

「你願意脫嗎？」阿亙又問道。

比呂司穿著一件帶有光澤的裙子，上身罩著藍色的方格花布襯衫。當他把手觸及身上的衣物時，突然產生一股強烈的羞恥感。那是一種前所未有的感覺。當他下定決心正要拉開裙子的拉鍊時，阿亙說：「只要上半身就可以了，讓我看看你的胸部就成了。他想看乳房，比呂司是這麼想的。比呂司的乳房不小，而且又尖又挺，那是他自己也很喜歡的部位。可是他從來沒想過讓別人看，更何況是阿亙。比呂司將塞進裙子裡的襯衫下襬拉出來，從底下的鈕扣開始解開。兩公尺，他心裡想著，阿亙就在兩公尺外。爲了拂去心頭的羞恥感，比呂司的手沒有停下來。他解完了鈕扣，正想從手臂部分脫掉襯衫的袖子時，阿亙說道：

「襯衫不用脫沒關係，只要把胸罩拿掉給我看就行了，可以嗎？」

「別一個動作一個動作命令我！」比呂司小聲地說道。

阿亙不說話了。比呂司鬆開了淡藍色的胸罩前扣，裸露出胸部，兩個白皙的隆起呈現在眼前。

比呂司不敢正視阿亙的臉，低垂著頭。雖然不過數秒鐘的時間，可是感覺上彷彿過了兩億年之久。「夠了，把襯衫穿上吧。」阿亙靜靜地說，他沒有想要碰觸的念頭。當比呂司將胸罩穿回去，正想扣上襯衫的扣子時，他終於發現到了——以前爲什麼未曾察覺呢？是我，滿腦子想著性愛情事的果然是我。阿亙不是想看我的乳房，他想看的是「那個」。在比呂司的左側乳房下方，從乳房邊緣凹陷處到胸口正中央有一道很深的傷疤，看起來像隻長著十四對腳的蜈蚣附著在他白皙的皮膚上。蜈蚣的腳是縫合傷口的疤痕，他看到的是那個東西。

「那是我的傷口。」阿亙平靜地說道。「我的內心深處也有那道傷，有一道跟你一樣但卻看不到的傷。受傷的不只是你，你不要太得意。」

阿亙的聲調中沒有抑揚頓挫，但是卻一字一句說得非常清楚。悲劇的主角、英雄主義、英雄心態的背叛、孩子氣的平行世界——不要太得意，不是只有你受到傷害。阿亙的話在比呂司的腦海裡空轉著。「我該怎麼辦？」比呂司輕聲地叫了起來。然後，他發出崩潰似的哀鳴，當場無助地蹲下來。

好長一段時間，阿亙只是靜靜地撫摸著比呂司的頭髮。除了頭髮之外，他什麼地方都不想摸。比呂司坐在床上，而阿亙則站在他旁邊。阿亙的長褲近在眼前。長褲裡的東西是否勃起了呢？不過，這已經不重要了。不要多想。現在什麼都不要想。想太多了，想太多會掉進陷阱當中。比呂司茫然地看著房間角落化妝鏡中映著自己的臉孔，阿亙的褲子就在那張臉的咫尺外。他的陰莖現在靠在我嘴巴附近，只隔著一層布。讓我誘惑他，朝他的陰莖咬下去吧？當比呂司產生這樣的念頭時，這才好不容易湧起了一絲笑意。

「我該回去了。」阿亙說。

「我去煮咖啡，請下樓喝一杯。」

「或許你剛剛說的話有些是對的，當然不盡然全是——男人和女人是無法在不想到性愛的情況下呼吸同樣的空氣的。聽好，你是個女人，」阿亙發表宣言似的說道：「所以今天我決定就這樣離開。」

「你好無情。」比呂司小聲地說。

「經常有人這麼說我，我自己也不喜歡這樣。」

你是個女人，阿亙終於承認這個事實了，比呂司玩味著這句話，淚水差點奪眶而出。「我會再來。」阿亙朝著洞開的房門走去，正要離去時，他回頭問道：

「函館那邊……什麼時候過去？」

「這兩三天。」

「我陪你去。不好意思，沒辦法陪你喝咖啡了。」

阿亙步出房間，門隨即在他身後關上了。當房間沒有其他人之後，比呂司一個人自言自語：

「沒關係，咖啡我可以一個人喝。」

三十一

臥鋪特快車北斗星號從上野方向駛來，準時進站，阿亙和比呂司一起搭上這班快車。比呂司穿的是「女裝」，她的美即使在餐車中也一樣奪目炫麗。阿亙一邊吃著預約的晚餐，一邊想著，要是坐在對面用著刀叉的美麗女性不是比呂司該有多好啊！他極力避免自己思考比呂司曾爲男人的事實，然而這個念頭卻始終在他腦海中揮之不去，阿亙決定在這次的旅程當中徹頭徹尾地把比呂司當成朋友看待，他能夠給比呂司最高境界的友情就是把他當男人看待。如果比呂司到了函館想做什麼事，他都會盡可能地支援，不管他想做的到底是什麼事。

或許不是旅遊旺季的關係吧，火車內空蕩蕩的，有四張臥鋪的車廂裡，只有阿亙和比呂司兩個人。在經過福島車站一帶之後，窗外四處可見殘留的雪堆。列車經過的車站月台在燈光照射下清晰地浮顯上來，又快速地往後方消退。越往北方前進，殘雪景象就益發明顯。北國似乎還籠罩在一片雪世界當中。

阿亙睡不著，躺在床鋪上看著文庫本。比呂司在對面的床鋪上換衣服，和阿亙視線一對望，他便用力地將床簾給拉起來。「我又不想偷看。」阿亙說。「這是教養問題。」比呂司回答。過了一會兒，床簾又拉開了，比呂司穿著睡衣現身。胸前有一隻大大的米老鼠，一點都不像睡衣。「好可愛啊！」「不用刻意這樣稱讚我，聽起挺不舒服的。」「這只是客套話，別放心上。」

阿亙想喝啤酒，不過心中又想著，這次旅途就別碰酒精了，因爲他不知道酒精的力量會促使自己做出什麼事情來。比呂司拿出從車站買來的威士忌口袋瓶裝酒，一口一口地啜飲。之前在店裡工作的那段期間似乎讓他訓練出不小的酒量。「肚子好餓啊！」阿亙說道，比呂司從包包裡拿出什麼東西，往阿亙這邊丟過來。

「你怎麼會帶這種東西來？」是果醬麵包。

「很好吃哦。」

「你在醫院見過那個男人了？」

「池貝先生也遇到啦？看他吃得好像很好美味的樣子。」比呂司天真地笑了。阿亙用力咬了一口鬆軟的果醬麵包，心中莫名地想著，無形的傷口會因此而痊癒嗎？這趟旅行有一半也是爲了這件事而來的。比呂司一邊啜飲著威士忌，一邊問：「池貝先生要不要喝？」

「我沒有什酒量。」

「我是過慣夜生活的人，一點睡意都沒有。」

要是在以前，這個時間也正是阿亙上夜班的時候。喀噹喀噹。火車軌道的聲音不停地響著。阿亙心想，臥鋪車跟交換機的層樓好像啊。每個乘客都是一台交換機，安置在架子上。是不是該四處去看看，找找有沒有故障的人呢？

「那些飛蟲振翅聲好令人懷念啊。」比呂司雙頰微微泛紅。

「縱橫式交換機已經死了，那邊已經沒人了。」

「聽說你辭職了。」

「嗯。」

軌道的磨擦聲傳來，阿亙企圖從當中找到與振翅聲類似的聲音，卻一直找不出來。

「該說給我聽了吧？」「說什麼？」「你去函館的理由。」「去就知道了。」「難不成你要去變回男人？」比呂司沒有回答。他將威士忌滿滿地倒進小杯子當中，一飲而盡。

「別這樣喝。」「那是我的自由。」這時車內響起廣播聲，車內的照明被熄掉了，四周一片陰暗。只有臥鋪的枕頭邊有小小的照明設備。比呂司背對著照明盤坐著，沒辦法清楚地看到他的表情。他坐在床邊，兩條腿不停地晃動著。

「我之前不是告訴過你嗎？我覺得已經不見了的陰莖到現在還會有勃起的感覺，讓我覺得好悲哀。不過最近這種情況終於消失，結果就只剩下悲哀的感覺了。」

車掌走過通道，響起輕微的腳步聲，通道一側的灰色床簾輕飄飄地盪著。可能是在視察通道吧？阿亙覺得車掌的工作性質跟他的工作滿類似的。

「除了失去了的東西之外，沒有其他東西能夠治療這種悲傷。」

「這種想法不見得是正確的，」阿亙說：「企圖找回已經失去的東西只會造成不幸。」

「我並不想找回來，只是……」

比呂司沒有說下去。阿亙耐心地等著他說下去，然而比呂司就這麼沉默了好長一段時間。喀噹喀噹。阿亙沒來由地覺得他好像哭了，心中產生一股不安感。

「比呂司，」阿亙將他手上的果醬麵包丟了過去，「你也吃一點吧！」

「……」

「還有，能不能給我喝一口威士忌？」

比呂司伸出手，纖細的手指頭握著塑膠杯。裡面倒滿了威士忌，阿亙接過來時灑了幾滴出來。

杯子的邊緣淡淡地沾著一些紅色的東西——比呂司的口紅印在小塑膠杯邊緣。阿亙將茶色的液體整個倒進胃袋中，身體立刻像著了火一樣發熱。

「該睡了。」「說的也是，明天一定會很累的。」拉上床簾，熄掉枕邊的小燈，一股醉意立刻湧了上來，阿亙已經無法判別列車要開往何方了。

「池貝先生。」「什麼事？」「……跟我一起吧。」「什麼？」「沒什麼，無所謂……池貝先生。」「只有我們兩人在，不用叫得這麼客氣。」「全身長滿長毛的獵犬是什麼狗啊？」「阿富汗獵犬……幹嘛？玩填字遊戲嗎？」「嗯，反正睡不著。」

之後阿亙又回答了幾個填字遊戲，然後在不知不覺當中睡著了。待他回過神來，發現自己置身於一片漆黑和喀噹喀噹的軌道聲當中。旁邊的床簾後面一片漆黑。軌道的聲音規律地刻劃著旅程的經過。阿亙在漆黑的晃動中聆聽著喀噹喀噹的聲音。這個聲音來自軌道和軌道的接續。其實只要側耳傾聽，任何東西和其他東西接續時都會產生獨特的聲音產生。阿亙凝視著黑暗，心中這樣想著。我們現在正朝著失去的東西飛奔而去。在黑暗的彼方，陰莖正屏息等待著我們的到來。我們兩人正以超過時速一百公里的速度朝著那個東西奔馳。

（我們此行是要去看陰莖的。）

比呂司愛戀著的對象是他的陰莖，那種感情只有他自己懂得的，那原本是屬於他的東西，但是他的悲哀和興奮之情卻也眞實地傳達給了阿亙。爲了去看陰莖，我們日以繼夜地奔波著，到底要到什麼地方去啊？到一個無線電波也到達不了的地方——我們朝著那個地方飛奔，一股不安掠過阿亙心頭。即便電波到不了了，但失去的東西眞的還能繼續飛翔嗎？

旁邊的床鋪傳來輕微的咳嗽聲。原來，在一片漆黑當中，比呂司也一樣醒著。要不要拉開床簾跟他說話呢？要不要去觸摸他一下呢？這麼做就可以讓自己的心情稍微獲得抒解嗎？阿亙趕緊甩掉這個念頭。醉意還在，阿亙閉上眼睛，再度陷入睡眠當中。

當他再度醒過來時，車廂內有一絲寒意。車內雖然開了暖氣，但是寒風卻不知道從哪裡竄了進來。現在列車行至何處？拉開車窗一側的百葉窗，只見外頭隱隱泛著迎接黎明到來的曙光。列車彷彿在雲端上跑著。車窗外是一片閃著白光，由積雪所形成的雲海。

第二天早上，列車抵達函館車站。阿亙和比呂司下了車之後，北斗星號仍然朝著札幌飛奔而去。目送著列車那兩個紅色的尾燈離去，阿亙有一種被拋棄的感覺。走出車站，只見整個函館都籠罩在雪世界當中。不知來自何處的霧笛聲混雜在從陰鬱的天空飄落下來的雪片當中，直灌耳膜。車站前正在進行除雪的作業，雪像棉被一樣被堆在角落。計程車正在車站前等待客人上門，但是比呂司卻好像沒有要搭計程車的意思。

打從下車之後，比呂司就一直沒說話，雖然他穿著外套，但裙子底下露出來的雙腿看似非常寒冷。其實只要環住他的肩，給他一點溫暖就可以了，可是阿亙卻猶豫了。這個時間餐飲店都還沒有開始營業。比呂司可能事先查過了資料，他看著市電的行車指示看板，搭上了第一班電車。有著兩結車廂的路面電車在函館的清晨中飛奔而去。每轉一個彎，遠處籠罩在雪中的函館山就由車窗的右邊轉到左邊，再從左邊轉到右邊。他們在城市的盡頭下了市電。走了一段路之後，就看到一棟大醫院。穿過大門，中庭裡也積了許多剛下的雪，阿亙和比呂司縮著肩，踩在雪上往建築物裡走。關有門廊的正門還沒開啓。他們繞到側門，只見紅色的燈像番茄一樣朦朧地閃爍著。底下寫著「急診病患專用入口」幾個字。比呂司沒有絲毫的猶豫，伸手打開門。裡面一片靜寂，而且感覺暖和些。

「守衛室在哪裡啊？」

比呂司說，這是他抵達函館之後的第一句話。之前他好像被什麼事情牽引著似的，一直保持著沉默。在那段期間，阿亙的腦袋裡面一直響著喀嚓喀嚓的聲音。

「時間還這麼早，你想幹什麼啊？還沒有人起床啦。」

「護理站應該有人吧？」

比呂司飛快地走在通道上，阿亙跟在他後頭。大廳的牆上貼張著醫院內部簡圖。比呂司站在簡圖前看著。「大概在三樓。」他說著並按下電梯按鈕。三樓的護理站在微暗的照明下朦朧地浮顯上來，比呂司按下櫃台上的護士呼叫鈴，鈴聲迴蕩在地板和天花板之間，擴散到醫院的內部，正當他想再度按鈴時，阿亙壓住他的手腕。

「這裡有住院患者，最好不要製造太多噪音。再等一下，一定會有人來的。」

當阿亙一鬆開手，比呂司竟然又立刻按下了鈕。鈴聲再度從護理站飄向黑暗之中，在零星羅列著綠色緊急用燈的通道上飛竄。沒有人出現。這棟建築物內好像甚至沒有人呼吸，完全陷入睡眠當中。比呂司此刻終於死了心，靜靜地吐了一口氣。他大概已經不想再按鈴了，慢慢地坐在通道的長椅上，不停地彈動著放在膝蓋上的手指頭。

「這裡好溫暖。」

他的聲音好沈穩，臉頰微微泛紅。比呂司就這樣靠著牆，閉上了雙眼。搭乘北斗星號、坐上市電、在漫天飛雪中行走，最後又企圖喚醒清晨沈睡中的醫院——這些似乎讓他用盡力氣。他靠在牆上，就這麼睡著了。那是一張對什麼事情感到放心的，沉穩、天使般的睡臉。聽著比呂司細細的鼻息聲，阿亙想著，護理站裡應該是有人在的。只要繞到櫃台後面去敲敲門，應該會有人出來招呼的。可是他並沒有這麼做，他也沒有要比呂司這樣做。他只想讓比呂司做他想做的事，好平撫他的心緒。衝破黑夜的漆黑來到這裡的任性天使按了兩次呼叫鈴之後似乎就很滿足地沈睡了。阿亙願意讓他這麼做。阿亙坐到他身旁，脫下身上的外套幫他蓋上。

過了一個小時，遙遠的通道彼方響起某種聲音。那是工作人員準備患者早餐的餐具碰撞聲。一位身穿白衣的人影踩著腳步聲走了過來。護士將血壓計和紙夾板夾在腋下，經過他們兩人前面時，帶著溫和的笑容道了聲早安。或許是見慣了形形色色的患者和病患家屬，關心患者的病情坐在沙發上等待天明的「男女」似乎司空見慣。

比呂司將頭靠在阿亙的肩上沈睡著，阿亙聞到淡淡的紫丁香味。是從護理站那邊飄過來的？或者是屬於北海道的香味呢？抑或是比呂司使用的化妝品中所含的微量芳香劑呢？這時傳來喀躂喀躂的推車聲，三名護士推著盛放著早餐的餐車走過來。通道上的照明增強了亮度，廣播器用沉穩的聲音通知早餐時間已到，頓時通道上湧出了一堆人。有推著點滴架來拿早餐的人，也有確認貼在托盤上的名牌後，進進出出地將早餐送進病房的護士，頃刻之間，通道上彷彿開始注入活力一般。然而比呂司卻依然沒有醒來，他睡得好熟。

外頭的天色已經亮了，雪可能停止飄落了。從窗口射進來的陽光在通道的地板上投射出變形的四角形圖案。護士們可能忙著為患者測量早晨的體溫，她們在阿亙和比呂司兩人前面來來回回好幾次，卻也只是淡淡地瞄了一眼緊依在沙發上的男女，沒有人來跟他們講話。只有一個護士關心地前來詢問比呂司是不是身體不舒服，「沒有，他只是睡著而已。」阿亙這樣回答之後，她帶著溫和的笑容道了聲「請多保重哦」便離開了。這種叮嚀可能已經成了她的口頭禪了吧。阿亙有好長一段時間保持靜止不動的姿勢，耐心地等待比呂司醒來。

陰莖就在這棟建築物當中——

比呂司是因爲這件事感到安心而睡著的嗎？陰莖呼喚著他，而他也來到這裡了。現在他把整個上半身靠在阿亙身上，安穩地睡著。比呂司的體溫和呼吸造成的緩慢搏動傳到阿亙左半身，他右邊的乳房靜靜地壓在阿亙的左手臂上。那是一種溫暖而柔軟的觸感。被這股暖暖的感覺包圍之餘，阿亙有一種意外的幸福感，那是一刹那間的感覺，就好像蜻蜓飄飄然地飛過眼前，短暫而輕淡的幸福感。

護理站裡的大時鐘指著八點。比呂司，起床囉。阿亙把手搭在比呂司的肩上，靜靜地搖醒他。比呂司彷彿走訪了一趟遙遠的花園之旅，茫茫然地醒來。他眨了兩三次睫毛，靜靜地睜開了眼睛說：「啊，不知不覺睡著了。」阿亙站起來伸了一個大懶腰。比呂司是靠在沙發上睡著的，現在只覺得腰和脖子有點痠，他也站了起來，將頭髮撩到後面去，輕輕地轉了轉脖子。

「我去一下化妝室，等等我。」

比呂司走進通道盡頭的女化妝室。他說過剛開始時很不習慣，但是現在已經可以不假思索地走進女盥洗室了。阿亙也進了男盥洗室，很快地解決了生理問題。廁所裡面的燈光很明亮，當他拿出隨身攜帶的用具洗臉刷牙後，有人走進來了，是住院的病患。他從睡袍的口袋裡拿出香菸，對著開了個小縫的窗外吐著煙。可能醫生禁止他抽菸吧，所以他行色匆匆。這裡也有貪婪地渴求著果醬麵包的人，他的肺部一定被切掉了。阿亙心裡這樣想著，默默地離開了洗手間。

等了相當冗長的一段時間，比呂司終於回來了。「去那麼久！」阿亙坐在通道的沙發上，不耐地說道。比呂司卻帶著爽朗的表情說：「我得化妝啊。我們走吧！」比呂司加快腳步走開了。來到一樓的大廳，他就直接朝著櫃台走去。一個圓臉、戴著圓形眼鏡的可愛女孩坐在櫃台後，她臉上的皮膚坑坑洞洞的，像被蛀蟲咬過的橡樹果實般，看起來像是剛從護士學校畢業不久的樣子。

「請問，泌尿科在哪邊呢？」比呂司問她。

她用那小小的手指頭指著放在櫃台上的平面圖說：「請搭電梯上二樓，往右走到盡頭，然後再往左轉，會看到一個斜坡，再直走到第二個轉角往右轉，前面就是了。」

「地方好隱密啊。」

「不是這樣的，因爲泌尿科在別館，所以比較不容易找到。」

「不曉得泌尿科的小峰醫生在不在呢？我是鳥井山，是代替影山洋次醫生前來拜訪的。」比呂司說著將影山的名片放到櫃台上。

「請稍等一下。」

趁著她打內線電話的時候，阿亙小聲地問道：「你在幹什麼？」比呂司小聲地回答：「你不要講話。」「沒想到你竟然可以用那麼女性化的方式說話。」「你管我那麼多？」「平常就那樣不是很好嗎？」「我才不要，感覺很差。」

「對不起……」像橡樹果實的女孩子看著這邊，「小峰醫生今天沒有值班，他休假。」

「是嗎……那可傷腦筋了。」比呂司將微微彎曲的食指抵在嘴唇上。阿亙實在不明白，他怎麼會做出這樣的動作來，「你知道他家裡的電話嗎？」

櫃台的女孩表示不方便告訴比呂司。「這是緊急事件，這位池貝醫生無論如何都得和小峰醫生聯絡。」比呂司突然指向阿亙，阿亙無可奈何，只好陪著他演戲，很客氣地點點頭。長得像橡樹果實的女孩在備忘紙上寫了幾個數字交給比呂司。比呂司接過紙條之後嫣然一笑，「謝謝。你的眼鏡跟你很搭呢！我是不是也該去配一副來戴戴呢？謝謝你哦！」說完比呂司就穿過大廳，從正面的大門走出醫院。阿亙追著他走了出來，一邊喃喃說道：「眞是糟糕啊。」

比呂司走進醫院大門旁的電話亭，看著剛剛拿到的紙條開始撥起電話，大概是打到小峰醫生家吧。可能沒人接聽，於是比呂司將電話卡抽出來，用手指頭輕輕地彈著。

「沒辦法了……等明天再說吧？」

「你到底想做什麼？」

「沒什麼。」

比呂司咬著下唇，彎下腰來掬起腳邊的雪，用力盈握之後，朝著阿亙用力丟過去。阿亙閃躲不及，雪球正中他的胸口，頓時碎裂了。

三十二

幾個外國觀光客站在飯店大廳裡談笑風生，透明的電梯緩緩地上下升降著，蓬鬆的地毯前頭就是櫃台，比呂司直接朝櫃台走去。阿亙站在大廳裡，心裡暗忖：「難道他打算在這裡投宿嗎？」

「我想住宿。」比呂司說。

「請問您有預約嗎？」「沒有，有沒有空房？」「我們有兩張單人床和一張雙人床的房間，請問您要哪一種？」櫃台後的男人看著高大的男人和他帶來的美麗「女伴」。阿亙忽然從比呂司的身旁插進來說道：

「請給我們兩間單人房。」

「不好意思，我們的單人房已經客滿了。」櫃台男人一臉訝異。

「兩張單人床的房間就可以了。」比呂司語氣堅定。

他們並沒有需要服務生幫忙提上樓的行李。接過房間鑰匙，按下電梯按鈕，阿亙問：「爲什麼要這樣的房間？」

「沒有單人房啊，有什麼辦法？難不成你想要雙人床的房間？」

「去問別的飯店不就得了？」

「這裡就可以了，你看。」

從緩緩上昇的電梯中往外看可以看到函館市。剛剛他們去過的那家醫院看起來近在眼前。「從醫院也可以看到這間飯店。」比呂司說。

打開八〇二號房的房門，捻亮室內的照明。將窗簾往左右一拉開，遠處的海面波光粼粼。好明亮的房間。房裡有小小的客廳，還有遙控電視和冰箱。兩張床分隔開來擺在牆邊和窗邊。比呂司將行李放在地上說：「我還想睡覺。」

「你可以躺一會兒。」

「我想，我先去洗個澡，換件衣服吧。」

比呂司作勢要拉下裙子的拉鍊。

「……我去散個步。」阿亙匆匆地離開了房間。

飯店的前面是一道通往市區的緩坡道。阿亙搭上大馬路上的路面電車下坡，在蓋了一整列倉庫的地區下了車。學生時代他曾經到過這一帶，當時並沒有觀光用的倉庫街，如今整個風貌不變，跟以前已經完全不同了。走進煉瓦倉庫改建的餐飲店，韋瓦弟的《四季》迎面而來。阿亙點了杯咖啡，望著窗外。雪花好像又開始霏霏飄落了。

現在比呂司正在洗澡。那幅景象突然掠過阿亙的腦海。（池貝先生老是想著性愛方面的事情，對不對？）他一直認爲不應該是這樣的，然而他那白皙的乳房卻深深地烙印在腦海裡。當時阿亙是想確認他胸前的傷疤。可是，他眞的只是想看傷疤嗎？看到白皙而豐滿的乳房是無可避免的，那麼，他看哪一邊的時間比較長？是乳房，還是傷疤？他想不起來。他希望是傷疤（看了傷疤又能如何？）。比呂司現在人正在浴室裡面，阿亙腦海裡掠過在熱氣瀰漫中沐浴的「她」的身影。現在他已經把比呂司當成「女人」看待，他開始這樣想。這是他第一次將比呂司視爲女人。是從什麼時候開始的呢？或許是從看傷疤的時候，就像比呂司的傷和自己內心深處肉眼看不見的傷產生共鳴一般，從那一瞬間起，他開始憐愛著她。老實說，他想要她，阿亙在心中忖道。他現在正在旅途中，或許將因此使得原本應該沈睡在內心深處的情感從旅程的縫細之間滿溢而出。《四季》進入秋天的樂章，巴洛克音樂的巨匠安東尼奧・韋瓦弟（Antonio Vivald）。這個偉大的作曲家晚年漂流在外，勉強靠著販賣樂譜爲生，最後於夏天客死異鄉維也納。阿亙想著旅程盡頭命運乖舛的作曲家生涯，企圖甩開不斷泉湧而出的妄想——性的妄想。旅程通常是某件事情的起點，同時也是終點。那麼這次的旅行是起點還是終點？

音樂在不知不覺中結束了，咖啡也冷了。阿亙離開餐飲店，花了很長的時間四處閒逛。寒凍的雪花覆蓋著一層黑泥面紗，彷彿浪人般蹲踞在建築物或人行道的角落，而紛紛飄落的雪花像無數的飛蟲群舞飄落在上頭。在無聲的飛蟲群的包圍下，阿亙漫無目的地從一個街角走到另一個街角。途中他經過貼有NTT藍色蝸牛標誌的大樓前，這家電信局是否還使用縱橫式交換機呢？電信局前設有電話亭，阿亙突然想打電話給某個人。他從口袋裡拿出電話卡，按下飯店的號碼。櫃台接起電話，一個男人不知說了些什麼，阿亙把房間號碼報給他之後，比呂司應該會來接電話——身上包著浴巾嗎？阿亙默默地掛上電話。然後他撥了長途電話到夏惠的家裡。第一聲鈴聲還沒響完，電話就接通了。

「喂？」夏惠可能怕接到惡作劇的電話，接起電話也不先報姓名。「請問是哪一位？」

「現在我正在洗澡，」阿亙一字一句地說：「還沒有穿內褲，正在吹乾頭髮。」

沈默了一會兒，話筒那頭傳出改爲手持話筒的聲音。「那然後呢？」夏惠說。「下半身也赤裸著。」（我到底在說什麼啊？原本只是想跟某個人說說話，根本沒打算說這種話呀！）電話那頭傳來嘎吱嘎吱的聲音。

「我現在躺在床上，請繼續說下去。」

「然後……」接下來不知道要說什麼了。這是他有生以來第一次打惡作劇電話。或許是缺乏這方面的想像力吧，他實在不知道該說什麼好。「變硬了，很硬。」

「你很緊張嗎？請放輕鬆。」

「不是的，是……」

「你勃起了吧？」

「……」

「怎麼了，池貝先生？」

頓時無語。她一開始就知道打電話的人是阿互。事已至此，他也不能二話不說就掛斷電話。電話卡的剩餘金額快速地減少當中。阿互將紙鈔放進電話卡販賣機當中，將新卡插進插入口。

「我讓它含進插入口了。」（我到底在講什麼啊？）

「你喝醉了嗎？……你不是在函館嗎？跟比呂美在一起不是嗎？她正在洗澡，而你在她身邊。恭喜你了。」

「請不要誤會了。我人在外頭，是從電話亭裡打給你的。」

「有什麼事嗎？」

「沒有，沒什麼特別的事情。」

「因爲變硬了所以打電話來嗎？請別開這種玩笑。」

「你們到底到函館去幹什麼？」

「來 hottaimo ijiru 。」

「什麼意思？」

「回去之後再跟你詳談。」

「不快樂的事嗎？」

「嗯，非常。」

「那我滿心期待囉！」她笑了。在談話的當兒，阿亙的心情漸漸地穩定下來了。感覺上就像喝伏特加一樣，快速醉酒又快速清醒。

「對不起，打了這通奇怪的電話。」阿亙說。

「不用道歉，我覺得很高興呀。」

電話掛斷了。喀。

阿亙走到港口，目送開往青森的渡輪駛離。接近中午了，比呂司可能起床了，阿亙終於縮著肩膀回飯店去了。

傍晚他們去看夜景。空中纜車好像熱氣球上升一樣，將他們兩人一口氣送到函館山的山頂上。爬上瞭望台，只見黑暗中有好多人影站在那邊眺望開展在眼前的夜景。無數的光點在左右方的黑色海面推擠下變成狹窄的扇形，而到了腳底下卻又頓時膨脹了開來。每一個光點都代表一個不同的生活，感覺就像在看著「發光的縱橫式交換機」一樣。

比呂司靠在扶手上，凝神看著夜景。那一頭長髮在風中飛揚，對面便是一片絢爛的夜景，當阿亙興起一股想觸摸頭髮的衝動時，比呂司卻倏地轉過身來。

「池貝先生，這個夜景好像是一個巨大的陰莖哦。」

「四周有一大堆的人，這種話得找個沒人的地方再說！」阿亙說。比呂司笑著說：「我們去吃晚餐吧！」走進位於瞭望台下面樓層的餐廳，只見店內的照明調得陰暗，使得從窗口望出去的夜景更加清晰而迷人。阿亙看著菜單，這才發現自己從早上到現在都還沒進食。餐點送上來之後，比呂司優雅地將牛排送入口中。他是什麼時候學會這麼女性化的動作的？看著比呂司的舉止，阿亙不禁想讓比呂司以刀叉爲他占卜一下未來。

「你找那個叫小峰的醫生做什麼？」阿亙這樣問道。

比呂司停下手中的叉子，看著阿亙。他的眼睛是如此澄澈，澄澈得幾乎將整個夜景映入眼瞳當中了。

「沒想做什麼，只是感覺自己到了這裡就該這麼做。剛才我跟小峰醫生聯絡，約好明天見個面。」

「你打算跟醫生說什麼？」

「我不是特地來見醫生的……」他的視線在四周游移著，「我是來看陰莖的。」

「見到它，難道你要說『啊，你還好嗎？』」

「我想它是沒辦法說話的。」

「那還用說？」

阿亙將目光調向窗外。那是救護車嗎？閃爍的紅色光點撥開無數的光點往前移動著，救護車現在正載送著一個悲劇。但是從此處看來，那只是一個小得微不足道的悲劇。他無法想像那輛車跟比呂司也搭過兩次的車子是一樣的，那種非現實感讓阿亙非常困惑。

「只要知道它在這個城市裡，我就感覺非常安心。看著夜景，心情就變得好溫暖。從這裡望出去根本不知道醫院在什麼地方，但是只要一想到光點的某個地方躺著我的陰莖，我就覺得來這裡眞好，能夠來到它附近眞好。總之，明天我要去見見小峰醫生。你願意幫我嗎？」

「幫你什麼？」

「我要你假扮成醫生，只要配合我的話行事，其他的都交給我就好了。我是女人，假扮醫生也沒有那種樣子。」

比呂司帶著求助的眼神看著阿亙。「我試試看吧！」阿亙說。

他們回到了飯店，但是離睡覺時間還太早。從現在開始到睡覺之前的這段時間都要跟「她」單獨在房間裡度過，這讓阿亙有點喘不過氣來。比呂司大概也有同感吧，他提議到上面的休息室去喝一杯。於是兩人在櫃台拿了房門鑰匙，就直接上頂樓去。走出電梯，眼前又是另一片夜景。從這裡可以清楚地看到架設在醫院屋頂上，標示醫院名稱的大型看板。比呂司似乎很滿意。

原本打算在這次的旅途當中禁酒的，不過阿亙猶疑了一會兒之後還是點了啤酒。比呂司喝的是葡萄酒。兩人精神都非常好。他們一邊吃著香腸和起司的下酒菜，一邊喝著酒，說出所有自己知道的笑話，一起笑著、喝著。這是他們第一次聊得這麼融洽。陰莖在這座城市的事實竟然能讓比呂司這麼地開心？回過神時發現他們一共喝了三瓶葡萄酒和五瓶啤酒。阿亙的極限是兩瓶啤酒，他發現自己喝太多卻爲時已晚。他們離開休息室搭上電梯時，在透明電梯對面的函館市好像不停地轉著。回到房間已是凌晨多一點了。阿亙隨便沖了個澡便一頭栽進窗邊的床上，就這麼睡著了，宛如昏死過去一樣。

黎明將至之際，阿亙彷彿聽見有人呼喚著他的名字，便睜開眼。房裡一片漆黑，街上的燈光隱隱約約地從窗簾縫隙中投射進來。放在床頭櫃上的液晶時鐘顯示著四點。

（池貝先生……）

一個呢喃似的聲音從房內響起，是女人的聲音。阿亙奮力搖了搖自己迷迷糊糊的腦袋，睜大眼睛望向黑暗中，只見浴室門口站著一個朦朧的白色人影。是誰？阿亙慢慢地轉過頭去凝神注視著那白色的身影，頓時倒吸了一口氣——她心臟的部位好像被濡濕的毛巾給擋住了，一個全裸的女人就站在浴室前面。

夜還深著，僅能隱隱約約看到灰色的牆壁。床頭櫃上液晶時鐘的綠色數字和電視遙控接收器附近的紅色二極管微微發著光。在眼睛習慣房內的黑暗之前，那道白影看起來像一團白色的煙霧，反倒不像個人，輪廓不甚清楚的白影在黑暗中不穩地晃動著。

一開始看到的是白得嚇人的乳房，就像存在黑暗中的黑暗之眼，朦朧地飄浮在半空中。白皙又帶著光澤的肌膚，帶著些許茶色色澤的乳頭在柔軟的丘陵頂端顫動著。兩個山丘的表面像白磁般白皙，塑造出豐盈而和緩的曲面，與女人的胸部和肩膀連成一氣。女人的肩膀像白桃一樣有著纖細的毫毛，彷彿靜待有心人去摘取一般。

女人彷彿慢慢撥開了滿室的黑暗一般，整個身影漸漸清晰地浮顯出來。她單隻手遮住胸口，但兩邊的乳房依然清晰可見。細瘦的手臂前端有著柔軟而纖細的手指頭。微微彎曲的手肘底下凸顯出從腹部到腰際間清晰的曲線。這道曲線到了腰骨一帶，彷彿來自海洋彼方的波浪撞擊到石塊而碎裂般，高高地隆起，隨即又像用盡力氣似的往腳的方向一口氣流散。像剛出生的幼犬般柔軟的黑色毛髮靜靜地棲息在濤天的波浪底部。

女人赤著腳，腳踝承續著那充滿彈性的腿部曲線，腳尖分成纖細的腳趾頭，以帶有象眼般的光芒、珍珠般的小巧指頭做收尾。

頭上是漆黑而柔軟的頭髮，比黑夜還漆黑的秀髮在黑暗中散發出光澤，柔順的捲度輕輕地罩著女人的臉龐，散放在肩頭。

（池貝先生……）

聲音又響起，那是彷彿只撼動空氣中某些特定成分般的沈靜聲音。聲音釋放到黑暗當中，飄蕩了一陣子，隨即宛如溶進黑夜的微粒子中般地消失了。阿亙抬起迷迷糊糊的頭，企圖把女人看得更清楚。不知道是還殘存著些許醉意，抑或是置身於夢境當中，他的身體動彈不得。他看到女人遮住胸部的手臂靜靜地往前伸。飄浮於半空中的指尖求助似地朝阿亙，緩緩接近。女人慢慢地走近阿亙的床邊。黑暗彷彿對女人有所顧忌似的，從她的前方往後退去，消失於後方，女人已經來到可以讓阿亙聽到呼吸氣息的距離。阿亙動也不動，感覺到那白皙的肌膚在眼前擴展開來。女人在床邊停了下來。

阿亙的視線高度剛好在女人的腹部。腹部的中央鑲著小小的肚臍，宛如從內側被抓凹進去一般。只見那個肚臍倏地一動，在他還來不及多想之際，女人便以迅雷不及掩耳的速度鑽進阿亙的床上躺了下來。她不發一語地閉上眼睛，靜靜地呼吸著。女人每次一喘息，黑暗就從她的鼻孔鑽進去，然後又竄出來。柔軟的肌膚就貼在身旁，阿亙定定地躺著，感受著那種柔軟的觸感和女人緩慢的呼吸。

——這一定是夢。

當阿亙這樣告訴自己時，毛毯之中女人的存在感突然急速變得眞實。女人的手彷彿刻意要喚醒阿亙朦朧的意識，將其拉回現實當中似的，輕輕地觸摸著他的下腹部。那隻手快速而正確地蠕動著，靜靜地握住阿亙的陰莖。當意識急速覺醒的同時，女人柔和而溫暖的指尖觸感從陰莖竄流到阿亙的全身。那種觸感一口氣化成一道洪流在他的體內奔竄，敲醒阿亙身上的每一道門。所有細胞的繼電器開關發出喀嚓喀嚓的聲響，急促地切換著連線的作業，尋找可以連上線路的對象。阿亙伸出手，想去觸摸女人的乳房。不，或許是想推開女人。他的手觸到女人胸前不自然地蜿蜒著的凹凸——那是傷疤。他突然清醒了，身邊的女人如假包換就是比呂司。其實剛剛看到站在浴室前的人影時他就應該已經察覺了，但是意識中的某一部分卻企圖讓自己勉強相信那是發生在夢中的事情。然而，現在阿亙所有的腦細胞都確定眼前的人就是鳥井山比呂司，遂開始響起警鈴。女人環也似的抱住阿亙，靜靜地活動她的手。阿亙對自己爆發出的性快感到不知所措，所有的繼電器開關一起作動加熱，瞬間炸裂開來。

「你在幹什麼？」

在奮力撥開女人的同時，阿亙在一片漆黑當中支起上半身。女人發出低沉的呻吟，翻身下床。

阿亙把身體轉向側邊，摸索著點亮了枕邊的夜燈，頓時見到身上包捲著毛毯的比呂司浮顯在燈光下。他那白皙的手臂和肩膀從毛毯的邊緣露出來。

「眞沒用……」

比呂司發出尖銳的聲音俯視著阿亙。房內充滿了酒精的味道，定睛一看，冰箱的門是開著的，原本擺在裡頭所有的啤酒、威士忌及日本酒，現在都變成空瓶放在桌上了。比呂司一個人把那些酒都喝光了。

「你醉了嗎……？」

「囉嗦！沒有用的笨蛋！」

「好了啦，趕快睡覺吧！」

比呂司默不作聲。蓋上毛毯睡覺吧，這樣就可以什麼事都不會發生地直到天明。阿亙想著又躺了下來，這時比呂司說話了。

「我可以跟你一起睡嗎？」

「胡說些什麼？醉鬼！」

「我沒有喝醉，我喝再多也不會醉。你知道爲什麼？有草魚在房間裡游著呢！草魚跟壽司在櫻花樹之間游著，還問我，金斧頭跟銀斧頭哪一把好？我告訴他們，哪一把都無所謂，只要把鐵陰莖還我就好了，可是草魚跟壽司卻在我耳邊咯咯笑，根本不理我。」

「這種話啊……」阿亙坐了起來，隔著毛毯拍拍比呂司的腰際一帶，「只有醉鬼才說得出來。」

「我沒有醉，我耳邊有聲音，小人在我耳朵裡說著話，震動著我的耳膜。一直說『趕快成爲一個女人！你就會死了心，放棄想當男人的念頭。』念幼稚園的時候第一次在櫻花樹下聽到的聲音現在已經完全變成了女人的聲音，在我耳邊輕聲說『趕快到這邊來，到女人的世界，快樂的世界來。這裡有好多要什麼有什麼的美好祕密哦，哪，快點變成女人……』

「別煩惱了，比呂司……」阿亙說。

「我想趕快變成女人。所以我從事父親非常排斥的特種行業的工作，跟多得不能再多的男人喝酒聊天，甚至什麼也沒多想就爬上了油罐車——雖然那不是我自願的。可是這卻是我第一次主動想爬上油罐車。池貝先生是第一個讓我有這種想法的人。」

比呂司站在那兒，叨叨絮絮地說個沒完。阿亙將室內的燈光調得更亮一點，盤腿坐在床上。

「如果你能說得清楚一點，我就承認你不是醉鬼。」

「我只是老實地把感覺說出來而已。現在我時而會想放棄當女人，時而又不想變回男人，我實在不知道該怎麼辦才好。我好累。搭乘北斗星號來到這邊看陰莖眞的讓我覺得很快樂。不但心情變得非常穩定，而且又可以跟池貝先生說很多話。可是一想到明天就要去看陰莖，我就又開始迷惘了。現在的我到底是男是女啊？而明天我又會變成什麼性別呢？想到這裡，我就感到非常不安，於是便去喝了酒，結果草魚跟壽司就嘲笑我，所以我就跑到浴室去脫光衣服，仔仔細細地看著自己，結果竟然就覺得心浮氣躁起來。也就是說，看到女人的裸體，男人部分的我竟然好像勃起了，於是我突然想到，池貝先生應該可以把我變成一個眞正的女人，草魚跟壽司也贊成我這樣做……」

「所以你就跑來抓我的陰莖嗎？」

「請不要用這種措詞，太低級了。」

「難道有高雅的陰莖抓法嗎？」

阿亙故意不悅地說。他只能這麼做，否則似乎就無法壓抑住自己的情緒了。現在裹著毛毯站在他眼前的是一株稻類植物。而阿亙就像草魚。阿亙死命地忍住想衝上去啃食的衝動。如果他溫和地回答比呂司的話，自我控制的機制就會立刻失靈，事後又會變成什麼狀況呢？在吃進嘴裡的那一瞬間，所有的事情是不是就會像那天的釣線一樣綳斷了呢？他害怕變成這樣。那細細的一根釣線斷裂的後果比吃到眼前這棵稻類植物還恐怖。

「比呂司，」阿亙說：「就算你的草魚贊成，我的草魚可不這麼認爲。在我們的草魚都點頭首肯之前，千萬不能做這種事。」

「這個道理至少我懂。」

「我想壽司大概也無法接受這種事情吧。」

比呂司沈默了一陣子。「該睡覺了。」阿亙蓋上毛毯躺了下來。「明天我們一起去吃壽司吧！」

阿亙雖然這樣說，可是比呂司完全沒有回自己床上去睡的意思。他伸手熄掉室內的燈，在黑暗中落寞地說道：「可以跟你一起睡嗎？我不會再摸你的陰莖了。」阿亙沒有回答。比呂司似乎還沒有放棄，定在那邊不動。大約過了五分鐘之久吧，阿亙感覺比呂司鑽進他的毛毯當中。阿亙轉過身去，靠到床鋪的另一邊去。比呂司並沒有再來觸摸阿亙。過了一會兒，比呂司好像放下一顆心似的，發出鼻息聲，他的體溫從咫尺之處靜靜地傳了過來。他（比呂美）是否還全裸的呢？想到裡，阿亙的身體頓時僵硬起來，根本無法動彈。萬一一個不小心摸到對方，只怕那不夠堅固的河堤轉眼就要潰堤了。就這樣，阿亙連打個盹兒都不敢，靜靜地躺在床上等著窗簾外的天色漸漸發白。

接近中午時分。陽光從窗簾縫中流瀉進來。阿亙大概是在不知不覺中睡著了。他猛然驚醒，轉頭看看旁邊，比呂司已經不在床上。電視機開著靜音，正播放天氣預報。阿亙抓搔著迷迷糊糊的腦袋下了床。昨晚到底是怎麼回事啊？他覺得頭好重，大概是宿醉。

「眞是糟糕啊……」

阿亙喃喃自語地下床，走向浴室。他把水調熱，痛快地從頭頂往下淋。用沐浴精將全身洗乾淨之後，再以乾毛巾擦乾水滴。鏡中映出了那張自己再熟悉不過的臉，阿亙一邊擦著毛巾一邊想著昨晚發生的事情。

——當時比呂司到底想說些什麼啊？

他的腦袋還是茫茫然的，沒辦法清楚地回想起昨晚發生的事情。黑暗中看到的女人身體，連細部都還鮮明地印留在記憶中，但爲什麼自己就是沒辦法清楚地記起昨晚比呂司的感情變化呢？走出浴室往桌面上一看，他這才注意到電視旁邊放著一張便條紙，飯店提供的便條紙上寫著一些工整的字。

「早安，睡懶覺的人。我到樓下的餐廳用餐了。比呂美」

阿亙看了兩次上的內容，輕歎一口氣。他換好衣服來到樓下，只見比呂司坐在餐廳燈光明亮的地方嚼著培根蛋。

「今天一整天好像天氣都會很好。」

比呂司開朗地說。他臉上的表情是那麼地天眞，讓阿亙十分困惑。「你怎麼了？宿醉嗎？」比呂司說。

「昨晚……」

「就別再提了。」比呂司拿起叉子做出威嚇阿亙的動作。

「可是……是喝太多了嗎？昨晚你睡在我床上。」

「噓！不要講話。如果你眞要講這件事，那我也要講出來。沒想到池貝先生的那個有那麼大。」

說完他逕自喝著紅茶。阿亙死了心，放棄再說什麼，他將服務生送過來的牛奶黃油炒雞蛋塞了一嘴。昨晚的事情果然是眞的，可是他爲什麼能夠如此淡然處之呢？

「請趕快吃，聽說小峰醫生下午兩點就會來。我們吃過飯就得立刻出發了。」比呂司說著將刀叉整齊地擺在盤子上，然後站了起來。連身裙的下襬輕飄飄地翻飛著。「先生我先回房間去換衣服了。」

「我說比呂司啊……」阿亙對他說：「在這種地方，你最好別用『先生我』這種說法了。」

「有什麼關係？倒是在這種地方請你不要叫我比呂司。」

他盈盈一笑，離開了餐廳。看到他那開朗的態度和笑容，阿亙不禁覺得昨晚發生的事情彷彿與男女之間給人陰濕印象的肉體關係截然不同，有種異質感。是比呂司讓他有這種感覺的，他超乎阿亙所想像，快速成長爲一個完完全全的女人，而且還是個迷人的女人。那麼——阿亙想著，自己堪稱是一個足以與比呂司匹配的優質男人嗎？昨天晚上自己對比呂司會不會太過溫柔了？過度的溫柔不但會讓自己腐敗，而且也會使女人變壞。阿亙以手上的叉子用力刺起盤子上的香腸。

三十三

下午兩點整，鳥井山比呂美穿著黑紅相間的裙子，足蹬杏色靴子，站在醫院前面。再也沒有什麼好怕的了，陰莖就在這裡等著她。阿亙沙沙沙地踩著雪堆，從後頭跟了上來。昨天那個長得像橡樹果實的女孩孤零零地坐在櫃台後面。「請找小峰醫生。」比呂美說道，女孩輕輕地點點頭說請等一下，對著話筒說鳥井山比呂美小姐找，沒想到她竟然正確地記住昨天來訪者的姓名。

坐在沙發上等小峰醫生的空檔，比呂美茫然地想著，自己坐在這裡是爲了索求什麼？這家醫院的商店在哪裡啊？這裡的商店是不是也販售果醬麵包呢？如果沒有的話，那些胃部被切除的患者要怎麼辦？難道要他們在雪中茫然地走著，只爲了出去買果醬麵包嗎？不久，一個身材高大的男人來到大廳，到櫃台去問了一下之後，筆直朝這邊走過來。

「我是小峰……兩位大老遠跑來，眞是辛苦了。」

這個男人有一個很大的下巴，寬得足以整齊地擺上四張電話卡。下巴好像用廉價的割草機刮過，還殘留著青青的鬍渣，像短毛地毯一般覆蓋在他的下巴上。爲什麼泌尿科的醫生都有這麼個頗具個性的下巴呢？比呂美滿腹弧疑地站起身來。

「我是影山的助手鳥井山。這位是池貝助教。」

阿亙一臉困惑地低頭致意。比呂司竟然擅自決定我的身份是助教？不過現在也不是計較這件事的時候。

「池貝先生專門研究的領域是泌尿器官嗎？」下巴對阿亙說。

「啊，不是……」阿亙好像不知道該怎麼回答似的看著比呂美。

「池貝先生的專科是產科。」比呂美說。

「是嗎？是嗎？我明白了。產科的醫生通常一眼就可以看得出來。」小峰笑著說。

爲什麼一眼就看得出來？阿亙強忍住詢問小峰問的衝動，而且現在少說一些無關緊要的話會安全一點。「到我的辦公室去吧。」小峰說完便往前走。一行人上到二樓，走過長長的通道往右轉，到了盡頭又往左轉。前面是一道斜坡，和旁邊的建築物連成一氣。這就是昨天那個坐櫃台的女孩子所說的通道。

「這地點眞是複雜呀，」比呂美說：「有什麼特殊的理由嗎？」

「沒什麼，因爲這棟建築是新蓋的。外來訪客專用的出入口在別館那邊。正面是泌尿科，請往這邊走。」

他們被帶往一間像電梯內部一般大的辦公室，光是一套接待客人用的桌椅就已經將空間利用到極限了。要不是門往外開，恐怕連要放進這組略爲髒污的桌椅都很難了吧？比呂美和阿亙並肩坐在小峰的對面。

「言歸正傳……」小峰說：「你們兩位想看什麼？」

「就是寄放在這邊的泌尿器官的樣本。」

「啊，就是那根陰莖吧？兩位想看那個啊？」是嗎？想看陰莖啊……小峰說著，定定地看著比呂美。比呂美感受到男人投過來的視線，不自覺地將原本交疊著的腿放下來。「爲什麼想看呢？」

「一定要有理由嗎？」比呂美沉著地說道。

「也不是，只是做個參考。」

「聽說那個陰莖是以女人生產的型式脫離人體的。這位池貝助教基於產科專業研究所需，對這件抱持極大的興趣，他認爲或許從形狀可以看出其中的奧妙之處。」比呂美此時看著阿亙。

「是的，我想或許有助於了解。」阿亙說。

「兩位要拿細胞標本嗎？」

「那倒沒必要。」比呂美說。

「嗯，沒有那個必要。」阿亙附和著。

小峰「嗯」了一聲，撫摸著他那巨大的下巴。粗糙的觸感似乎讓他覺得很愉快。「既然只是看看便無所謂了，請在這裡稍待一會兒。」說完小峰就離開辦公室。阿亙冒了滿身的大汗。「請不要緊張成這樣。」比呂美對阿亙說。小峰很快就回來了，他將一張紙放在桌上。

「能不能請你們在這上面簽個名？只是像閱覽登記一樣。這樣是麻煩了一點，因爲那個陰莖並不是我個人的東西。」

比呂美瞪著小峰（那還用說？那是我的東西），阿亙則拿起紙張，看著上面印得密密麻麻的小小字體，其實他不過是擺出閱讀的樣子罷了，看了幾行之後，阿亙的目光便飄到半空中了。過了一會兒，阿亙慢慢地將那張紙放回桌上。

「跟其他地方的模式大同小異。」

（啪啪啪，這句話說得可眞犀利啊，眞有你的）阿亙在紙上簽了名，他隨便在某個大學名稱下方寫上「產科助教」之後，隨即又加了個字，成了「婦產科」，然後交給小峰。小峰只是隨便瞄了一眼便將紙摺起，放進從上衣暗袋拿出來的茶色信封裡。他舔了舔黏貼的部分，乾淨俐落地封了起來。當他舔黏膠的時候，那個巨大的下巴看起來就像將整個信封都燙平了一樣。

「那麼我們現在就去看陰莖吧？」

小峰站起身來，兩人彈也似的跟了上去。

地下二樓的通道上一片靜寂。小峰指著幾扇門當中的一扇，說這是太平間。或許是顧慮到不小心闖進這條通道患者的感受，所以門上沒有任何標示。保管陰莖的房間位於太平間的隔壁。「因爲有空調設備的關係，所以保存在這裡。」小峰說著站在一扇鐵製大門前。這扇門上安裝著一個像潛水艇艙口般圓形的方向盤，小峰旋開方向盤，打開門，裡面的冷氣就化成一道煙霧竄到通道上來。比呂美跟在小峰後頭進了房間。好冷的房間。房內裝設著螢光燈，中央擺著四組鐵製的椅子和桌子。「好像孤島啊！」阿亙看到桌子時小聲地說道。

「爲了妥善保存，我們將室溫調低。泌尿器官的專科醫生當中，大概只有我有這樣特殊的房間吧！」

寬大的房間後面排列著好幾扇大門，大概是不銹鋼製的業務用冰箱，高大的門從地板一直往天花板延伸。小峰握住其中一個把手往身體的方向拉開，冰冷的風倏地流瀉出來。裡面用架子區隔了好幾層，架子上整齊地擺放著如衛生紙盒大小的硬鋁合金製小盒子。每個盒子上都貼著號碼標籤。

「就放在這裡保管著。一般來說，精子或卵子的保存大概需要在零下一百九十六度C左右，不過以保存陰莖而言，目前最適合的方法就跟保存冷凍食品一樣。放在這裡面的全都是陰莖。現在保存了兩百六十七根。都是這幾年來從全國各地收集來的，有的因爲交通意外而被拿掉，有的是因爲綁了橡皮筋造成腐敗而被拿掉，也有因爲罹患了疾病造成肥大而加以切除，情況各自不同，不過跟影山醫生的樣本一樣自行脫落的到目前爲止只有三根。一些嘴巴比較壞的同事說這些東西是有趣的收集品，但是我稱它們爲採樣，好吧……我現在來找找。」

他一邊比對著架子上的號碼和手上的簿冊，時而站起時而蹲踞，他似乎一直找不到他們想要看的東西。比呂美看著羅列在架子上的小盒子，一邊想著，從夏惠身上脫離的東西是不是也放在這裡？這兒看起來就像「男性的那個東西」的墳場——陰莖的太平間。過了一會兒，小峰醫生從右下角的架子上抽出一個盒子。盒子上有一個小小的把手。他將盒子拿到房間中央來，放到桌子上。

「請到這邊來看，」小峰輕輕地搖搖頭，「看歸看，不過看起來也只像是冷凍烏賊一樣。」

比呂美和阿亙隔著附著了一層白霜的盒子相對而坐。我的陰莖就在眼前。這裡面放了我自己

——比呂美愣愣地望著盒子好一會兒，然後決定再問一次那件事：

「放在這裡的陰莖是不可能再重新接上去的吧？」

「如果你的意思是說能不能用來做臟器移植，那麼答案是NO。雖然它是冷凍的，但可不是放進微波裡「叮」的一聲就大功告成恢復原狀了。就全世界來說，目前等著恢復原狀的冷凍人很多，但是我認爲他們恢復生命的可能性低之又低。就算再過個五千年，我也懷疑是否能做得到。保存在這裡的東西也一樣，目前雖然加以凍結，但是它卻仍然以非常緩慢的速度在腐敗當中。我認爲這些都是不會重生的陰莖。所以有人說這些等於是收藏品……」

站著一旁說話的小峰，字字句句從頭頂上落下來，聽起來就像來自天上的聲音。比呂美說了一

聲「是嗎？」小峰似乎很滿意自己的解說地點點頭，然後看著手錶。

「我有點事得先告辭了。兩位看過之後請撥二八四號，就在那邊。」他指著安裝在門邊，看起來像對講機的院內電話。「哦，對了，請不要直接用手去觸摸樣本，因爲會造成它的損傷。樣本會從觸摸的地方開始腐敗，很奇妙吧？搬運時就用放在那邊的冷凍盒。將放在冰箱底下的乾冰裝進去，連同這個容器放在盒子裡，這樣大概可以撐個三天左右。」

「那麼請兩位慢慢看。」小峰醫生說完就離開了，房間內頓時陷入一片寂靜，形同一座無聲的孤島。比呂美動也不動，阿亙也靜止不動，兩人就這麼定定地看著盒子。陰莖就在這裡，而阿亙就在眼前，牌都有了，接下來要怎麼玩？比呂美想都沒想過。歷經千辛萬苦來到這裡，手中握著所有的牌，她卻不知道該怎麼打下去？但是現在不是認輸的時候。

「不打開來看嗎？」阿亙說。

「你認爲該怎麼做？」

比呂美平靜地說道。阿亙也沒說什麼。兩人隱約聽到低周波聲音，大概是冰箱的馬達聲。馬達聲彷彿凍結了遙遠的南極的冰一般，沈重而輕微地撼動著空氣。房間裡面好冷，簡直快凍僵了。好長的一段時間，兩人就這樣隔著盒子相對而坐。過了一會兒，比呂美緩緩地伸出右手去觸摸盒子的邊緣。她摸了摸小小的標籤，標籤上的霜溶解了，文字從底下露了出來。

「UJ2—187／HT」

標籤上這樣寫著。HT應該是鳥井山比呂司的名字頭一個字的縮寫。阿亙仍然不發一語。比呂美從椅子上站起身來，走向冰箱。最底下有一個小門，她打開門，裡面跑出裝了白色乾冰的塑膠袋。比呂美將那些乾冰喀啦喀啦地倒進桌子旁、剛剛小峰所說的冷凍盒裡。「這是在幹什麼？」阿亙問道。比呂美沒有回答，默默地繼續進行她的作業。裝滿了大約一半的乾冰之後，她拿來桌上的硬鋁合金製的小盒子，放進冷凍盒當中，然後再倒上乾冰，一直裝到滿為止，最後「砰」的一聲，蓋上冷凍盒的蓋子。

「走吧！」比呂美說。

「做什麼！」

「快點！」

比呂美拿著冷凍盒走出房間。她不知道阿亙有沒有跟上來，只是心慌意亂地在通道上跑著。彎過幾個轉角之後，已經分不清自己到底在什麼地方了。她穿過工作人員休息室前，打開緊急逃生門，只見前頭有一扇大鐵門，她毫不猶豫地打開門飛奔而出。一道陽光直射而下，她人已經在醫院外頭了。反手帶上門之後，她重重地呼吸著，以便調整自己紊亂的氣息，吐出來的氣息化成一道白色煙霧飛散。比呂美重新抱好冷凍盒，彷彿要確認它的存在似的。好安靜。她立刻發現理由何在，因為阿亙沒有跟上來。比呂美一個人茫茫然地站在那兒。午後的陽光是那麼地刺眼。堆積在儲水槽上方的雪花滑落下來，在比呂美身邊碎裂開來。比呂美在映射著陽光的雪中忘情地跑著，裙襬隨風翻飛。

三十四

當比呂美拿著盒子從房間裡飛奔而出的時候，追在她後面跑的阿互慢了那麼一步。他從椅子上站起來時，被裝乾冰的袋子給絆了一腳，等他趕到通道上已經看不到比呂美的蹤影了。那一瞬間，他想到要打院內電話把小峰醫生找來，但是他並沒有這麼做。他抱定一個想法，不管發生什麼事，他都要讓她做她想做的事情。

——她到底跑到哪裡去了？

他推估了一下，往與剛剛來時反方向的通道跑去。可是四處都看不到比呂美。迷了幾次路之後，他終於來到了大廳，可是依然不見她的蹤影。

「跟我一起來的那個女人有沒有經過這裡？」阿互去問櫃台那個長得像橡樹果實的女孩子。

「這個嘛……我沒有注意到。我會仔細看進來的人，但是幾乎不會去注意離開的人。」

有道理，一般人大概都是這樣的。阿互因爲一路跑來，到現在還直喘著氣。他坐到大廳的沙發上，一邊調整呼吸一邊往自動門那兒看，可是遲遲不見比呂美現身。等了好一會兒，突然背後有人拍了拍他的肩膀。阿互回頭一看，他看到了下巴——小峰醫生滿臉笑容地站在那邊。

「她……鳥井山小姐把那個帶走了嗎？」

「啊？」

「那個陰莖是她的吧？眞是一個漂亮的女人……不知道爲什麼，大家都會跑來拿那個東西，今年算來已經是第三起了。之前擁有那些陰莖的人都會來拿自己的陰莖。我想那是一種類似歸巢本能或鄉愁之類的情緒吧，我大概可以體會。」

阿亙說不出話來了，他定定地看著小峰的臉。「原來你知道……」

「不然我不需要刻意教她冷凍盒和乾冰的事情啊。」

小峰摸著下巴。他的動作雖然很輕，但是整個手掌都抵在下巴上，發出啪的聲音。

「你怎麼會知道那個陰莖是他……她的呢？」

小峰露出訝異的表情——表情看起來非常驚訝，但是卻更像不知道如何解釋這件事情似的。

「我是泌尿科的醫生，對方在想什麼，我不可能不知道吧？」

小峰醫生很得意地說道，然後又說：「我有話要跟你說。」

「得先找到他……鳥井山小姐。」

「你打算到哪裡找？我想她應該已經不在這附近了。」

小峰將阿亙帶到櫃台旁邊的招待室去，請他在這邊稍待一下，然後就離開了。這間招待室不像剛剛那間那麼狹窄，是一間又寬又亮的房間。在等待的同時，阿亙茫茫然地想著小峰的下巴。他曾經聽說過，人的臉就是性器的擬態。鼻子代表男性的那個，而嘴唇則是女性的性器代表。那麼下巴又代表什麼呢？只要能弄清楚這一點，就可以知道那個下巴之所以如此巨大的祕密。

「咖啡和紅茶，您要哪一種？」長得像橡樹果實的女孩子打開門來問阿亙。

「可以的話，請給我紅茶，喝了咖啡下巴會長長。」

阿亙不自覺地脫口而出，但話一說出口才知道大事不妙。這玩笑根本不適合在這裡開。對方瞪大了眼睛看著阿亙，然後紅著臉退出去了。她是不是生氣了？眞是一大敗筆！搞不好她偷偷暗戀著小峰。

「讓您久等了。」小峰醫生緊接著出現了，「怎麼了？她做了什麼事？」

阿亙無法直視小峰的臉。

「我說出了一些猥褻的話，眞是抱歉。」

「下巴有那麼地猥褻嗎？」小峰問道，他一邊輕鬆地笑著，一邊坐到阿亙對面來。「對了，關於剛剛我說的事情……」

「在還沒討論之前，我有事情想先問你。」

「什麼事？」他砰砰砰地敲著下巴，「如果是個人隱私的事，我可能不方便。」

這時候紅茶送來了。女孩將茶杯放在桌上，瞪也似的看了阿亙一眼，然後默默地離開。「眞是可怕啊！」小峰好像有點不高興地說道。

「……好吧，你要問什麼問題？」

「希望你能老實地回答我，」阿亙拿起紅茶的杯子啜了一口之後說：「只是個很單純的問題。那個盒子裡放了什麼？」

「嗯，」小峰說：「這麼說來，你們還沒有打開盒子來看啊？每一個來的人好像都是這樣……我要說的也是這件事。」

「UJ2—187／HT，」阿亙看著他記下來的備忘紙條說：「那個盒子裡面眞的裝著她以前的陰莖嗎？」

小峰交抱起手臂，然後又「嗯」了一聲。

「如果我說是冷凍烏賊的話，你會生氣嗎？」

「你把那種東西放在裡面?!」

「我只是問你會不會生氣？我說過那個房間的隔壁是太平間，但是門上面並沒有寫什麼東西。搞不好是配膳室。如果我說配膳室的旁邊是食材儲藏室的話，你會生氣嗎？」

阿亙站了起來。「請聽我講下去。」小峰用手制止他，要他坐下來。

「有某種復健療法叫『架空手術』。那是針對末期的癌症患者或明明身體沒有什麼問題，卻老是抱怨腹部劇痛的患者所進行的治療法。方法就是答應患者幫他們做治療，然後爲他們進行手術。只給他們輕微的麻醉，然後在肚皮上輕輕地劃開一層皮。等他們的麻藥消退之後，患者的疼痛就不藥而癒了。我們會在寶礦力水得裡摻了一點淡淡的色素給患者喝，並告訴他們是新藥。這種方法確實是很有效的。你對這種療法有什麼看法？」

「你的意思是說兩者的意思是一樣的？」

「我只是問問你的意見。在所有的泌尿器官當中，陰莖是非常微妙的一種，有的可以光靠外科治療就可以治好，有的就不盡然了，我們或許可以稱爲『陰莖精神醫學』——這是我的專業領域，我們就姑且這樣命名吧。針對被切除的陰莖做復健是相當不容易的，所以你不覺得我準備一些治療素材也是合情合理的嗎？剛剛我帶你們去的像投幣式櫥櫃的小房間裡也有各種不同的陰莖復健方式。我們會在那邊舉行不方便在公開來的祕密儀式。目的都是爲了幫助那些患者的術後復健……」

「我沒時間聽這些於事無補的話。我得去追她了，先告辭了。」

「是嗎……憑我的直覺，鳥井山小姐應該是到港口去了。前往青森的渡輪要到傍晚才會開，所以你還有很多時間可以慢慢來。」

阿亙離開招待室走向大廳。他曾有某種預感，但是沒想到竟然會如此眞確——盒子裡面裝的根本不是什麼陰莖。阿亙來到大廳時，小峰醫生從背後叫住他。

「忘了告訴你一件事。鳥井山小姐從男性變性成女性是不變的事實。就如同影山醫生說的，那或許是進化的前兆。不過那屬於學者研究的範疇，也是過去的事了。目前我們看到的事實就是鳥井山小姐是一個不折不扣的女性，而且是一位非常美麗的女性。請你認眞考慮這個事實，否則連寶礦力水得也治不好她。」

「盒子裡面是烏賊嗎？」

「我不這麼說。應該說它是某種微妙的東西吧，那個盒子裡放著患者和他身邊的人們所失去的所有一切東西。」

阿亙強忍著即將爆發的怒氣，一字一句地問道：

「小峰先生也專修哲學嗎？」

「沒有，」他露出很得意的表情，「泌尿器官當中已經存在著所有的一切了。」

告別了小峰離開醫院時，阿亙的視線和櫃台那個橡樹果實女孩子對望。他實在不知道該怎麼辦，但最後還是走到她旁邊去道了歉，結果她露出滿臉笑容。

「他是我丈夫，我愛他的下巴。」

從大廳走出來時，阿亙十分自責，自己的修行眞是不夠，或許應該多學學泌尿器官的知識。

走出醫院大門，剛好一輛計程車駛來，一個客人下了車，阿亙緊接著上了車。「往哪裡？」司機問道。小峰說過，她可能在渡輪碼頭。或許他確實是泌尿科的醫生，但是阿亙對鳥井山比呂美了解得很透徹，她應該會選擇最快速的交通方式離開這個城市。「請往函館機場。」阿亙向司機這麼說。車子開始起動之後，他頓時感到不安。眞的是這樣嗎？自己眞的了解她嗎？會不會她根本就不在機場？抑或者她根本不在車站也不在港口，只是抱著冷凍盒在某條街道上漫無目的地走著？這種不安忽地襲上心頭。「請到渡輪碼頭去。」阿亙改變了目的地。

「夜景還好吧？」

或許是從服裝和行李看出阿亙是來自外地的觀光客，司機打開話匣子向他搭訕。「只是來探望一個熟人。」阿亙爲了讓司機閉嘴，很不客氣地回答。「什麼病？」「泌尿器官。」阿亙再度簡短地回了一句，希望他眞能就此閉嘴。但司機可能是基於服務乘客的緣故，在開到碼頭之前一直滔滔不絕地講著話。

「讓我來猜猜看您的職業吧？你應該是紳士服飾的批發商，對不對？」

「猜對了，」阿亙無奈地說道：「你怎麼會知道？」

「因爲我是司機。只要是跟客人有關的事情，我大體上都看得出來。」

「……我的下巴就那麼長嗎？我只告訴你一個人，做紳士服飾批發生意的人，下巴是會變長的哦。你可不能對任何人說，這是個祕密。」

司機笑著，終於閉上了嘴巴。今天他一定會把這件事一再說給乘客聽，他到底打算怎麼說呢？從計程車的車窗望出去，可以看到飛機穿過低低地罩在上空的雲層消失於空中。阿亙看著機體，心裡產生一股不安——比呂美會不會就在那上面啊？現在或許她和那根陰莖正在天空中飛行。一想到飛往電波無法到達之處的無線遙控飛機，阿亙的變得很憂鬱。

車子抵達渡輪接駁站。開往青森的渡輪即將出港，候船室裡人聲鼎沸。他急著搜尋黑紅相間的連身裙，可是遲遲沒找著。難道她眞的是去搭飛機了嗎？爲了謹愼起見，他打了電話到機場請對方確認乘客名單，但是並沒有鳥井山比呂美的名字。她到底跑到哪裡去了呢？過了一會兒響起開始登船的廣播，候船室的乘客們開始往登船口移動。這時他瞄到在混亂的人群對面有一個穿著黑色的連身裙人影。那個身影彷彿把芳香散發到四周的花朵般靜靜地綻放著，那不就是比呂司嗎？黑色的花朵小心翼翼地抱著一個像冷凍盒般的東西，正要從舷梯消失於渡輪中。小峰猜對了，比呂美就在港口。阿亙微微聽到自己身體內部響起喀嚓的聲音。跟她之間的線路還是沒有接通。

阿亙趕緊跑到窗口，在停止售票之前買了一張船票。

三十五

離開碼頭之後，渡輪發出兩次悠長的霧笛聲。當船開始滑動時，比呂美彷彿歎氣般靜靜地吐出一口細細的氣息。從客艙可以看到傍晚時分的函館市籠罩在一片藍色的夕陽餘暉中，漸行漸遠。右手邊是泛著淡紫色的函館山，空中纜車的燈光像發光的小飛蟲般不斷地昇昇降降。昨天的此時，她跟阿亙正一起往那個山頂去。比呂美再度靜靜地吐了一口氣，然後拉下窗簾，將抱著的冷凍盒放在床上。她脫下連身裙掛在衣櫥裡的衣架上，將高跟鞋換成拖鞋之後，就穿著內衣褲坐在床上。房間裡附設有電視，但是她並沒有觀看的興致。選頭等客艙果然是對的，她心裡想著。豪華客艙的票價絕對不便宜，但是在這個客艙裡，她就可以跟冷凍盒「兩個人」單獨共度了。這個房間有兩張床和一間淋浴室。對與陰莖來一趟船之旅而言，這樣的環境算相當好。比呂美小心翼翼地輕撫放在身旁的冷凍盒。裡頭有那個東西，一想到這一點，她的心情就變得很平穩。

她記不得離開醫院之後自己是怎麼跑的？又跑到什麼地方去了？她只是順路搭上駛來的路面電車，在一個她認為適當的地方下了車，結果發現自己來到了海岸邊。她站在沙灘上靜靜地聽著海浪聲半晌，後來有一個看起來像漁夫的男人前來搭訕，問她那個盒子裡裝了什麼東西？看起來好像很貴重哦？「裡面是冷凍烏賊。」比呂美回答道：「這是我父親最喜歡吃的東西，我要帶回去當禮物。」「是嗎？那麼不妨到我那邊去吧！我剛剛捕獲的新鮮烏賊可以將你那個盒子裝得滿滿的。」「不用了。」比呂美一邊回答，一邊想起開油罐車的男人。這個男人是不是也想用烏賊做餌來釣比呂美啊？什麼人都不能相信。漁夫見她默不作聲，便識趣地走開了。這時候，她看到右手邊的海上有一艘渡輪正緩緩駛進港口。去搭那艘船吧？她原本打算搭列車回去，可是當下卻沿著海岸走向渡輪碼頭。

今天跑了一大段路，也走了很多的路。身體雖然感到疲累，但是現在心情卻感到非常地平靜。客艙的床隨著海浪的起伏，靜靜地搖晃著。比呂美將冷凍盒放在旁邊的床上，鑽進窗邊的床上閉上眼睛。只要睜開眼睛就可以看到冷凍盒，這裡是「只屬於他們兩人的」世界。她懷著沉穩的心情任由身體隨著船身晃動著，不知不覺當中便睡著了。

如果你這麼做……

也不知道睡了多久，她聽到耳朵裡面響起的聲音。是樹的聲音嗎？明明就不該再聽到那個聲音的呀！她企圖睜開眼睛，可是腦袋卻被深深的睡魔所佔領，眼睛一直睜不開。不對，她的眼睛似乎是睜開的，她可以看到天花板和衣櫥，還有客艙的門。那麼是身體無法動彈嗎？

如果你這麼做，會失去很重要的東西哦。

重要的東西？那到底是什麼啊？那個東西現在不就在旁邊的床上嗎？池貝亙——？他現在在做什麼？或許正在醫院裡被迫寫悔過書，被迫賠償「被盜走物的代償物」，真好玩，池貝亙不是什麼重要的東西。對現在的比呂美而言，他甚至沒有油罐車男那樣的身價。青海苔笨蛋！阿亙不就像黏附在油罐車男牙齒上的青海苔一樣，只是死黏著比呂美打轉嗎？所謂的重要，應該是指有著更深一層關係的交情。譬如性愛。不對，沒有那種東西也無所謂。

沒有那種東西也無所謂。

說話的是冷凍盒嗎？在一片漆黑當中，她什麼也看不見。不對，是因爲她閉著眼睛的關係。要怎麼樣才能睜開眼睛呢？其實只要扳開上下眼皮就可以了，可是她竟然不知道要怎麼做，好睏——

這種東西還是丟掉得好。

這種東西？你說丟掉什麼？比呂美心頭一陣騷動。這一次，她確實把眼睛睜開了。定睛一看，客艙的門是打開的。室內雖然一片漆黑，但是從走道投射進來的逆光中，她看見有人站在門口。待眼睛習慣了黑暗之後，她慢慢地看清楚那張臉。站在那裡的是她最懷念、最可以信任的人的臉。是誰？她立刻想起來了，心中一陣恐懼——比呂司！……她想叫出來，可是卻發不出聲音。這是怎麼回事？她自己——「以前身爲男人時的自己」承受著來自背後的光線站在門前。

「比呂司」慢慢地走過來，看著左右方的兩張床。「他」爲什麼會在這裡？那我又是誰？「比呂司」無視比呂美陷入混亂的心緒，朝著旁邊的床鋪走過去。然後喃喃地說道：「這種東西……」突然一把抱起那個盒子。

你幹什麼?!比呂美叫出聲來，想從床上一躍而起，然而身體還是無法動彈。只有眼睛和腦袋是清醒的，身體卻還在沈睡當中。起來！起來了！比呂美奮力地掙扎著，但是「比呂司」卻抱著盒子，快速地從房間走到通道上，並反手帶上了房門。房內頓時陷入黑暗中。當關門聲響起的同時，她的身體瞬間從睡眠的魔咒當中獲得釋放，比呂美終於能夠發出聲音了。

「等一下，比呂司！」

三十六

站在甲板上的阿亙望著籠罩於夜色中漸漸遠去的城市。天空急速地釋放出藍色的粒子，敞開雙手迎接黑暗的來臨。城市裡燈光的光暈逐漸轉弱，彷彿橫躺在水平線上一般。過了一會兒，那些燈光越變越小，終至完全消失，最後只看到燈台佇立在黑暗當中。駛往青森的渡輪孤單地滑行在瀝青般漆黑的海面上。甲板上寒氣逼人，剛剛還在眺望著遠去的風景的人們，彷彿看完了一場秀似的紛紛回到客艙，現在甲板上空無一人。水平面上開始出現幾艘綻放出橘子果醬色彩般溫暖燈光的烏賊釣船。阿亙一直站在甲板上看著那些燈光，直到景色整個籠罩在夜幕當中。

比呂美在船上的哪裡啊？他找遍每一間普通客艙，也搜尋過餐廳、休息室或甲板的每個角落，但是一直不見她的蹤影。他不認爲她會跑到掌舵室或機關室去。還沒有找過的地方就只剩下女性專用的大浴室和洗手間，還有頭等客艙。他曾經想過到頭等客艙去看看，但是剛剛在通道入口處時遭工作人員要求出示船票而被擋了下來。通道上的工作人員可能只在乘客剛上船時會監視一下，等過一段時間再去或許就可以偷偷溜進去了。想到這裡，阿亙離開了甲板，再度朝著頭等客艙的方向走去。他果然料得沒錯，通道的入口處已經沒有人了。鋪著地毯的通道兩側，排列著一扇又一扇頭等客艙的門。如果她人在這裡，又會是在哪個房間呢？他在還沒有想出找人的對策下就冒冒失失地到這裡來了。他又不能站在通道上大聲地呼叫比呂美的名字。如果被船員發現而被抓出去就前功盡棄了。他下定決心，決定採取最簡單的方法。

他敲了敲三〇一號房的門。過了一會兒，門內響起鬆開門鏈的聲音，一個穿著長袍的老人探出頭來。「我送來暈船藥，請問是您要的嗎？」阿亙問道，老人一臉狐疑地說：「沒有，我沒有要暈船藥，不過在這麼平穩的海面上航行還會有人暈船嗎？」「是啊，好像也有些人只要一看到船就會暈了。對哦，我也只要看到酒就會醉呢，哇哈哈！」阿亙畢恭畢敬地行了一個禮，房門隨即關上。

他敲敲三〇二號房。出來應門的是一個染了紅頭髮的年輕女人。「什麼事？」「我送來暈船藥，是您要的嗎？」「啊，我沒有要啊。」「喂，就拿過來吧！」一個體格壯碩、腰際裹著浴巾的男人走了過來。「能不能給我一顆？我怕再搭船時又會暈船。」「啊，對不起，這是別的客人特地要的，待會兒我再幫您送過來。」阿亙做出摸索口袋的樣子，房門又關上了。他身上根本沒有暈船藥。「眞是奇怪的人啊！」房內的人這樣說。

當他敲三〇三號房門時，已經是滿身大汗。此時他也開始覺得自己好像在大海撈針一樣。到達港口之後，只要在下船口等著，比呂美就一定會下船來的。他心裡是想這麼做，但是門也已經敲了。他又敲了一次，但是裡面沒有回應。甲板上沒有人，所以房內的乘客可能到休息室去了吧？他試著伸手去旋開門把，門沒有上鎖。也有可能房客正在沖澡，沒有聽到敲門聲，那這可就糟了。就在他想趕緊關上門的時候，目光頓時停在床上一個似曾相識的盒子上——是冷凍盒。阿亙靜靜地走進房內，房間裡一片漆黑。過了一會兒，眼睛習慣這種黑暗之後，他看到一名女性躺在另一張床上睡覺，是比呂美。

阿亙在那邊站了一會兒，看著她的睡臉，又看看冷凍盒。從少年時代開始，比呂司的心情就一直劇烈地擺盪著，從他變成她，現在鳥井山比呂美就在眼前安穩地睡著。往後的日子要怎麼生活下去啊？她當然不可能抱著那個盒子就這樣過一生，就如同那間溫室裡的樹一樣，盒子裡的東西對她而言只不過是一個褪盡的空殼而已，跟立體模型是一樣的。這種東西有那麼重要嗎？他覺得她好像在突然之間跑到遙不可及的地方去了。我該怎麼辦？除了將她從樹上拉下來、佔有她之外，別無他法。是不是該這麼做呢？什麼溫柔根本是鬼扯蛋，就算用盡身上最後一絲力氣，也要將她從緊緊地抱著的樹枝上硬拉下來，不管她再怎麼哭叫，都要將那棵大樹給砍掉。這是不是將她拉回現實世界、得到她的的唯一方法呢？他聽到比呂美的鼻息聲。現在就一把扯開她身上的毛毯侵犯她，當這個衝動竄過他全身時，突然間他聽到一個聲音。

如果你這麼做，會失去很重要的東西哦。

那是什麼聲音啊？一個他未曾聽過，清晰而明亮的聲音在他耳中回響著。這是什麼啊？是比呂美說過的「樹的聲音」嗎？耳朵裡面有一個小人，發出直接撼動鼓膜般的輕聲細語。就在這時，他覺得比呂美好像微微動了一下。是醒了嗎？或者她也聽到他現在聽到的聲音了？阿亙全身顫慄著，當場無力地蹲了下來。過了一會兒，他對悠然而沉默地躺在床上的冷凍盒產生一股強烈的憤怒感。就因爲有這個東西，就因爲這個東西梗在阿亙和比呂美之間，所以他一直無法和她順利地連上線。

沒有那種東西也無所謂。

又有人在說話了。這時候比呂美的眼珠在緊閉著的眼皮當中彷彿有所反應地轉動著，就好像她也聽到了剛剛那個聲音一樣。

這種東西還是丟掉得好。

有人在他耳內催促著，比呂美對這個聲音產生了反應，低聲地呻吟著。阿亙懷疑她可能醒了，頓時感到極度不安。阿亙慢慢地走到床邊，將冷凍盒拿起來。他決定搶走這個盒子，而不是佔有她的身體。「這種東西……」當他喃喃自語時，比呂美在他身後翻了個身。他應該趁她沒發現的時候離開這裡。他加快腳步穿過房間來到外面的通道上，反手帶上房門。

「等一下，比呂司！」

此時他聽到房內傳來比呂美的叫聲。比呂司？她在說什麼啊？我不是比呂司，阿亙抱著弧疑的心情往前衝。

阿亙抱著冷凍盒站在甲板上，刺骨的寒風一陣陣吹過來，週遭連半個人影都沒有，抬頭一看，頭頂上的滿天星斗和在函館山看到的夜景相似。船身劃開了海水和星海的阻隔，往南疾駛而去。待渡輪抵達港口時，阿亙應該會帶著比呂美搭上列車回城吧，現在他所能掌握的就只是這樣。之後要怎麼辦，他也一無所知。那是只有在無數的線路當中，某條線和某條線接續起來之後才會了解的事情。阿亙看著漆黑的海面想著，地球不就像是一個巨大的縱橫式交換機嗎？渡輪接續著港口，而列車則接續著車站。人與人之間連接著令人眼花撩亂的線路，發出吵雜的振翅聲，那種聲音是不會消失的。但是，眼前卻有一條連接不起來的線路。

他將掛在肩上的冷凍盒放在甲板的地板上，鬆開了鉤子，打開蓋子，乾冰像浦島太郎在龍宮從龍王公主手中獲得的玉匣般冒起白煙。他從盒子當中拿出硬鋁合金的盒子，推開盒蓋，裡面還裝有另一個白色發泡苯乙烯製的盒子。白色的盒子用膠帶緊緊地纏住，如果不撕破這些膠帶就沒辦法打開蓋子了。阿亙輕輕地以手拿起盒子。盒子並不重，但是也不算輕。吹過耳際的風發出呼呼的響聲。阿亙並不能確定盒子裡面有什麼東西，他心頭湧起一股疑惑，搞不好裡面放的是眞的東西，復健療法——小峰會不會爲了治療而故意講那些話呢？那個男人也可能會這樣做。打開盒子看看吧——這個猶豫的念頭竄過他腦海，但是他隨即將它甩開，現在還有比辨別事實更重要的事。他不打算把小峰醫生的話轉達給比呂美知道，她不用知道那種醫生所說的奇怪論調。

該怎麼處理這個盒子呢？正當他這樣想著，慢慢站起來的時候，他察覺到有人從黑暗中朝這邊走過來。回頭一看，一件白色的衣服正朝著這邊接近，是比呂美。她是發現了阿亙帶走了盒子，所以才追上來的嗎？她走到阿亙身邊，停下腳步。

「比呂司……」她說道：「把那個還給我。」

你在說什麼啊？我是池貝亙啊——阿亙本來想這樣說，但隨即把話給吞了下去。他發現比呂美的視線是虛幻而空洞的，她的眼睛雖然朝向這邊，但是視線卻彷彿穿過阿亙，飄向遙遠的後方。在一片陰暗當中，她看起來更加白皙美麗。比呂美安靜地走過來，目光在阿亙和漆黑的海面之中游移。阿亙可以感覺到自己的心跳急遽加速。看到置身於黑暗當中的她，讓他聯想起昨天晚上全身赤裸的女人，她的氣息是如此接近。他的喉頭發乾，寶礦力水得，只要喝下那個東西就可以解決問題了。可是甲板上並沒有設置飲料販賣機，而在這種地方當然更不會有果醬麵包。阿亙調整著呼吸，企圖讓平靜心情下來。比呂美突然閉上眼睛，美麗的眼睛瞬間消失，隨即又再度出現，然後那鬆軟的嘴唇緩緩地蠕動了。

「你打算怎麼處理那個盒子？」

「我想把它丟了。」阿亙說。

「那是我的。」

比呂美定定地看著阿亙。她眼睛的焦點已經固定了，視線直直地看著阿亙，不再游移。她突然伸出兩手，奪也似的搶過冷凍盒，然後轉身就跑。間不容髮之際，阿亙從背後環抱住她、制壓住她。比呂美的兩隻手臂緊緊抱住盒子，企圖逃開來，她的身體左右擺動，奮力地抗拒著。「放開那個東西，那東西不需要留著！」阿亙壓抑著聲音說道，他站在呂美後頭，雙手從她的腋下往前伸，想撥開前頭的冷凍盒。此時他繞到前方的手不小心碰觸到了她胸前柔軟的部分。那一瞬間，原本打算想辦法說服她的平靜情緒一口氣急轉而下，突然化爲兇暴而邪惡的感情，支配著阿亙——我要佔有，不是佔有冷凍盒，是佔有她，否則他一輩子都無法和比呂美和解。他不能老是像凝視著一道牆似的看著她。再這樣下去，比呂美永遠都只會是住在阿亙心中的無機質立體模型。我要把生命灌注進去。到底該怎麼做？此時一股出其不意，急湧而出的強烈衝動讓阿亙感到畏縮。侵犯她，性慾亢進——

阿亙勃起了，他無意去抗拒那股強烈的衝動。他一邊從她身後伸出手抱著她，一邊將她逼到扶手邊，讓她面朝著大海。然後從背後撩起她的裙子，將她的絲襪和內褲一起扯了下來，沒想到事情進展得這麼快速順利。比呂美掙扎著想逃開，但是阿亙繞在前方的手從連身裙的前扣縫隙中探了進去，抓住她的兩個乳房。左胸口下方有微微的皮膚痙攣的觸感，傷疤的觸感更強化了阿亙的衝動。他迫使比呂司抓住甲板的欄杆扶手，將她上半身往前彎，然後用一隻手握住自己硬挺的東西。他一把攬過她的腰，將硬挺的東西抵上去。我要刺穿進去——結結實實地刺進去。當強烈的衝動支配著阿亙時，原本強力抵抗的她瞬間放鬆了力道。與此同時，阿亙將那硬挺而炙熱的東西往前一推——那是一把刀，就這樣一口氣刺了進去。或許是怕引來外人關注，她一直不敢發出聲音來，可是在阿亙貫穿她的身體之際，她不由自主地發出了短促的尖叫聲。下一瞬間，阿亙為溫熱所包圍。而當阿亙的兇器完全支配了她時，她劇烈地擺動著，發出叫聲：「不要！」那個聲音很像很久以前從樹上發出尖銳叫聲的少年聲音。不！我不停！阿亙仍然不停地突進。比呂美抗拒了一會兒，之後整個人便像交給了阿亙似的大弧度地彎著身體，劇烈地擺動著。阿亙的眼前是一片黑暗和海洋，炸裂般的快感貫穿他的全身。

（比呂美——！）

達到高潮的那一瞬間，阿亙首次呼喚了她的名字。然後他抽離她的身體，朝著漆黑而冰冷的海面靜靜地射精。

好一段時間，阿亙保持著從背後抱住比呂美的姿勢，定定地看著漆黑的海面。她整理了一下衣服下襬，縮在阿亙的懷中微微地發著抖。阿亙打定主意，不管她再怎麼責怪他，他都只有承受了。因為自己像野獸般侵犯了她。可是這是阿亙得到她的唯一方法，也是他所能表現的最大限度的溫柔——兇暴的溫柔。難道還有其他的方法嗎？幾千萬個阿亙應該可以用幾千萬個方法得到比呂美的。可是此時此刻，這裡的阿亙卻只選擇了一個方法，就算不是最好的方法，卻是他唯一的手段。比呂美窩在阿亙的懷裡，動也不動。過了一會兒，她好像嘟噥了什麼，下一秒鐘，她卻朝著那個掉落在地板上的發泡苯乙烯盒子跑了過去。

「站住！不要去碰那個東西！」阿亙怒吼道。比呂美停下了腳步，阿亙撿起冷凍盒說：「你為什麼這麼在乎這個東西？這裡面只有果醬麵包，果醬麵包隨時都可以買到。」

她看看漆黑的海面，又看看白色的盒子。面無表情，從她臉上看不出一絲絲感情的悸動。風開始呼呼地強力吹著，冰冷而毫不留情地吹在阿亙和比呂美身上。「好冷——」比呂美喃喃說道，用兩手抱住自己的身體。阿亙本想靠上前去摟住她，可是這種舉動跟剛剛那種兇暴的態度是背道而馳的，他甚至再也沒有接近她的勇氣了。這種感情上的落差到底算什麼啊？阿亙走近她，將盒子高高舉起。

「我可以丟掉它嗎？」

比呂美慢慢地點點頭。看到她沉穩的表情，阿亙確信自己可以相信她的話了。短短的時間內，比呂美內心深處的某個地方得到了放開這個東西的力量。阿亙走到扶手附近，企圖將發泡苯乙烯的盒子丟到海裡去，但在最後關頭卻又收了手。不是因爲他猶豫了，而是他認爲應該由比呂美親自埋葬這個盒子，葬送東西的過程應該由她親自動手。阿亙這樣想著，便不發一語地將白色的盒子放到比呂美手上。她定定地看著盒子半晌，她是在懷疑裡面的內容物嗎？就算比呂美打開盒子，阿亙應該也不會看吧？正當阿亙心裡這樣盤算時，她的手有了動作。她將盒子高舉過頭，來不及多想，就將白色的盒子拋向漆黑的海面。

發泡苯乙烯的盒子在風勢的作用下，瞬間似乎輕飄飄地往回飄，但下一瞬間，又彷彿下定了決心一樣劃出一道弧線快速遠離船身，落在海上。盒子撞擊水面的聲音被四周呼呼作響的風聲和引擎的聲音給淹沒，完全聽不到任何水聲。盒子漂浮在漆黑的海面上，以時速二十海浬的速度遠去，看起來是那麼地孤寂而蒼白。過了一會兒，盒子變成一個凝神注視才能勉強看得到的小白點，在黑暗和波浪之間沈浮著，剩下的便只是一望無際的漆黑海水。就這樣，「UJ2—187／HT」灰飛煙滅了。

她靠在扶手上，眺望著海面。當阿亙從背後想靠上她時，她說了些什麼。她用很小很小的聲音說著，然後就朝客艙的方向跑進去。阿亙想追上去，可是她的身影已經消失在船艙內，看不到了。阿亙一個人被拋在漆黑的海面和天空之間。茫然地望著凸出於船身之外的救生艇，阿亙心裡思索著，解救她的救生艇現在在哪裡啊？隨即他發現到，除了自己之外，沒有人能救她了。這時，比呂美剛剛在離開之前低聲說出來的話在他耳邊復甦——謝謝你。她的聲音雖然是那麼地細微，很難聽清楚，但是他相信她確實是這麼說的。阿亙回頭望向她隱沒消失的客艙。

三十七

轉開水龍頭，熱水嘩啦啦地噴瀉而下。比呂美將赤裸的身體暴露在熱水底下，用沐浴精仔仔細細地清洗著全身。她覺得不管洗過多少遍，好像都有洗不掉的東西，那一定是深深滲入自己身體內部，一個叫「比呂司」的男人的味道。而那個味道也很快就會消失了。她這樣想著。熱水從頭上沖下來之後，水滴一滴一滴地流到臉上，就像她流著淚水不停地哭泣般。心中產生這個念頭的瞬間，她懷疑自己是眞的哭了，心頭不禁猛然一驚。不過那都無所謂了。門內已經上了門鏈。沒有人會進到淋浴室來的。就算自己縱情痛哭，也不會有人知道。身爲男人時他幾乎沒有哭過（大概只有母親過世時哭過吧），而變成女人之後，她卻連一次都沒哭過。即便是今天晚上，她也沒有哭。

剛剛比呂美爲了追趕「比呂司」——身爲男人的自己而跑出了客艙。「比呂司」拿著冷凍盒，站在甲板上看著海面。雖然她開口向他把東西要回來，但他卻遲遲不願意給。是的。那是「男的比呂司」的東西，不屬於身爲女人的我。她這時才恍然大悟。而當「他」突然地進到身體裡面來時，她才發現眼前的不是比呂司，而是池貝亙。不，是在之後一會兒才發現到，是當她想到，已經離開自己的陰莖是不可能變硬進到身體來時才發現的。不對，她並沒有那麼冷靜地思考。當阿亙進入她的身體時，比呂美才突然被拉回了現實。我在做夢。做了好長的一場夢。是什麼時候開始做的夢呢？是從醫院搶走陰莖奪門而出開始的嗎？不對，是更早之前。她覺得自己從少年時代就一直做著一連串長長的噩夢。那是不是爲了讓我變成女人所安排的一連串長夢呢？她當然知道那一切都是事實。然而她現在卻有個預感，一直被她認爲是噩夢的現實將以今天做爲一個轉折點，慢慢地甦醒，是阿亙的兇暴舉動將比呂美從夢境中帶回來。

她關掉熱水，用浴巾擦乾身體，鏡子裡有個素著一張臉的比呂美。今後必須跟她好好相處才行——比呂美這樣想著。因爲她是置身於此的自己最親密的朋友。第二親密的是……現在不用急著去思考這件事，往後有的是時間。話又說回來，比呂美想著，今天晚上我失去了一個陰莖，可是卻又得到了另一個陰莖。一想到這裡，她突然覺得好笑得可以，不禁笑了起來。這是一個很有笑點的笑話，但是卻不能對任何人說。她一邊笑著一邊看著浴巾，這時她看到了白色的浴巾上沾著幾滴像異色瓢蟲般大小的血滴。看到自己在今天晚上失去處子之身的事實證據的剎那，比呂美的淚水不自覺地緩緩流下。

再見了，比呂美。

有聲音響起，溫柔的聲音撼動著鼓膜，像回音一樣拉著長長的尾音。過了一會兒便慢慢地再也聽不見了。從此，比呂美就再也沒有聽過那個聲音了。

這是一趟說短不短、說長不長的四小時航程。比呂美換好衣服，做好下船的準備。敲門聲響起，她打開門一看，阿亙站在外面。

「可以看到青森了，要不要到甲板上來？」

阿亙說完便先走了。比呂美跟在他後頭走著，心中對他絕口不提剛剛發生的事情充滿感激。可能的話，她希望從今以後，他絕不再提起這件事。大量的人潮擠到甲板上，眺望著逐漸接近的青森市燈火。霧笛拖著長長的尾音，船隻入港了。工作人員三三兩兩地跑向捲揚機，開始拉起粗粗的繩索。船慢慢地靠岸了。綁著重鉈的細繩拋向岸壁之後，和細繩相連的粗重繩索便緩緩地下降。過了一會兒，繩索前端的套圈被套在巨大的繫纜柱上。捲揚機的馬達聲轟轟作響，船隻向岸邊趨近，最後緊緊地靠在岸邊。剛剛還在晃動的船身已經停止了搖晃，彷彿在今後的幾萬年都將持續這樣靠在岸邊一動也不動。比呂美和阿亙靠在一起，默默地看著這整個作業的過程。比呂美想到，自己之前就像一艘搖擺不定的船隻。而現在，她靠岸到某個人身邊，彷彿用繫船索牢牢地綁住一樣，她覺得自己往後的幾萬年也會持續保持這樣的靜止狀態。

「你在想什麼?」阿亙看著她。

「沒什麼。」比呂美笑著說。

「下船了。」阿亙很粗魯地說道，隨即快速走向舷梯。當比呂美跟著追上前去時，她聽到自己身體內部發出一個微微的「喀嚓」聲音。好像什麼東西連接起來的聲音。阿亙的腦袋裡應該也聽得到剛剛那個聲音，比呂美非常確信。

三十八

從函館回來之後，阿亙每天都忙得七葷八素。他寫了一大疊像衛生紙那麼厚的履歷表，一封一封寄到他心儀的公司去，結果得到的只是和發送出去的履歷表數量差不多的不採用通知，和放在信封裡面的微薄交通費而已。就算有採用通知寄來，或許是因爲阿亙沒有到外面找過工作的關係，他一直找不到自己喜歡的公司。他心想，是不是還是到「那邊」去上班好啊？當他走在那個積雪的城市裡時，曾聽到函館郊外還存在使用縱橫式交換機的電信局的消息。他想去跟比呂美商量商量這件事，想問她是否願意一起搬到滿是積雪的城市去？可是她一定不願放棄那個溫室，想到這裡，他就覺得好憂鬱。

自從回來之後，阿亙就沒有見過比呂美。雖然他們幾乎每天通電話，但是一方面是他把專心求職視爲先決要件，而且他覺得馬上去見她會感到很難爲情。再來因爲她似乎也很難得外出。她說這個城市再怎麼發展進步，還是可能在街上遇到以前的同事或同學。從事夜間的工作或許比較不容易被發現，但是大白天到外面走動卻讓她有點退卻。她在電話中表示，雖然不再以穿「女裝」爲恥，但是還是不想引起不必要的流言。「要不要過來玩？」比呂美在他們從函館回來過後整整一個星期後開口邀約他。

按下門鈴之後，對講機傳來「請到溫室來」的聲音，阿亙從玄關穿過長長的走廊走向溫室。他已經好久沒來這裡了。隔了好一陣子不見，阿亙覺得連那座模擬的熱帶植物園都好令人懷念，或許那個東西繼續維持原樣也好。因爲很多假的東西都比眞實的東西更能撫慰人心。阿互一邊想著一邊打開溫室的門，瞬間他倒吸了一口氣。

——裡面竟然是一片純白的世界。整個溫室塗成了一片白。大芭蕉樹和德利椰子樹、蘇鐵樹和露兜樹都是一片白，羊齒類植物及地上的草叢也一樣，從地面到天花板清一色都是純白的，就好像看到用白色的墨水印刷在白紙上的相片一樣，彷彿曾經有一場白漆暴風雨打在熱帶叢林裡一般。阿互茫茫然地看著這副景象，突然間他想起那棵樹，不知道變成什麼樣子了。他穿過白色的小路，便看到那株櫻花樹，樹也被塗成純白色了，到底——他弧疑地抬頭看著樹上，發現比呂司坐在從下面算來的第二根樹枝上。穿著少年服裝的比呂司拿著釣竿，愉快地垂釣著。

「比呂司……」

他爲什麼會在這裡？難道是搭乘時光機回來的嗎？他爲什麼在這種地方釣魚？阿互不知道發生了什麼事，呼喚著比呂司。他沒有回應，專心地看著釣竿。

「啊，歡迎你來啊，阿互。」

比呂司說。不，這話不是比呂司說的，是從樹的對面傳來，定睛一瞧，鸚鵡棲息在樹蔭下的T字架支架上。

「啊，歡迎你來呀，阿互。啊，歡迎你來呀，阿互。」

鸚鵡滔滔不絕地說著。

「歡迎，池貝先生。」

緊接著響起一個有別於鸚鵡說話聲的女性聲音。回頭一看，比呂美站在他後面微笑著。阿互頓時愣住了，他看看樹上的比呂司，又看看背後的比呂美。到底是怎麼回事？

「嚇了一跳嗎？做得維妙維肖，對吧？」

「那是立體模型啊……」

原來樹上那個少年只是個立體模型。四周是一片純白的世界，只有少年被上了色彩。他身穿黃毛衣和棉質工作褲，穿著藍色運動鞋的腳從樹枝上垂掛下來，釣竿也是如假包換的眞釣竿。

「爲什麼要做這種東西……」

「其實我是想做得更精細一點，讓少年可以眞正活動，但是一個禮拜的時間不夠。將樹塗成白色的一瞬間我也有些迷惘。我在製作立體模型時就一邊教鸚鵡說「啊，歡迎你來呀，阿亙」。本來想順便把鸚鵡噴成白色的，不過又覺得牠太可憐了。」

「我可完全被你騙倒了，還以爲比呂司是眞正的活人呢！」

「你這句話是什麼意思？這種說法眞是太具爭議性了……我來告訴你一個祕密。這當中只有一樣東西不是立體模型——釣竿，那支釣竿就是當時那一支。」

阿亙大吃一驚，再度抬頭看著大樹和少年，還有那支釣竿。「你打算一直把這些東西放在這裡嗎？」阿亙問。「不是的，只要能讓池貝先生看到，那就夠了。那個少年是我最後的立體模型作品。我不再做這種東西了。」比呂美說著就走向櫻花樹，阿亙看到她手上拿起一把斧頭，還來不及反應，比呂美就已經把斧頭砍進樹幹當中了。然後又是一揮，絲毫沒有停頓。「你幹什麼？那不是太可惜了嗎？」阿亙企圖阻止她，可是她仍然持續著她的動作。過了一會兒，櫻花樹發出輕微的嘎吱聲，然後像發出慘叫聲似的加大音量，緩緩地倒向一邊，最後在密閉的圓頂溫室裡發出巨大的聲響，整個倒了下來。樹上的少年也帶著不可思議的表情緩緩地傾斜，倒進樹底下。或許是被這巨大的聲音給驚嚇住了，鸚鵡發出尖叫聲。「歡迎你來呀，阿亙！」那是溫室的最後一個聲響。不久之後，圓頂之內回歸一片靜寂，只剩下一片白色的世界。

「這裡是死亡的世界，我們到外面去吧！」比呂美沉靜地說道。

櫻花前線急速地北上。一個星期前在北海道時還是漫天的白雪，現在這個城市的櫻花竟然一齊綻放開來了。阿亙和比呂美一起漫步於舊道路邊的櫻花樹下。那個地方距離以前沼澤所在地並不遠。沐浴在從樹葉縫隙灑落的陽光當中，比呂美臉頰上那些柔軟的汗毛微微地泛著光，一片櫻花花瓣從半空中飛落，落在她的肩膀上。從樹上飄落的小花瓣也落在阿亙的頭上和肩膀上。兩人無意拍落這些花瓣，仍然繼續往前走。「我想到函館去定居，你想一起去嗎？」阿亙落寞地說道，比呂美很驚訝地看著阿亙的臉。

「那邊有振翅聲等著我。」

「是嗎……」比呂美想了一下說：「北海道是不是也可以蓋溫室啊？」

「你又想做立體模型嗎？」

「不是的，這次我想種一些真正的植物，蓋一間真正的溫室。把志乃嬸接回來一起住，她一定會很高興。至於要不要跟你一起去，讓我花點時間想想。」

「我不等你，」阿亙說：「我只等你兩萬年。」兩人都笑了，又開始往前走。

走著走著，比呂美想起少年時代的事情。她懷疑，當他在那個沼澤企圖刺傷阿亙的時候，是不是想切斷他和阿亙之間的連線？不對，或許完全相反，自己那樣做是因爲想和他建立起接續點吧。想接近那個巨大的身體，想跟他成爲朋友——不，他從阿亙身上感受到更多的東西。而這種心態的另一面卻化成一把刀刃。爲了建立起和他之間的連線，他揮下那把利刃。那個時候他不懂得如何率直地表達自己的心情，於是少年以這種形式來表現對時而前來沼澤的高大男人——柔道社的英雄——的感情，以取代寄送情書的方式，而這種方式也已經費盡他所有的心力。相對的，他認爲自己重要的領域受到侵犯是對他的一種挑戰，而當時的阿亙不過只是要求跟少年時的自己握個手而已。對不習慣交朋友的他而言，阿亙那句「讓我們成爲朋友吧！」讓他根本不知道該如何去面對。當時的他不知如何率直地表現看到高大的男人時所產生的不可思議的情愫——一種有別於友情的感情（是愛戀之心嗎？），於是便對他刀刃相向。現在她懂了，非常清楚地明白，其實只要老實說就可以了。這是非常簡單的一件事，比動刀、動槍還簡單。女人得到男人的唯一方法就是去喜歡對方，而且把這種情意傳達給對方。比呂美還沒有把這件事傳達給阿亙。或許有一天她會說出來。到那時候，她不需要矯飾自己的心，更無需以華服來裝點自己，只要兩人心心相印就夠了。只要活著，就可以再度連線。不管燒得再怎麼面目全非的接頭都可以連線起來——方法只有一個，那就是側耳傾聽自己的內心，乖乖聽從那個聲音。她繞了好大的一圈，終於發現這個事實。

走在她身旁的阿亙思索著被切除的胃渴求果醬麵包的事情。對比呂美而言，難道他是已經失去的東西所渴求的果醬麵包嗎？而對他而言，她也同樣是一個果醬麵包。他們彼此渴求著某種眼睛看不到的東西。在地底下游著的草魚和電波遙控不到的無線飛機已經不需要再去思考了，就將這所有的一切留在這些櫻花樹中吧！因爲不管是草魚或遙控飛機，甚至陰莖，現在應該都慢慢地飛往另一個遙遠的世界了。那些東西像唱盤一樣發出溫暖的唱針雜音，在他們的四周不斷地回旋著。現在沒有多餘的時間去細數失去多少東西了——阿亙是這麼想的。如果舊傷口還時而隱隱作痛，只要側耳傾聽就好了。喀嚓喀嚓喀嚓，會有聲音響起，只要有一個果醬麵包，一切都會甦醒過來的。

氣氛好沈穩，兩人緩步前行，宛如推開一扇扇櫻花窗簾一般。「咦？你看。」比呂美停下了腳步。一個看起來像幼稚園學生、肩膀上掛著黃色書包的男孩子站在前面那棵大櫻花樹下抬頭仰望樹頂。「我遇見那棵樹時年紀大概就那麼大。」比呂美說。阿亙看著男孩子。抬頭仰望大樹的男孩子無意揮去落在他臉上的花瓣。當他們兩人經過他的後面時，男孩子突然回頭對阿亙和比呂美說：

「喂，剛剛這棵樹說話了耶。」

兩人相對而視。阿亙對著男孩子溫和地說：「是嗎？那眞是太好了。」比呂美瞬間露出驚嚇的表情，隨即又變回了笑臉說：「那你就可以和樹做朋友了呀。」兩人又繼續往前走。阿亙看著比呂美沈穩的側臉。這是他第一次看到如此沈穩的表情。背後傳來男孩子稚嫩而尖銳的聲音。

「它眞的在說話耶！喂，我說的是眞的耶！」

後序

我是在茨城縣水戶市，周長大約四公里的千波湖旁度過我的小學時代的。當時環湖的道路旁種了許多已經生息多年的櫻花樹，我總是穿過這條由櫻花樹所構築而成的隧道去上學，而且幾乎每天到湖邊釣魚。那邊雖然沒有草魚，卻有體積非常巨大的鯉魚，我記得當時為了釣那些鯉魚，曾經從早到晚盯著釣餌瞧上一整天。這本小說中描述的沼澤雖然比千波湖小得多，但是卻多少殘留著小時候與我密不可分的湖沼形象，或許這就是促使我寫出這個故事的原動力。這本小說是我念小學時，在那個湖泊旁寫出來的——這當然是騙人的，但是我相信因為當時深深印在腦海中的某些潛在印象，蘊釀到現在正好發酵成形了。事實上，念小學時我做過好幾次失去小雞雞的夢，我一直對此感到手足無措。雖然最近不再做這種夢了，但是一直到前幾年還是不斷重覆地做著那個夢。在夢中發現「小雞雞被拿走了」時，感覺好遺憾。那是一種又像是無處發洩，又像是悲哀，卻又莫名地感到暢快的心情。不知道若根據精神分析來解讀這個夢，到底會解讀出什麼東西來？

當初我很想把這本小說命名為《再會小雞雞》，但是又想到，可能會有人因為這個書名而不知道該怎麼拿起書來看，所以最後決定更名為《樹上的草魚》。失去的東西總是讓人覺得悲哀又孤寂，甚至是美麗的。這是我的第三部長篇小說，我發覺自己的前兩部作品《有天使貓的房間》及《鯨魚降落的森林》好像也總是在追逐著對失去東西的想像。

本來想避免在後序中對自己的作品做許多不必要的解說，但是又覺得寫些後序也無傷大雅。之所以有這種想法，是因爲我在前一部作品的後序中寫著「好想要有一間可以看到富士山的小木屋」，結果竟然有讀者表示「小木屋不能送你，不過你可以使用我的小木屋」。那是一間用加拿大的粗原木所蓋成的巨大木屋，天氣好的時候也可以遠方的眺富士山。最近我甚至有這個榮幸能把那個地方當成我主要的執筆場所，所以說後序這種東西實在是値得寫寫看的。

我想過，那麼下次我該寫我想要什麼東西呢？不過目前還想不出來。姑且不談其他，現在能夠完成這部長篇小說就是我最大的滿足了。

一九九三年六月四日寫於清里的小木屋

國家圖書館出版品預行編目資料

樹上的草魚／薄井雄二著 ； 陳系美, 陳惠莉譯. -- 初版.- 台北市：麥田出版：城邦文化發行, 民 95
面； 公分. --（日本暢銷小說；4）
譯自：樹の上の草魚
ISBN 978-986-173-138-4（平裝）

861.57 95015599

 ISBN 986-173-138-5
ISBN 978-986-173-138-4

日本暢銷小說 04

樹上的草魚

原著書名／樹の上の草魚
原出版者／講談社
作者／薄井雄二
翻譯／陳系美　陳惠莉
責任編輯／鄭靜儀
發行人／涂玉雲
總經理／陳蕙慧
出版／麥田出版
城邦文化事業股份有限公司
100 台北市中正區信義路二段 213 號 11 樓
電話／(02) 2356-0933
傳眞／(02) 2351-9179　(02) 2351-6320
發行／英屬蓋曼群島商家庭傳媒股份有限公司
城邦分公司
104 台北市中山區民生東路二段 141 號 2 樓
網址／ www.cite.com.tw
讀者服務專線／ 02-2500-7718 ； 02-2500-7719
服務時間／週一至週五：09：30 ～ 12：00
13：30 ～ 17：00
24 小時傳眞服務／ 02-2500-1900 ； 02-2500-1991
讀者服務信箱 E-mail ／ service@readingclub.com.tw
劃撥帳號／19863813
戶名／書虫股份有限公司
香港發行所／城邦（香港）出版集團有限公司
香港灣仔軒尼詩道 235 號 3 樓
電話：(852) 25086231　傳眞：(852) 25789337
E-mail ： hkcite@biznetvigator.com
馬新發行所／城邦（馬新）出版集團
Cite (M) Sdn. Bhd. (458372 U)
11,Jalan 30D/146, Desa Tasik,Sungai Besi,
57000 Kuala Lumpur, Malaysia
電話：(603) 9056 3833　傳眞：(603) 9056 2833
E-mail ： citekl@streamyx.com

封面設計／聶永眞
印刷／中原造像股份有限公司
排版／浩瀚電腦排版股份有限公司
□ 2004 年（民 93）5 月初版
□ 2006 年（民 95）10 月 19 日初版五刷
售價／260 元